KB167090

어리석은  여행자

어 리 석 은

김수우 산문집

여 행 자

호밀밭

차례

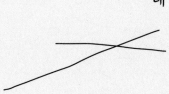

1부 어리석음의 이유: 영혼과 영원을 위하여

바보의 자격   13

되새김질을 위하여   17

행복한 왕자의 수수께끼   21

가장 위대한 바보 예수   25

어리석은 이름, 아버지, 어머니   29

무위를 꽃피우는 바보들   36

물질을 정신으로 바꾸는 싸움   47

내가 돈을 버는 방법   52

못, 어리석음의 견고한 기도   62

어리석음을 길러준 나의 장소들   65

불가능한 것을 믿는 연습   78

백 마리 물고기의 부호, 마이너스   83

달팽이의 비밀   88

2부 어리석음의 방법론: 거닐며 공부하기

먼 길을 가는 법   95

길가메시의 여행   98

당신의 심장은 날개보다 가벼운가요   102

물에 비친 까마귀 그림자를 읽다   106

고유한 죽음을 향해   114

'어른'이라는 선물   121

너는 여행자의 집이니   125

무용지용의 독서를 위하여   136

삶을 견디게 하는 工夫   141

공부라는 놀이를 위하여   145

책, 그 새김의 세계   149

주는 공부, 받는 공부, 잊는 공부   159

3부 어리석음의 숨은 능력: 상상력과 감수성

응시 그리고 상상력 Ⅰ   171

응시 그리고 상상력 Ⅱ   178

응시 그리고 상상력 Ⅲ   184

엄마, 우리 돌아가는 중이에요   189

나의 쑥바구니는 어디에 있을까   202

거대한 들판을 품은 사람들   207

강, 가장 오래된 연애편지   211

나에게도 분명 아름다운 꼬리가 있었다   226

자연, 흉내 내어야 하는 자유   230

반려종 인간 그리고 툴루세   234

서사적 능력을 위하여   239

얼굴을 찾아   243

새 신발 한 켤레, 감수성과 용기   249

문학은 쫄병이다   253

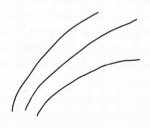

들어가는 말

세속에 살면서도 수행자를 닮고 싶었다.

순간을 살면서도 영원을 찾아가고자 했다.

도시에 살면서도 시골살이를 흉내 내고 싶었다.

죽음을 향해 부지런히 걸으면서도 삶 하나하나 진주처럼 영롱하길 꿈꾸었다.

빛나는 이상에 충실하고 땅의 생활에 최선이고자 했다.

끊임없이 흐르면서도 변함이 없는 의리를 기르고 싶었다.

손과 발은 바쁘게 움직이고 마음과 영혼은 늘 고요하고 미세하길 바랐다.

평등하고 싶었고 차이를 배우고 싶었다.

지나고 보니

다 욕심이었다.

모든 움직임에

한참 더 어리석어야 했다.

감염시대에 맞닥뜨린 인류에게 창조란 오래된 지혜를 떠올리는 것 아닐까. 어떠한 혼란과 위기에도 우리는 인간임을 증명해야 한다. 어리석음은 새로운 우주이다. 광대한 그 어리석음을 익힐 수 있을까. 이슬라바마드에서 카슈가르까지 카라코람 하이웨이를 달리면서 마주쳤던, 메마른 고원을 채우고 있던 깨알 같은 꽃송이들. 땅에 바짝 붙어 핀 노랑과 보라, 그 색색의 기묘한 꽃잎들은 지금도 나를 낮게 만드는 우주이다.

여기저기 흩어져 있던 글을 억지로 모았다. 인류 스스로 자초하고 만 슬픔과 불안 앞에서 사금파리 같은 이 글들이 '어리석음'이라는 방향, 그 조각빛을 보았다면 다행일까. 오래 묵은 글들은 왜 어리석음이 필요한지, 어떻게 어리석어질 것인지, 어리석음의 숨은 능력 등에 닿아 있었다. 메마른 고원이 된 영악한 시대를 자잘한 꽃잎의 걸음걸이로 넘을 수 있을까.

다시 어리석음을 위하여, 어리석음을 향하여 배낭을 멘다. 지평선이 붉다.

천마산 수우헌에서

9

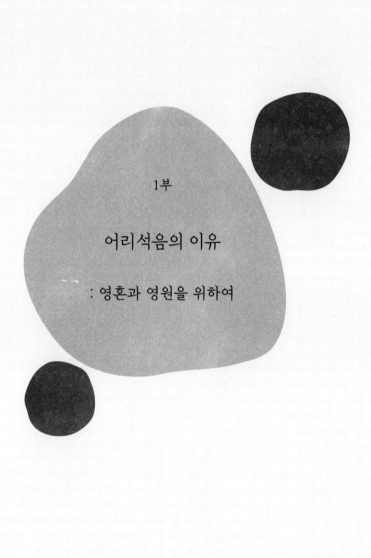

1부

어리석음의 이유

: 영혼과 영원을 위하여

인간임을 증명할 수 있을 때

영성이 회복됩니다.

큰 어리석음의 길을 볼 수 있는

예지적 시선은

생명의 인다라망을 환하게 엽니다.

부지런한 무위,

오래 바라봅니다.

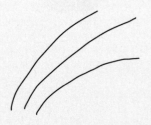

바보의 자격

마뜨료나. 솔제니친의 단편 「마뜨료나의 집」에 나오는 주인공 이름이다. 그녀는 한적한 산골, 오래된 집에서 절름발이 고양이와 쥐와 바퀴와 함께 혼자 살았다. 남편조차 떠나고, 여섯 자식도 차례차례 잃었다. 외로운 삶 속에서 평생 남 좋은 일만 하는 바보 같은 여인이었지만 타고난 선량함을 결코 잃은 적이 없다. 이 여인이 죽었을 때 아무 저축도 없었다. 더러운 산양과 무화과나무뿐. 솔제니친은 전통적인 농민으로 살아가는 이 여인을 통해 '거룩한 바보'의 정신을 보여준다. 아무리 타락한 세상이지만, 아직 지구라는 별이 빛나는 건 자기희생의 습관이 몸에 밴 '거룩한 바보'의 존재 때문이라는 것이다. 바보가 가진 '거룩함'이란 무엇을 말하는 걸까.

영혼이 피폐해진 21세기 자본의 일상에 바보 철학이 간절하다. 물질만능과 소비사회를 극복하는 작은 해답인 까닭이다. 영악한 계산에 몸을 놀리기보다 느릿느릿 손해 볼 줄 아는 너그러움이 바보 정신이다. 역사 속에 있는 위대한 바보들, 그들의 우주적 계산법을 헤아려보자. 계산할 줄 모르는 그들의 셈법은 오묘하고 깊다. 시류에 흔들리지 않고 그저 삶과 사람을 묵묵히 품어내는 대지 같은 그 끈기와 용기, 거룩한 바보들의 특징이다. 그 거룩함은 시공을 초월하여 생명의 뿌리가 된다.

바보답다는 것은 무엇일까. 문명에서 더 그늘진 데로 소외되었지만, 기실 바보는 아무나 될 수 없다. 바보는 하늘이 준 성품, 천성이기 때문이다. 바보가 되지 않으려 서로 아등바등하지만, 바보의 자격은 그리 쉽지 않다. 바보는 아무도 미워하지 않는다. 자기주장도 집착도 그다지 없다. 무엇보다 바보의 중요한 특징은 결과를 생각하지 않는다는 것. 당연히 성과도 없다. 바보는 그 순간의 과정만을 산다. 그래서 자유롭다. 시비에 집착하지 않는 세계를 사는 것이다. 시시비비를 벗는 것 자체가 자유이다. 고고한 옛 선비들은 이 바보 정신을 지키기 위해 오래 그리고 깊이, 공부했다.

바보에는 두 종류가 있다. 거룩한 바보와 천박한 바보. 여러 차이가 있겠지만 거룩한 바보는 자연을 좋아하고 삶이 간결하다. 천박한 바보는 물질과 성과 중심으로 삶이 복잡하다. 거룩한 바보는 강자에게 대항하고 약자 편에 선다. 천박한 바보는 권력과 부에 아부하고 소외된 자를 무시한다. 거룩한 바보들은 자발적 가난을 지향하고 천박한 바보들은 재산을 축적한다. 천박한 바보들은 계속 소유하고 계산한다. 권력을 좋아한다. 비굴한 삶도 마다하지 않는다. 거룩한 바보들은 하나같이 가난하다. 하나만 알고 둘은 모른다. 계산을 하지 않기 때문이다.

바보가 되는 법은 자연 속에 있다. 똑딱거리는 시계처럼 사는 문명인들에게 계산은 절대적이다. 나무 그림자처럼 사는 바보들에게 계산은 사소하다. 문명인들은 덧셈과 곱셈에 몰입한다. 하지만 바보는 쉽게 뺄셈과 나눗셈에 적응한다. 대뇌피질구조에 문제가 있어 판단 능력이 떨어지는 자도 거룩한 바보에 속한다. 어릴 때 동네마다 하나씩 돌아다니던 바보들을 보면 항상 웃고 있었다. 구박받아도 그다지 주눅 들지 않는다. 놀림받아도 금세 잊고 눈치가 없다. 상처받은 줄도 모르는 어리석음으로 그저 사람을 좋아한다. 한마디로 한결같다. 어쨌거나 예전에는 바보들과 어울려 사는 데 아무 거리낌이 없는 사회였다.

인문학이란 결국 바보 정신을 배우는 학문이 아닐까. 바보들은 결과를 따지지 않는다. 손해를 보고도 손해라고 생각지 않는다. 이것이 무위의 철학이다. 성과에 매달리지 않는 삶. 그래서 바보의 삶은 자연이고 지혜이고 끈기이고 용기이다. 결과를 따지기 이전에 과정 자체에서 이미 완성이다. 인디언 영성이 가르치는 생태적 지혜처럼 말이다. '어떻게 대지의 온기를 사고판단 말인가? 신선한 공기와 재잘거리는 시냇물을 어떻게 소유할 수 있단 말인가?'라는 인디언 추장의 질문을 다시 떠올린다. 무수한 정보 시스템과 전문기술이 미래를 이끌 것 같지만, 아니다. 솔제니친의 말대로 자연의 순리와 타고난 선량함을 끝까지 지키는 '거룩한 바보'들이 우리의 미래다.

자기희생을 습관적으로 실천하는 철저히 겸허한 정신, 이 바보 정신이 우리가 타고 가야 할 광막한 우주선이다. 의식하지 않고도 스스로 영성을 진화시키며 차원의 틈새를 넘나드는 힘. 우리가 이 지구에 온 이유도 목적도 영성의 진화에 있다. 물질적 성공이 아니라 영혼이 성장해야 하는 것이다. 그래서 바보들은 끈기 있게 꿈꾼다. 영악한 자들은 꿈꿀 틈 없이 바쁠 뿐이다. 자칭 영리한 자들은 끊임없이 수행해도 얻기 어려운 세계를 바보들은 햇살처럼 바람처럼 가볍게 얻는다.

순결한 사람은 바보 철학으로 세상을 이겨낸다. 이겨낼 뿐 아니라, 오히려 끌고 간다. 바로 의인義人의 힘이다. '거룩한 바보'의 자격은 흔쾌히 선택하는 손해에 있다. 덧셈 곱셈을 줄이고, 뺄셈 나눗셈을 배우고, 그 틈에 행복의 씨앗을 심는다. 모든 것을 견디고 품어내며 유쾌한 틈을 만들어내는 것이다. 그럴 때 진인사대천명盡人事待天命이 가능하기에. 바보를 꿈꾸는 정치인, 바보를 꿈꾸는 경제인, 바보를 꿈꾸는 시민들이 그립다.

되새김질을 위하여

『차라투스트라는 이렇게 말했다』의 한 장면이다. 차라투스트라는 산을 거닐다가 차원 높은 세계를 꿈꾸며 산을 오르는 자들과 여기저기서 마주친다. 그러다 언덕 위 암소들 가운데서 말하는 한 목소리를 만났다. '제 발로 거지가 된 자'였다.

"마음을 돌려 암소처럼 되지 않는 한, 우리는 하늘나라에 들어가지 못한다. 우리가 암소들로부터 배울 것이 한 가지 있으니, 그것은 되새김질이다. 참으로 인간이 온 세계를 얻는다 하더라도 되새김질, 이 하나를 배우지 못한다면 무슨 소용이겠는가? 그런 자는 자신의 슬픔으로부터 해방되지 못하리라."

연한 풀을 뜯어 먹는 암소, 그 암소의 되새김질은 진정한 어리석음의 중요한 은유로 다가온다. 공부는 지식 추구가 아니라 하나의 수행 과정을 의미한다. 공부한다는 것은 도구적 기능을 획득하는 것이 아니라, 생명의 보편성과 관계의 이치를 깨달아간다는 말이다. 수행은 길을 닦는 것이며, 길을 닦는다는 것은 되새김질을 의미한다. 자본주의 현실은 집도 돈도 관계도 있는 대로 꿀떡꿀떡 다 삼키고 앞만 보고 달린다. 앞만 보는 자는 되새김질을 이해하지 못한다. 열심히 살아간다고 하면서도 방향도 없이 사는 것과 같다. 되새김질이 없는 공부는 못이나 망치 같은 도구에 그치고 만다.

도구성에서 벗어나려는 노력이 되새김질이다. 그때 공부는 우주의 집을 짓는 존재 행위가 된다. 이 되새김질을 강조하는 자가 '제 발로 거지가 된 자'라는 사실이 기이하다. 되새김질은 그야말로 무용의 세계이다. 스스로 빈손이 된 자가 아니면 쉽지가 않다. 손을 비우고 마음을 비우고 스스로 가난해질 때 비로소 새김질이 시작되기 때문이다. 양손에 무언가를 움켜쥐고, 마음은 복잡한 미로로 엉킨 채 수익계산에 열심인 사람에게 되새김질은 그야말로 불가능하다.

절대적 빈곤은 우리가 벗어나야 할 세계이다. 하지만 상대적 빈곤에 시달리는 가난엔 마음의 힘이 필요하다. 가난은 결코 불행이 아니다. 가난은 행복을 깨닫게 한다. 삶이 어떤 기적으로 이루어져 있는지, 그 기적이 어떻게 발현되며, 누구를 위한 것인지. 생명의 인다라망이 환하게 비치는 것이다. 되새김질을 잘하는 자는 '자발적 가난'에 머무를 수밖에 없다. 암소들 가운데서 머무는 자처럼 말이다. 무릇 삶이 무엇인지 죽음이 무엇인지 궁금한 사람, 사랑과 영혼을 이해하고 싶은 사람, 가장 중요한 게 무엇인지 궁금한 사람은 두 손을 비우는 게 우선이다.

　존재라는 원형적 질문에 부딪힌 사람은 우선 가난해질 필요가 있다. '자발적 가난'이 비밀의 문을 여는 열쇠이기 때문이다. 한 청년이 있었다. 그는 부자였고 동시에 진리를 추구하고 있었다. 그는 예수에게 제자가 되고 싶다고 했다. 예수는 모든 소유를 가난한 사람들에게 나누어준 후 빈손으로 따라올 것을 당부했다. 청년은 부자였으므로 자신의 것을 나누어준다는 것을 상상할 수 없었고, 결국 청년은 다시 오지 못했다. 소유는 깨달음에 방해가 된다. 재산을 버릴 수 없었던 청년의 고민은 이 시대 모든 지성인의 고민이기도 하다. 부유함에서 깨달음을 구한다는 것이 얼마나 허구인지 잘 보여준다. 삶과 죽음에 대한 질문, 존재에 대한 고민이 이 청년만큼 절실하더라도 말이다.

　무엇을 되새길 것인가도 중요하다. 내 욕망을 되새김하는 것이 아니라, 나에게 열린 관계들을 되새김질해야 한다. 얻은 것들이 어디서 온 것이며, 어디로 가게 될 것인지 되씹고 되씹어야 한다. 지닌 것들이 소유에 머무르고 마는지, 타자를 향한 생명 에너지가 되는지도 돌아보아야 한다. 가난을 두려워하지 말고 부를 두려워하라고 톨스토이는 말했다. 사람들이 부 때문에 자신들이 잃는 것이 무엇인지 확실하게 안다면, 그들은 현재 부를 얻고자 쏟는 노력을 '부에서 벗어나기 위해' 쓸 것이다.

　'가난은 능력이다'라고 감히 말해본다. '가난할 수 있는 능력'은 아무나 가질 수 없음이 확실하다. 엄청난 사랑과 깊은 공부, 아주 오래 숙성된 명상에서 가난의 능력이 나오는 것이기 때문이다. 공부도 명상도 사랑도 되새김질을 통하여, 가난을 통하여 완성된다.

되새김질은 시간이 많이 걸린다. 후다닥 해치울 수 없다. '제 발로 거지된 자'가 말했듯 되새김질이 없으면 자신의 슬픔으로부터도 해방되기 어렵다. 그는 묻는다. "인간이 온 세계를 얻는다고 한들 되새김질을 배우지 못한다면 무슨 소용이 있겠느냐고." 부와 명예를 움켜쥐고도 고독과 허무와 불안에 갇힌 인간의 한계를 우리는 얼마나 되새겨볼 수 있을까.

감염과 기후 재난의 소용돌이 속에 문명은 휘청인다. 되새김질하는 법을 과연 가르칠 수 있을 것인가. 빈손이 되는 법을 익힌다는 것은 자본이 자본을 낳는 이 시대에 어떤 은유가 될 것인가. 풀을 뜯어 먹고도 되새김질에 열중하는 암소의 자세를 흉내 낼 수 있을까. 연한 풀이 자라는 들판, 부지런히 풀을 뜯고 산그늘에 앉아 되새김질하는 암소들, 그 대자연에 우리는 닿을 수 있을까.

행복한 왕자의 수수께끼

도시 모퉁이에 서 있는 초라한 동상 하나. 한때 모든 시민이 자랑스럽게 우러러보던 동상이었다. 금으로 감싼 몸, 루비가 박힌 왕관, 사파이어로 빛나는 두 눈. 어느 날 보석 장식이 하나씩 사라지고 얼룩덜룩 흉해졌다. 퇴락한 몰골에 시민은 존경과 사랑을 잃어버린다. 실망한 그들은 결국 동상을 쓰레기통에 버린다. 보석으로 치장되지 않은 동상은 한낱 고철덩어리였다.

『행복한 왕자』 이야기이다. 아마도 대부분 유년 시절 이 책을 첫 동화로 읽고 성장했을 것이다. 아무리 오래되어도 그 내용은 아직 누구에게나 선명하지 않을까. 도시 높은 곳에 세워지면서 왕자는 보지 못했던 것을 보고 눈물을 흘린다. 따뜻한 강남을 찾아가던 길에 잠시 머물던 제비는 왕자의 눈물에 놀랐다.

"지금 내 심장은 납으로 만들어져 있지만 그래도 울지 않을 수 없어."

왕자는 무엇을 보았을까. 궁 안에서 자라면서 보지 못했던 것들이었다. 동상이 되어 높은 데에 서면서 깨닫게 된 것들. 무엇이었을까. 그건 싯다르타가 담장 밖에서 발견한 고통과 같은 것이 아닐까. 궁을 뛰쳐나간 싯다르타를 붓다로 만든 건 존재의 고통과 그에 대한 질문이었다. 조금만 높은 곳에 서면 보인다. 사람을 향한 새로운 경계와 고통이 보인다.

"하지만 무엇보다 놀라운 건 저 사람들이 겪는 고통이란다. 저 고통보다 더 큰 수수께끼는 없어."

붓다도 삶을 고苦라고 일렀던 것처럼 왕자에게 삶의 진정한 수수께끼는 타자의 고통이었다. 아무도 고통을 원하지 않는데 왜 삶은 고통으로 가득한 걸까. 왕자를 울게 한 이 수수께끼는 우리의 숙제이기도 하다. 하루 쉬었다 갈 참이었던 제비는 그 눈물에 동참한다. 왕자의 심부름을 시작한 것이다. 병든 아이, 가난한 작가, 성냥팔이 소녀 등 어렵고 고단한 이들에게 왕자의 보석을 하나씩 떼어 갖다준다. 결국 왕자는 몰골이 흉해지고 제비는 얼어 죽는다.

왕자가 선 높이는 정신의 높이이다. 마음의 높이, 연민의 높이, 사랑의 높이, 곧 인문의 높이인 것이다. 높이란 무엇일까. 진정한 높이는 마음이 낮아지는 자리이다. 돈과 권력이 높이라고 믿는 자들이 많고, 부와 권력은 보석으로 치장된 동상처럼 언제나 선망의 대상이다. 자주 언급되는 '갑질' 논란은 점점 비천해지는 현대인의 마음자리를 그대로 반영한다. 자신이 선택한 비전이 자신만의 소비뿐이라면 존재는 얼마나 비루한 것일까. 크고자 하는 자는 먼저 섬기는 자가 되어야 한다는 예수의 지혜가 진정한 높이를 보여준다.

인문이란 결국 '고통'이라는 수수께끼를 향한 공부이다. 수행 또한 마찬가지이다. 깨닫는다는 것은 자기를 벗어나는 일. 자아, 곧 내 것, 내 가족을 벗어나는 일이다. 타자와 타자의 고통에 관여된 자신을 발견하는 것이 수행이다. 내가 줄 수 있는 것이 무엇인지 아는 일이다. 생각을 조금만 더 높이면 타자가 보인다. 아픈 존재들이 보인다. 아무리 사소한 것도 나누는 순간 위대해지는 신비가 보인다.

인문은 타자의 고통에 공감할 수 있는 능력을 말한다. 마음 수행도 조금 더 높은 데에 서보는 일이다. 까치발을 세우고 한 번 더 내다보면, 보인다. 높이란 보는 힘이며, 보여야 공감하고, 공감해야 실천할 수 있다. 문학, 역사, 철학이 인문학이 아니다. 타자의 고통을 얼마나 이해하고 있는가가 모든 수행의 핵심이다. 공감 능력을 잃어가는 세태이다. 공감할 수 있는 힘이 절대 필요하다. 침몰한 세월호보다 세월호를 잊고 싶어 하는 모습이 더 큰 비극인 것처럼, 코로나의 공격보다 그 팬데믹 현상 속에서 타자를 외면하는 이기주의가 더 큰 비극이다.

어느 모습이 더 '행복한 왕자'였을까. 보석으로 치장된 왕자였을까. 사파이어로 된 눈까지 뽑아 고통을 나누려던 왕자였을까. 세상에서 가장 귀한 것을 가져오라는 신의 명령에 천사는 쓰레기통에 버려졌던 왕자와 제비의 심장을 선택한다. 존재의 비의를 우린 그렇게 읽어내야 하지 않을까. 아직 우리에겐 아름다운 심장이 있기에 말이다.

"이상한 일이에요. 날씨는 몹시 추운데 몸은 이렇듯 따뜻하네요." 강남에 가지 못한 제비의 말이다. 이것이 우리 감염시대의 열쇠가 아닐까. 고단할수록 위기일수록 마음이 따뜻해지는 비법이 있다. 나눔이다. 왕자가 보여준 마음의 높이, 그 수수께끼는 내가 지닌 것들을 묻는다. 타자의 슬픔을 덜어주기에 나의 소유는 언제나 충분하다. 한 뼘이라도 마음의 뒤꿈치를 들어볼 일이다.

가장 위대한 바보 예수

꽃집 양동이에 담긴 백합이 환하다. 비록 가게 유리창 안이지만 백합은 무수한 언어를 안고 주변을 들판으로 만들고 있었다. 솔로몬의 부귀와 명예는 그 향기를 따라올 수 없다고 예수는 단언했다. 왜 그렇게 말했는지 더욱 절실하게 다가오는 코로나19 팬데믹 시대이다.

나는 예수를 사랑한다. '늘', '매우', '정말'이라는 부사를 넣으려다 민망해서 빼고 나니 이 소박한 문장이 더 깊어진다. '예수'라고 발음만 해도 마음이 간절해진다. 오랜 세월 묵상 속에서 그는 내게 깊은 영성을 선물했다. 나는 늘 묻고 예수는 늘 대답한다. 예수가 물을 때도 있다. 내 대답은 늘 엉성하다. 스무 살 무렵 만난 예수는 나를 변화시킨 첫 번째 스승이며 영원한 구루이다. 만난 이후, 한 번도 내 곁을 떠나지 않았다.

예수를 사랑하는 이유를 곰곰 따져보노라면 그가 가장 위대한 바보라는 데에 있다. 그를 보면서 선지자도 수행자도 바보의 길을 가는 사람임을 깨달았다. 그 바보들과 바보 정신을 닮고 싶었다. 그 자세를 배우려고 노력했다. 찾아보니 역사 속에는 무수한 바보들의 이름이 등장한다. 그중 예수는 가장 위대한 바보였다. 그야말로 바보의 특징을 골고루 제대로 갖추고 있다.

그는 집도 없는 노숙자였다. 떠도는 자였고 가난했다. 그는 배고프고 자주 지쳤고 그래서 홀로 오래 기도했다. 그러면서 약한 자들, 병든 자들을 찾아다녔다. 그는 아끼던 제자에게서도 배신을 당한다. 자신의 재판에서 침묵하고 그리고 십자가에서 죽었다. 한마디로 자신의 이익을 따라간 적이 없다. 그러면서 예수는 정말 위대한 신에게 다가가는 법을 알았고, 가장 아름다운 자연에 머무는 법을 찾았다. 사람을 사랑한다는 것이 무엇인지도 몸과 영혼이 소통하는 방식을 선명히 깨달았다.

그래서 그는 어리석을 수 있었다. 그 시대가 가진 모든 셈법을 바꾸었다. 묵묵히 기도할 수 있었고, 잘못된 바리새인의 신앙에 분노할 수 있었다. 그 어리석음의 힘으로 용감할 수 있었다. 사랑의 소명에 충실할 수 있었고, 자신이 어떻게 산 제물이 되어야 할지 알았다. 인류에 대한 헌신이 얼마나 절실한지 분명하게 깨닫고 있었다. 산상수훈을 비롯한 그의 무수한 가르침을 떠올리지 않아도, 다음 한마디에서 그 어리석음의 극치는 드러난다.

"들에 핀 백합화를 보십시오. 심지도 거두지도 길쌈도 하지 않는데 솔로몬 왕의 모든 영광으로도 그 꽃 하나만 같지 못합니다."

우리는 들에 핀 백합을 선택할 것인가. 솔로몬의 영광을 선택할 것인가. 예수는 솔로몬의 지혜와 영예를 바람에 무심히 흔들리는 백합과 비교했고, 그 비교에서 백합을 선택했다. 그 백합이 솔로몬의 비단옷의 영광보다 더 아름답다는 것이다. 여기에 지혜가 있다. 우리는 어떨까. 백합과 비단옷이 있다면 무엇을 선택할 것인가. 아마도 대부분은 비단옷을 선택할 것이다. 하지만 어리석음을 선택한 자는 백합을 선택한다. 백합꽃이 품은 거대한 자연의 비밀과 향기가 그에게는 감지가 된다.

　동시에 예수는 무엇을 먹을까, 무엇을 입을까를 걱정하지 말라고 당부했다. 그런데 예수를 섬기는 교회가 자꾸 대형화되고 물질화되는 현상을 도무지 이해할 수가 없다. 하루하루 일용할 양식을 구하는데, 도대체 무슨 그리 큰 그물이 필요한가. 건물과 시스템으로 운영되는 교회는 예수의 선택을 전혀 감지하지 못한다. 극단적인 자본주의로 운영되는 교회 안에는 예수도 없고 예수 정신도 없다. 왜 백합이 더 소중한 것인지 우리는 설명할 수 있을까. 물신에 빠진 이 시대, 백합의 영원성과 아름다움을 설득할 수 있을까. 백합을 선택하는 용기를 가르칠 수 있을까. 과연 우리는 '있는 그대로'의 삶, 자연의 삶, 그 영원의 삶을 볼 수 있을 것인가. 내 삶의 모든 순간에서 이 질문은 언제나 나를 덜컥거리게 했다.

　예수를 사랑한다 하면서도 그의 삶을 흉내 내기란 쉽지 않다. 아직도 내 머릿속은 영악한 계산으로 작동하고 있기 때문이다. 진정한 어리석음을 닮아가기란 얼마나 어려운가. 자신의 손해를 계산하지 않을 때 그 사랑은 우주적 에너지로 작동한다. 때문에 예수의 삶은 이천 년이 지난 지금도 선량하고 아픈 자들에게 감동과 위로이다. 예수를 종교적 인물에 앞서, 가장 영성적 존재로 이해하는 것이 필요하다. 그래야 생명의 실체가 더 분명해진다. 영혼의 위대함에 대한 의지가 신을 받아들이는 능력이 된다. 자기완성을 향한 숭고한 운명과 불멸성은 그렇게 신과 하나가 되는 법이다.

전 지구적 위기에 세계가 쩔쩔맨다. 이럴수록 우리에게는 어리석음의 지혜, 계산된 방정식이 아니라 전혀 다른 셈법이 필요하다. 어리석어질 용기가 절실하다. 그 용기는 곧 청빈과 겸허로 빛난다. 스위스 철학자 프레데릭 아미엘의 다음 문장은 포스트 코로나에 대응하는 조언이 되지 않을까.

"인생은 영혼의 탄생이어야 한다. 동물적인 것이 인간화되고, 육체가 정신으로 거듭나고, 육체적 활동이 양초가 빛과 열로 바뀌듯 사상으로, 의식으로, 이성으로, 정의로, 관용으로 바뀌지 않으면 안 된다. 이 숭고한 연금술은 지상에서의 우리의 존재를 정당화한다. 여기에 우리의 사명이 있고 우리의 존엄성이 있다."

어리석은 이름, 아버지, 어머니

아버지는 등의 존재이다

자신의 등은 자신이 볼 수 없다. 한 번도 보지 않았지만 등이 있어 우리는 꼿꼿이 걷고, 가방도 멘다. 누군가에 기대고 누군가가 나에게 기댈 수 있도록 만든다. 가장 무거운 짐은 등에 졌다. 등이 몸에서 가장 넓은 부분이며, 강한 버팀목이라는 것을 알고 있다. 아버지는 등의 존재이다. 한때 우리는 아버지가 가장 힘이 센 줄 알았다. 아버지가 가장 엄한 존재로 다가오던 시절이 있었다. 고마우면서도 눈치를 봐야 했던 아버지는 권위의 대명사였다.

하지만 한참 나이를 먹고서야 아버지는 거인이 아니었음을 안다. 단지 가장일 뿐, 아버지는 그다지 강인한 사람이 아니었다. 부자도 아니었고 명예도 없었다. 그때 그 힘센 아버지는 하루하루를 벌어 우리를 먹여 살리려고 뛰어다니던, 그저 주먹을 움켜

쥔 고단한 육신이었다. 자식을 지키기 위하여 세상과 싸우고, 자식 일이라면 무엇이든 감싸던 어른, 아버지가 가장 무서운 건 새끼들의 입이었고 눈이었다.

오늘날 아버지는 약하다. 아버지라는 이름이 가지고 있는 보다 근원적인 슬픔을 다음 시편들은 보여준다.

> 아버지는 단 한 번도 아들을 데리고 목욕탕엘 가지 않았다// (…)
> 등짝에 살이 시커멓게 죽은 지게자국을 본 건
> 당신이 쓰러지고 난 뒤의 일이다
> 의식을 잃고 쓰러져 병원까지 실려온 뒤의 일이다
> 그렇게 밀어드리고 싶었지만, 부끄러워서 차마
> 자식에게도 보여줄 수 없었던 등/ (…)
>
> —손택수, 「아버지의 등을 밀며」에서

어느 순간이라도 자식만큼은 지켜내야 했고, 아무리 힘들어도 자식만큼은 책임져야 했다. 아버지라는 이름은 의무였고 노동이었다. 그리고 아버지는 그 의무와 노동을 기꺼이 사랑했다. 스스로 가장이었으므로. 자식들을 사랑했으므로. 그것이 우리가 아버지를 떠올릴 때마다 커다란 등짐을 떠올리는 이유이다. 아버지의 등에 찍힌 우리의 발자국을 본다.

아버지라는 이름은 시대이다. 아버지는 모든 것을 약속하며 우리를 키운다. 모든 것을 주고 싶어 했다. 널찍한 아버지의 등은 기실 자식들에게는 운동장이었다. 마음 놓고 기대었던 하늘이었다. 건방진 문명인 우리는 그 넓은 자연을 무시한다. 그 쪼그라든 삶을 부양해야 함을 부담스러워한다. 아무리 힘들어도 그 힘든 것을 등에 감추었던 아버지들. 거대한 역사적 소명만큼이나 가족의 눈빛이 소명을 요구하던 그 이름, 위대한 어리석음이다.

가장 근원적인 장소, 어머니

태어나 살다가 어느 날 문득, 어머니라는 이름표를 달게 된다. 그때만큼 두렵고 당혹스러운 순간이 있을까. 생명에 대한 책임은 거대한 대양처럼 거친 파도를 이고 달려온다. 하지만 그 끝없는 물결 위로 흰 돛단배 같은 기쁨을 어머니들은 띄웠다. 부모라는 이름을 얻고 나면 삶은 완연히 달라진다. 희생과 헌신의 삶이다.

　아무리 누추하고 퇴락했을지라도 나를 나답게 하는 장소가 있다. 그곳이 아버지이고 어머니이다. 부모들은 장소이다. 내가 존재하는 자리이다. 언제나 어느 순간에나 장소는 가장 근원적인 나를 기억한다. 하지만 우리는 어머니라는 장소를 기억하고 있는가. 자식들 몸짓 하나하나에 울고 웃던 부모의 일상을 기억하는가.

　이 시대가 장소를 잃어버렸다. 도시는 거대한 공간이 되었고, 그것은 매우 실용적인 현실적이고 도구적이다. 손때 묻은, 추억이 살아있는 장소이기 이전에 도시는 구조화된 삶으로 나를 공간적 존재로 만든다. 하지만 우리에게는 체온이 묻어 있는 장소들이 얼마나 많은가. 점차 사라지고 있는 장소처럼 부모라는 장소도 자꾸 소외되고 있는 현실이다.

어머니의 손바닥은 언제나 깊고 환한 장소이다. 어머니라는 이름은 슬픔이며 동시에 기쁨이다. 지나간 시간은 모두 보석이 되듯이 어머니는 나를 물결지게 만드는 파도이다. 세상에 부모라는 이름만큼 거대한 바다가 있을까. 내 꿈이 깃들던 곳, 내가 엎어져 마음 놓고 기대던 그곳은 아직도 우리를 기다리고 있다.

> 하루 종일 밭에서 죽어라 힘들게 일해도
> 어머니는 그래도 되는 줄 알았습니다.//
> 찬 밥덩이로 대충 부뚜막에 앉아 점심을 때워도
> 어머니는 그래도 되는 줄 알았습니다.// (…)
> 손톱이 깎을 수조차 없이 닳고 문들어져도
> 어머니는 그래도 되는 줄 알았습니다.// (…)
>
> ─심순덕, 「어머니는 그래도 되는 줄 알았습니다」에서

시간이 그리움이 된다는 건 행운이다. 어머니의 삶은 지금을 견디기 위한 강인한 디딤돌이었다. 아버지의 슬픔과 기쁨을 이해하게 되면서, 어머니 기도와 희생을 떠올리면서 자식은 차츰 완성되어 간다. 어머니는 우리에게 가장 편안한 의자였다. 당

신은 아무리 고독하셔도 우리의 행복한 모습을 보고자 했다. 그렇게 자신이 닳는 줄을 모르고 말이다.

인간은 부모로 늙어가면서 부모로 완성된다. 아버지가 되어 보아야 아버지의 가슴을 열어볼 수 있고, 어머니가 되어 보아야 어머니의 심장 소리를 들을 수 있는 것이다. 심정을 안다는 것은 그 슬픔이나 기쁨, 절망이나 희망이 한이 없는 높이와 깊이임을 깨닫는 일이다. 그 헌신과 희생은 어떻게 사전적 어휘로 정리될 수 있는 게 아니다.

부모의 발자국들

그리고 아프다. 우리 근대사를 끌고 온 부모들은 온몸으로 자식들을 지키고자 했다. 일제강점기부터 한국전쟁을 관통하면서 그 후의 산업화 사회를 등에 지고 가야 했던 우리 부모들은 손마디 하나 고울 수가 없다. 특히 부산의 어머니 아버지들은 어시장의 비린내에 절어 살았고, 산동네 계단 비탈을 가파르게 디디며 가난을 품어냈다. 그래서 우리는 그나마 목소리를 내는 민족이 되었다. 삶 자체가 헌신이고 희생이었던 그야말로 구부러진 못 같은 그들의 일상을 우리는 어떻게 기억할 것인가.

(…) 늙으신 아버지를 모시고

서울대병원으로 검진받으러 가는 길

버스 앞에 아버지를 세워 놓고는

어디 가시지 말라고, 꼭 이 자리에서 서 계시라고 당부한다//

커피 한 잔 마시고, 담배 한 대 피우고

벌써 버스에 오르셨겠지 하고 돌아왔는데

아버지는 그 자리에 꼭 서 계신다//

어느새 이 짐승 같은 터미널에서

아버지가 가장 어리셨다

　　　　　　　　　　　　　　　　-이홍섭, 「터미널」에서

작은 발을 쥐고 발톱 깎아드린다 (…)//

이 발로 아장아장

걸음마를 한 적이 있었단 말인가

이 발로 폴짝폴짝

고무줄놀이를 한 적이 있었단 말인가

뼈마디를 덮은 살가죽

쪼글쪼글하기가 가뭄못자리 같다

굳은살이 덮인 발바닥

딱딱하기가 거북이 등 같다// (…)

　　　　　　　　　　　　　　-이승하, 「어머니의 발톱을 깎아드리며」에서

자식이 의젓하게 성장할수록 아버지는 늙는다. 삶도 육체도 쪼그라드는 것이다. 근엄하던 아버지, 우리에게 매를 들던 아버지는 이제 늙고 병들어 자식의 보호를 받는다. 자식의 등을 기다린다. 기다리는 것도 미안해하며 기다린다. 가부장제도 희미하고 가장의 역할도 끝나고 올데갈데없어진 아버지는 존재의 한계를 보여준다. 아버지, 어머니는 다시 아이가 되고 그리고 자연으로 돌아간다. 우리 발톱을 깎아주던, 세상을 다 가진 줄 알았던 어머니의 발톱을 이제 우리가 깎아준다. 어머니 머리를 감겨주면서 어머니가 어떻게 우리의 머리를 감겼는지 알게 된다. 부모들이 얼마나 가난했는지를 깨닫는다. 공부는 그렇게 조금씩 겨우 숙성되어 가는가.

우리는 아버지의 헌신, 어머니의 사랑을 부모가 되고서야 안다. 자식을 품어 안아보고서야, 삶 전체를 생명 전체를, 우주 전체를 조금 알게 된다. 아버지 어머니의 슬픔을, 기쁨을, 두려움을 배우게 된다. 극단적인 물질주의를 사는 우리는 부모의 발자국, 그 영혼이 묻어나는 발자국을 보지 못한다. 부모의 발자국을 제대로 발견할 수 있다면 우리는 가장 우리다울 수 있다. 내 발자국도 보이기 때문이다.

우린 부모들에게 우리의 등을 얼마나 내어주고 있는지, 자식들에게 어떤 등을 내어주고 있는지를 돌아본다. 어리석지 않으면 이 희생과 헌신은 불가능하다. 그래서 아버지라는, 어머니라는 이름은 가장 위대한 어리석음을 일컫는 단어이다.

무위를 꽃피우는 바보들

幻을 향한 여행

바람이 분다. 어디서 출발한 바람인가. 어디쯤 도착할까. 바람의
발꿈치를 오래 응시한다. 꽃진 자리마다 잎이 돋는다. 어디선가
한 사람이 무너지고 어디선가 한 사람이 울고 있다. 잊었던 기억
처럼 꼬리 없는 길고양이와 마주친다. 사탕 깨물듯 빙하가 깨어
지고, 태평양 한가운데 섬에선 뱃속 가득 플라스틱을 삼킨 앨버
트로스가 날개 퍼덕이며 죽어간다. 쓰레기 사이로 반짝반짝 연
초록이 번져간다. 자연은 얼마나 오래 바보였을까.

볼리비아 우유니 소금사막을 다녀왔다. 길에 서면 시간은
상대적으로 흐르기 시작한다. 하염없이 늘어나는 시간. 느끼면
느낄수록 여행 속의 시간은 신비하게 해체된다. 단순 일탈이라
고 할 수 없는 무한 풀림. 그래서 내 60년은 결코 짧다고 할 수 없

다. 오히려 충분히 길고 길다. 무수한 여행 때문이다. 그 여행의 실타래 안에 광막한 대자연들이 펼쳐져 있다. 가슴 밑에 아득한 시원의 풍경들. 다람살라에서 라다크의 레까지 지프로 달리던 까마득한 벼랑길, 혜초가 불경을 찾아 넘었다는 중국과 파키스탄의 국경을 잇는 파미르의 카라코람 하이웨이, 라싸에서 출발해 티베트 서쪽 끝자락에 이르던 카일라스 순례길, 리마에서 출발 쿠스코를 지나 티티카카호수에 이르던 페루의 대자연. 손가락으로 헤아리는 것 말고도 내 세포를 채우고 있는 풍경들은 하나같이 거대하고 숭고하다.

　대자연이 언제나 그랬듯 우유니 소금사막도 모든 상식을 정지시켰다. 해발 3천 6백이 넘는 고산에 고립된 수억 년 전의 바다가 만든 사막은 한 마디로 幻의 세계였다. 표현할 수 없는 것들을 표현한다는 건 욕망에 불과한 것임을 그제야 깨달았다. 표현할 어휘가 없었다. 그 눈부신 침묵, 그 눈 시린 고적함. 희디흰 대지는 모든 반영을 안고 幻으로 하늘에 떠 있었다. 자세히 보고자 했지만 어떤 실체도 보이지 않고 그저 모든 게 아득했다. 오히려 그것은 캄캄했다. 소금으로 뒤덮인 황무지는 동행한 사람들조차 환영으로 보이게 했다. 기이함에 사로잡혀 그냥 바보가 되었다.

　튕긴 고무줄처럼 돌아온 도시, 코로나19가 일상을 지배하기 시작했다. 바이러스에 쫓기면서야 그동안 살아온 시간이 거대한 幻이었음을 확인한다. 내 등가죽에 붙은 세계는 소금사막과 같은 환의 세계였던 것이다. 나는 거대한 幻을 업고 다니는 존재였다.

幻을 업고 幻을 횡단하고 있는 것이다. 그 응무소주이생기심應無所住而生其心의 세계. 그렇게 보이지 않는 것을 믿는 법을 배운다.

시대가 영악하다. 사면으로 이익정보가 출렁이고 이익이라는 한 방향을 향해 달려간다. 사소한 불이익에 분노한다. 바람이 불어도 내게 이익인가 손해인가, 꽃이 피어도 이익인가 손해인가를 따진다. 유용성의 시대, 무용지용의 가치는 언어도단이다. 무익한 일에 매달리는 건 죄와 벌의 세계이다. 영악한 눈동자들은 자기가 꽤 똑똑하며, 제법 괜찮은 인물이라고 확신한다. 이익이 최선인 영악함들은 두려움에 길들여지면서도 숫자에 집중한다.

옛말에 자신이 어리석은 줄 알면 어리석은 자라도 지혜를 얻을 것이요, 자기 지혜를 믿으면, 지혜 있는 자라도 점점 어리석은 데로 떨어진다고 하지 않는가. 노자는 용감한 사람은 두려워하는 듯하고, 대단히 지혜로운 사람은 어리석은 듯하며, 가장 곧은 것은 마치 구부러진 것같이 보이고, 가장 뛰어난 기교는 서툴러 보이며, 가장 뛰어난 말솜씨는 더듬거리는 것처럼 보인다고 가르쳤다. 큰 지혜는 잔재주를 부리지 않으며, 눈에 보이는 것들이 실체가 아니라는 것이다.

어리석기가 어려운 세상이다. 엄청난 정보들이 우리에게 명령한다. 정보에 갇혀 충실한 노예가 된다. 정보의 억압을 견디며 자신이 똑똑하다고 믿는다. 정보는 위장술을 만든다. 자신이 괜찮은 교양인이라고 믿는 그 지식들은 선량함을 위장한다. 얕은 지식에 얽매인 착각과 교만. 세계의 부조리함과 불가해성에 대한 깨달음은 정보로 해석되지 않는다.

바보들은 정보에 매달리지 않는다. 굳이 표현에 매달리지 않는다. 그저 그런 줄 안다. 어리석음은 위장술을 버리는 일이다. 그래서 어리석음은 인간을 인간답게 하는 가장 근원적인 틈을 찾아 스며든다. 틈새에 핀 꽃처럼 말이다. 우기엔 아가미로, 수년 수개월의 건기엔 폐로 숨을 쉬던 고생대 물고기 폐어처럼 철저히 자신의 밑바닥에 들어간다. 묵묵함과 겸허함. 세계와 자신의 존재 이유를 향한 끊임없는 성찰은 어리석음에서 나온다. 존재의 불안과 고통을 고적하게 바라보려면 큰 어리석음이 필요하다. 어리석음은 그 자체로 불완전을 위한 가능성이며, 이는 곧 손해를 보는 능력으로 이어진다.

읽고 쓰는 일, 그 불편과 미완성

어릴 땐 책이 없었다. 빌려서 읽고 훔쳐서 읽고 곁눈으로 읽었다. 책 있는 사람 주변을 맴돌았다. 동네 불량 만화방이 독서의 전부일 수밖에 없던 60년대. 배고팠던 기억보다 책 고팠던 기억이 유난한 걸 보면 난 무척 고독한 아이였나 보다. 비굴한 독서가 유일한 존재 행위였다. 교과서 밑에 어김 없이 소설책을 감춰 두고 읽어가며 그렇게 문학소녀로 성장했다. 그 문장들은 나를 어디로 끌고 갔던 걸까.

읽는 일이란 무엇을 읽는 걸까. 그때나 지금이나 난 무엇을 읽고 있는 걸까. 아마 그때부터 삶과 죽음의 경계를 책에서 계속 감지했는지 모른다. 경계는 언제나 불투명했다. 읽었는데도 닿을 수 없었다. 읽은 것들이 내 손에 쥐어진 적이 없었다. 읽어낸 세계 속으로 걸어 들어간 적이 한 번도 없다는 것, 어떤 책도 내가 읽었노라고 말할 수 없다는 것을 수십 년 건너와서야 깨닫는다. 그 읽음의 실재계는 물컹물컹한 어둠이었다. 아무리 들여다봐도 먹물 같은 절망이었고 어떤 파장만이 느껴졌는데, 그 파장의 추론이 우리가 말하는 지식이라는 것들이었다. 참 얄팍한 세계였다.

그렇다고 내게 읽는 일이 정보 차원에서 끝나는 소비적인 도구는 아니었던 것 같다. 그것은 언제나 유령의 손짓처럼 두려우면서 외면할 수 없는 슬픔 같은 것이었다. 환희처럼 다가오는데 불현듯 긴 그림자들을 거느린 빛. 어쩌면 그것은 우유니 소금사막의 광대한 아득함과 닮아있었다. 창을 열면 또 하나의 창이 있는, 창을 열 때마다 무수한 창이 이어지는, 사방이 거울로 된, 서로의 반영을 삼키고 동시에 뱉어내는 이미지들 같았다. 어느 것도 실체가 아니면서 강렬하다. 그곳이 실재계의 경계였던가. 그 두려움, 그 미지를 사랑할 수밖에 없는 사람들이 읽는 자들이다. 그래서 읽는 자들은 불안을 사랑하고 미완성을 사랑한다. 안정되고 고착된 것을 더 두려워한다. 어떤 숫자도 계산도 작동하지 않는 울렁임에 몸을 던진다.

읽음은 정보가 아니다. 읽음 자체가 존재 행위이다. 나와 세계를 의심하는 것. 마음의 가장자리를 흔드는 파문을 찾아가는 것. 그것은 무용의 세계이다. 어리석음을 선택한다는 것은 그런 것이다. 읽는 일은 고독을 학습하는 일이다. 도저히 가닿을 수 없는 한 인간의 고적한 실존을 엿보는 데에 불과한 슬픔, 그래서 모든 독서는 미완이다. 하지만 읽음은 쓰기를 잉태하는 일이었다. 읽은 자들은 글을 쓸 수밖에 없다. 글 쓴다고 해결될 일도 아니고, 글 쓴다고 길이 더 잘 보이는 것도 아니다. 하지만 그냥 써야 한다. 재주도 없는데도 쓰고 아무도 읽지 않아도 써야 한다. 그야말로 미련하게. 바보같이.

글쓰기는 모든 읽기의 정점이다. 하지만 글쓰기는 고독과 고통을 수반하는 안고수비眼高手卑의 세계이다. 눈은 높고 마음은 크나 재주가 따르지 못하고, 이상은 높지만 실천은 어렵다. 하지만 쓰는 일은 실재계의 경계에 서려는 의지이다. 니체의 초인정신과 닮았다. 우리는 글쓰기를 통해서 자신의 경계를 발견하고 또 넘어서고자 한다. 거기엔 매번 손해와 무익이 따른다. 그 무익의 반복, 그 절망. 진정한 무위이다.

'愚公移山'이란 지혜. 어리석은 자만이 산을 옮길 수 있다는 말이 서늘하게 닿는다. 우공愚公 중의 우공, 시시포스는 굴려 올린 바윗돌이 떨어지는 소리를 듣는다. 산 아래 아득한 바위를 바라본다. 다시 들어 올리기 위해 산을 내려가는 그 발꿈치의 울림. 무엇보다 어리석음이 없으면 할 수 없는 일이다. 그것이 존재의 큰 뿌리이며, 우리가 살아가야 할 이유이다. 생명 자체는 슬픔도 아니고 불행도 아니고 그저 고독일 뿐이다. 글 쓰는 자는 무익함을 사랑한다. 카이로스적인 곡선을 달리는 이 글쓰기는 크로노스적인 직선에게 모든 것을 실제적으로 빼앗긴다. 내 안의 바보를 호명해야 하는 까닭이다.

매사 손해 보는 일 또 속는 일이 바보의 직분이다. 바보가 되려면 자신이 바보인지도 모르고 늘 손해를 보아야 한다. 속아야 하고, 속은 줄도 몰라야 한다. 그때 바보는 중력을 벗어나는 하나의 길이 된다. 영악해서는 글을 쓸 수 없다. 영악해서는 고독할 수도 없다. 영악해서는 독서도 여행도 할 수 없다. 읽는 일도 쓰는 일도 여행도 철저한 무용의 행위이기 때문이다. 문화와 예술조차 유용성을 지향하는 극단적인 소비사회, 영혼들이 방황한다. 실용적 가치를 비웃는 척하며 속으로 계산하는 혼란스러운 영악함을 바보들은 흔쾌히 비켜선다.

영악해질까 두렵다. 무차별로 공격하는 정보들이 나를 편리하게 만들까 두렵다. 스스로 바보가 되지 않으면 우리는 영악한 잣대를 가지고 자신과 세계를 재단한다. 바보들은 그저 받아들인다. 손해를 본 줄 모르기에 매번 손해를 본다. 속은 줄 모르기에 매번 속는다. 하지만 어리석음을 깊이 공부할 때 세계엔 하나의 문이 열린다. 이익이 없는 자리에서 무한한 가능성이 열리는 것이다. 어리석지 않으면 할 수 없는 일들이 우리를 기다린다. 자연처럼. 코로나19가 인류의 영악함에 지친 지구의 어쩔 수 없는 선택인 것처럼.

그리고 해골, 생명의 가능성

산의 해골이 보인다. 바다의 해골이 보인다. 목련의 뼈가 보이고 바람의 뼈도 보인다. 자유의 뼈가 보이고 추억의 뼈가 보인다. 삶 속에서 무수한 존재들과 무수한 사건들의 뼈가 내게로 걸어온다. 주변의 손목뼈들이 나를 일으키고 주변의 갈비뼈들이 나를 안아준다. 해골과 동무하고 해골과 다툰다. 그러는 동안 해골들은 내 선생이 된다. 아무 말도 안 들어도 나는 큰 가르침을 받는다. 나는 뼈들의 말을 받아쓰고, 삶이라는 받아쓰기 공책은 내 책상 위에서 푸른 우물이 된다. 쿠바 시인 호세 마르티의 시 한 편을 만나고 나서부터이다.

(…) 내게 착실한 시종이 있으니
먹지도 않고, 잠들지도 않고,
작업하거나, 또 흐느껴 우는
나를 보기 위해 몸을 웅크리는구나.//
외출하면, 이 비천한 자는 내 주머니 속에
몰래 들어와 나타나고,
돌아오면, 이 완고한 자는 회색 재
한 잔을 내게 제공하는구나.//
잠든다면, 동이 틀 때까지
내 침대 옆에 앉아 있고,

글을 쓴다면, 내 시종은

잉크병 속에 피를 쏟아내는구나.//

존경하는 사람, 내 시종은,

걸을 때 이를 딱딱 마주쳐 울리나니,

내 시종은 오싹하고, 또 반짝반짝 빛나는구나

내 시종은 해골이니.

-호세 마르티, 「소박한 시 XL」에서

호세 마르티는 17살 어린 나이에 정치범 감옥에서 강제노동을 하고 18살에 추방을 당해 42살 쿠바 독립전쟁에서 전사할 때까지 이방인의 삶을 살았다. 그는 스스로 산화하며 빛을 발하는 별의 이상을 제시했고, 일생을 가난과 고독으로 싸워야 했다. 문학이라는 감수성과 상상력은 타자를 위한 소명으로 숙성되었다. 그의 생각과 혁명을 아는 이는 그의 해골뿐이었다.

해골의 다른 이름은 고독이다. 고독의 다른 이름은 죽음이다. 죽음을 상징하는 해골은 더 많은 은유를 함유하고 있는 근원적 존재이다. 무수한 뼈들이 우리 사유를 구성하고 있다. 모든 육신에 뼈가 있듯, 죽음이란 삶 속에서 우뚝하다. 평생 '가치 있는 죽음'을 따라다닌 마르티는 얼마나 바보였던 걸까. 모든 순수는 미련하고 소박하고 간결하다.

그의 해골을 떠올리며 나의 생각을 아는 이도 나의 해골뿐임을 깨닫는다. 나는 나의 해골과 여행한다. 나의 해골과 싸우고 나의 해골과 화해한다. 나의 해골은 나를 끌고 가기 위하여 늘 가르친다. 해골은 죽음을 존중하게 하고 죽음을 준비시킨다. 고독 또한 죽음을 존중하고 죽음을 준비시킨다. 하여 고독은 가장 큰 스승이 된다. 말라르메도 말하지 않았던가. 유일한 참된 충고자, 고독이 하는 말에 귀를 기울이라고.

죽음과 고독을 학습한다는 것은 어리석음을 지킨다는 말이다. 보이지 않는 것을 믿는 건 바보의 학습이다. 어리석게 연습문제를 풀고 어리석게 예습하고. 그 어리석음만이 죽음의 따뜻한 문고리를 당길 수 있다. 그 고독과 고적만이 믿음으로 작동한다. 이쯤 와서야 우유니에서 만난 것은 신의 짜디짠 눈물이었음을 깨닫는다. 신은 도대체 얼마나 울었더란 말인가. 신의 고독이 손에 만져지던 소금사막. 신은 가장 바보였다.

추억은 잘 숙성된 어리석음으로 가득하다. 해골 앞에서 이제 나의 이야기는 우리의 이야기가 될 수 있을까. 무수한 타자들이 소금 입자들처럼 짜디짠 얼굴로 나를 돌아본다. 어리석지 않으면 볼 수 없는 얼굴들이다. 여행하지 않으면 만날 수 없는 눈빛들. 고적하지 않으면 감지할 수 없는 침묵들. 쓰지 않으면 결코 선명해질 수 없는 사랑이다.

그렇게 읽기와 쓰기와 여행은 어리석음의 영역이다. 어리석음이 생산하는 건 손해 보고도 손해인 줄 모르는 무위이다. 무위는 세계를 幻으로 이해하고 어떤 결과도 기대하지 않는 능력이다. 그런 점에서 바보는 진리의 문이 된다. 내 안에 숨어있는 바보들을 어떻게 불러낼 것인가. 억울함을 당하고도 억울한 줄 모르는 어눌함의 세계. 그 무위를 꽃들은 봄마다 피워낸다. 어리석게 말이다.

　모든 幻은 반영을 가지고 나를 횡단하는 중이다. 나는 그 幻을 읽기와 쓰기로 횡단한다. 바람이 분다. 옥수수 냄새가 나고 젖 냄새가 나고 정어리 냄새가 난다. 한참을 돌아 언젠가 문득 새로운 냄새로 달려오리라. 얼마나 많은 그림자를 안고 올까. 다시 하늘을 딛고 가는 바람의 발뒤꿈치를 응시한다.

물질을 정신으로 바꾸는 싸움

무엇이 문학인가요. 어떻게 하면 좋은 글을 써나요. 사랑이란 무엇인가요. 어떤 예술이 훌륭한가요. 종교는요. 철학은요. 사람들이 종종 던지는 질문들이다. 시간이 갈수록 나의 대답은 점점 간결해지고 한 가지로 함축된다. '사물의 음성을 듣는 거지요.'

언제나 우리에게 말을 건네고 있는 사물들. 그 목소리를 듣는 것이 문화이고 예술이고 철학이다. 사물의 목소리를 들을 수 있는 능력이 사랑이고 종교이며 좋은 글을 쓸 수 있는 방법이다. 듣는 능력이 있어야 상상하고 공감하고 응답한다. 듣는 능력이 표현할 수 있는 능력이다. 들음이 없으면 어떤 울림도 만들 수 없다.

보이지 않는 고리를 만들며 번져가는 그 떨림은 시간과 공간을 넘어 우리의 세포 속으로 스며든다. 삶도 꿈도 이 파문을 향한 응답의 형식이 된다. 사물의 목소리를 들을 줄 안다면 어떤 타자의 목소리도 명료하게 다가온다. 사물의 세미한 떨림에서 우리는 우주를 감지할 수 있다. 자연은 그런 파문과 진동을 말한다.

예전에 파미르 고원을 횡단한 일이 있었다. 한여름인데도 설산이 둘러싼 고원을 고물 버스로 종일 달렸다. 버스가 잠시 멈춰 내렸더니, 발밑에 노란색 보라색 자잘한 꽃잎들이 끝도 없이 펼쳐져 있었다. 미세한 꽃송이들이 그 거대한 풍광을 구성하고 있었던 것. 인적도 없는 곳에서 말이다. 가슴 찡한 발견이었고 우주란 그런 소소한 목소리와 몸짓들로 구성된 광대함임을 이해했다. 니코스 카잔차키스 『그리스인 조르바』에서 울려나오는 조르바의 목소리를 듣는다.

"나는 세 부류의 사람이 있다고 생각해요. 소위, 살고 먹고 마시고 사랑하고 돈 벌고 명성을 얻는 걸 자기 생의 목표라고 하는 사람들이 있어요. 또 한 부류는 자기 삶을 사는 게 아니라 인류의 삶이라는 것에 관심이 있어서 그걸 목표로 삼지요. (…) 마지막 부류는 전 우주의 삶을 목표로 하는 사람입니다. 사람이나 짐승이나 나무나 별이나 모두 한 목숨인데, 단지 아주 지독한 싸움에 휘말려 들었을 뿐입니다. 이렇게 생각하는 사람들요. 글쎄, 무슨 싸움일까요? …물질을 정신으로 바꾸는 싸움이지요."

물질을 정신으로 바꾸는 싸움. 곧 메토이소노(거룩하게 되기)이다. 물리적, 화학적 변화를 넘어 영적인 에너지에 닿는 힘, 그것이 생명이다. 유감스럽게도 우리 일상은 거꾸로 정신을 물질로 바꾸는 데에 열중하고 있다. 모든 예술과 문화가 산업화되면서 기능적, 소비적이 되어버렸고 모든 가치는 존재가 아니라 교환가치로 작동한다. 학습자, 생산자, 소비자, 유통자까지 수도권에 몰린 현상은 정신을 물질로 바꾸는 도구적 현실을 그대로 보여준다. 자본으로 환산된 가치들은 들을 줄도 응답할 줄도 모르는 물질에 불과하다.

어디선가 그 누군가는 물질을 정신으로 바꾸기 위하여 싸운다. 우주의 삶을 목표로 하는 사람들, 그들은 고단하고 외롭고 아프게 빛난다. 가치는 어떤 성과로 재단할 수 없고 어떤 수치로 진단할 수 없다. 특히 예술은 유용함의 세계가 아니라, 무용지용의 세계이기 때문이다. 그 무용이 삶과 꿈을 듣게 하고 응답하게 한다. 우주적 영성을 지닌 자라면 물질을 정신으로 바꾸는 지독한 싸움을 피할 수 없다. 나의 지역에서 우주의 떨림을 감지하는 순간, 보이지 않는 세계는 엄연한 현실로 발현된다.

인도 현자 스와미 웨다의 음성은 인문의 방향을 잘 보여준다. "촛불은 부드러운 미풍에도 꺼진다./ 그것은 바깥에 있는 것에 의해 점화되기 때문이다./ 반딧불이는 폭풍에도 빛을 잃지 않는다./ 그 빛이 자기 안에 있기 때문이다." 실력은 바깥에 촛불을 켜는 일이 아니다. 바깥에 아무리 촛불을 많이 켜도 작은 바람에도 쉽게 꺼진다. 아무리 거창하고 화려해도 일시적이다. 가치란 반딧불이처럼 자기 속에 존재하던 빛을 스스로 발현시키는 일이다. 이 빛은 어떠한 폭풍에도 한결같이 자신을 밝힌다. 바로 우주의 작업이기 때문이다. 이 빛은 모든 사람에게 근원을 환기시킨다. 너도나도 바깥에 켜는 촛불이 너무 많아졌다. 여기저기 축제가 넘쳐나고 모두들 환호하고 소비한다. 하지만 축제가 끝나면 사회는 다시 물신이 지배하는 불신과 불안으로 술렁이고 폭력이 깊어진다. 이웃은커녕 가족조차 믿기 어려워 자꾸 보험만 드는 현실이다.

자기 안의 빛이란 무엇일까. 그건 신념과 꿈으로 어우러진 존재감이다. 그건 소유가 아니라 존재이며, 소비가 아니라 나눔이다. 근원을 기억하는 능력은 흔쾌히 손해를 보면서 하나의 조화를 창출해내는 에너지가 된다. 가난하고 고단할수록 별처럼 당당히 빛나는 것이 자연이다. 그 별빛을 우리는 이상理想이라 부른다.

왜 이상을 말하는 목소리가 없는가. 왜 모두 단편적인 현실 원칙에만 매달려 있는가. 이상을 가진다는 것은 아름다운 비전으로 빛나는 일이다. 이상을 가진다는 것은 욕망보다는 가치를 선택하는 것이고, 편리함보다는 즐거운 불편을 선택한다는 말이다. 이상을 가진다는 것은 광장이 아니라 자기 골목을 지킨다는 말이다. 합리화된 자본주의는 이상주의라는 별빛을 희미하게 지워나간다. 길을 안내하는 밤하늘 별빛은 동굴에서 영장류로 지낼 때부터 아름다움이었고 위로였고 약속이었고 예지였다.

문명이라는 피할 수 없는 야만에서 문화는 탐욕과 소비로 흘러간다. 거품이 된 일상에 익숙해진다. 하지만 진정한 문화는 맑은 눈물이 모이는 자리여야 한다. 맑은 눈물이 모인 자리는 우주의 울림으로 그득해진다. 충분히 듣는 자라야 물질을 정신으로 바꿀 수 있다. 반면 녹슨 자석에 달라붙은 녹슨 못 같은 욕망의 문화는 귓구멍이 가늘고 좁은 대신 입만 아구처럼 벌어졌다고나 할까. 듣는 귀는 우주적 생태를 이해한다. 듣는 문화는 지역을 지켜낸다. 듣는 예술은 자기 안에 빛을 켠다. 듣는 삶은 응답하는 사회를 만든다. 조르바의 목소리는 단호하다.

"두목, 음식을 먹고 그 음식으로 무엇을 하는지 대답해 보시오. 두목의 안에서 그 음식이 무엇으로 변하는지 대답해 보시오. 그러면 나는 당신이 어떤 인간인지 일러 드리리다."

내가 돈을 버는 방법

깨달은 자는 가난하다

영도 영선동, 신선동, 봉래동 산복도로 비탈을 빙빙 돌며 나는 성장했다. 깨진 담벼락에 햇살받이로 기대앉아 거짓물 올리며 노란 햇빛을 견디던 날이 선명하다. 가난하다면 지독하게 가난했던 셈이다. 군것질거리도 귀해 생밀알을 씹었고, 엄마가 끄는 리어카로 이사할 때마다 맏딸인 나는 온 힘으로 리어카에 매달려야 했다. 남이 뭔가 먹는 것을 망연히 바라보곤 했고, 구멍가게에 파는 불량 식품조차도 내게 아득한 세계였다.

하지만 신기하게도 나는 한 번도 가난의 구렁텅이에 빠진 적이 없는 것 같다. 가난의 감각조차 못 느낄 만큼 아둔했던 걸까. 지금도 그렇듯이. 덩치도 멀쩡한 게 한없이 어리석다고 쥐어박히기 일쑤였으니 말이다. 어쨌거나 지독하게 가난하면서도 가난이 불행인 줄 모르고 자란 건 행운이었다. 그때나 지금이나 나는 전혀 가난하지 않다.

가난의 열매가 있다. 청빈과 겸손과 기적이다. 그 가난의 열매를 따는 방법도 있다. "가난한 자가 복이 있나니, 하늘나라가 저희 것임이요."라는 예수의 가르침은 그것을 선명하게 한다. 물론 이 가난은 여러 가지를 함의하고 있고, 아직도 나를 키우고 있는 단어이다. 상고를 갓 졸업하고 스무 살 무렵 이 문장을 만났을 때, 정말 거대한 하늘을 품은 느낌이었다. 하늘이 내 것이라니. 그 기적 같은 자유. 가난은 청빈한 삶, 나누는 삶, 겸손한 삶을 의미한다. 하늘은 넉넉한 삶, 자유로운 삶, 열린 삶을 의미한다. 이 짧은 문장에 모든 답이 있었고, 있고, 있을 것이다. 내게뿐만 아니라, 행복을 갈망하는 모든 이들에게 말이다. 또한 이 문장은 부의 소유는 그만큼 깨달음에 접근하기 어려움을 단호하게 전하고 있다. 가진 자가 깨닫는 것은 부를 사회적 개념으로 이해할 때 가능하다.

깨달은 자는 가난하다. 이 오만을 용서하라. 힌두교는 이상적인 삶의 형태를 네 가지 단계로 가르친다. 첫 단계는 '학습기'로 금욕과 학습의 기간이다. 학문을 익히며, 각 개인이 속한 구성원으로서 해야 할 의무를 배운다. 두 번째는 '가주기'로 결혼하여 가정을 이루며 부와 명예를 획득하는 단계이다. 사회적 성공을 지향하며 욕망을 성취해야 한다. 세 번째 '임서기'는 성취한 부와 명예를 후손에게 물려주고 숲으로 들어가 명상하는 단계이다. 최선으로 이룬 것을 최선으로 떠나야 한다. 가장으로서의 의무를 다한 자만이 숲에서 명상할 수 있는 자격이 주어진다고 한다. 마지막 단계는 모든 집착을 버리고 운수의 길을 떠나는 '유행기'이다. 이때는 탁발이 생계수단이다. 그때 아무것에도 집착하지 않고 세상을 떠도는 산야신(sannyasin, 遊行者)이 된다. 인생의 마지막 단계는 포기에 바쳐진다. 행위도 가족도 사회도 초월하며, 해탈에 대한 집착도 벗어버린다. 힌두교인이라면 누구나 산야신이 되기를 원한다. 결국 깨달음이란 성취한 것을 포기하는 능력이기도 하다.

진리에 접하고 싶지만 돈을 포기할 수는 없는 것, 여기에 우리의 비극이 있다. 돈은 내 것이라는 생각, 살아가려면 돈이 우선이라는 생각에 너도나도 사로잡혀 있다. 하지만 흔히 말하듯 '돈은 있다가도 없는 것'이다. 말 그대로다. 돈은 절대적이 아니다. 사는 데에 필요한 것은 돈이 아니라, 형제가 필요하고 친구가 필요하고 이웃이 필요하다. 돈의 필요 때문에 친구도, 형제도, 이웃도 잊어버리고 있는 세태를 어떻게 할 것인가.

가난은 '이슬이 달게' 하는 힘이 있다. 이슬에서 아무 맛도 느끼지 못한다면 이미 인간은 존재의 기쁨을 잃어버리는 게 아닐까. 이슬이 달아야 우리는 행복할 수 있다. 기적과 신비를 체험하는 순간에 비할 만한 행운이 있을까. 그런데 어떤 이들은 기적을 결코 체험하지 못한다. 모든 것을 돈에 의존하기 때문이다. 솔직히 내 삶에서 이슬이 달지 않을까, 겁이 난다.

돈은 환대의 도구

돈을 가치 있게 만드는 것은 무엇인가. 돈으로 집을 사고, 집값이 오르면 그 돈이 가치 있는가. 값비싼 뷔페를 들락거리면 돈이 가치 있는가. 호화 크루즈를 타면 돈이 가치 있는 것인가. 돈이 가치 있는 순간은 타자를 위해 사용할 때이다. 나보다 어려운 누군가를 위해 돈을 내놓는 순간이다. 벌거나 모으는 순간이 돈을 가치 있게 만드는 것이 아니다.

그 가치의 결정은 돈을 쓰는 순간에 있다. 관계를 회복하는 돈, 사람을 치유하는 돈, 사랑을 표현하는 돈, 서로를 신뢰하게 하는 돈이 돈의 가치를 결정한다. 돈에 마음을 담는 순간, 돈은 살아있고, 또 반짝인다. 바로 누구에겐가 무상으로 나눠질 때이다. 나를 감동시키는 돈들이 있다. 주로 푼돈들이다. 가난한 사람이 아주 작은 돈을 누군가를 위하여 내민다. 사랑을 향한 소박한 의지가 읽힌다. 그때 일상에 작은 소용돌이가 일어난다. 김밥 한 줄, 단팥빵 두어 개, 작은 화분 등이 소곤소곤 내게로 건너온다. 그때마다 나는 기적을 배우고, 희망을 배우고, 반성하고, 또 내가 가는 길을 뒤돌아보곤 한다.

병실에서 대신 아파줄 수 없으니 내미는 봉투, 돈은 그럴 때 빛난다. 누군가를 위로할 때, 누군가를 도울 때 돈은 가치를 발휘한다. 그래서 이웃을 살리고, 친구를 살리고, 문화와 예술을 살릴 때, 자청해 손해를 볼 때, 돈은 정말 아름다운 위력으로 생명성을 발휘한다. 그야말로 돈이 존재가 되는 것이다. 하지만 돈으로 집을 사고, 돈으로 땅을 사고, 돈으로 권력을 얻을 때 그 돈은 생명성이 없다. 그저 하나의 기능이고 도구일 뿐.

나만의 욕망을 위해 쓰는 돈은 사실 그 가치를 하수구로 만든다. 내 삶이 허울에 급급한 시궁쥐에 불과하고 마는 것이다. 사람을 치유하는 돈이란 타자에게 열린다. 여기서 타자는 내 집, 내 아들, 내 친구가 아니다. 그들은 내 자아의 연장일 뿐이다. 멀리 소외된 사람들, 불우한 사람들, 병든 사람들을 위해 나는 어떤 비용을 지불하고 있는가. 내 식구가 먹기 위해서가 아니라, 다른 사람, 다른 식구를 먹이는 일에 얼마를 충당하고 있는가? 성찰해볼 일이다.

역시 성경에 있는 말이다. "부자가 천국에 가는 것은 낙타가 바늘구멍에 들어가는 것보다 힘들다." "누구도 하나님과 재물을 아울러 섬길 수 없다." "돈은 일만 악의 뿌리이니." 이처럼 돈에 대한 무수한 경구들은 그만큼 돈이 생명을 억압하는 기제임을 알려주려는 것이 아닐까. "너는 네 식물을 물 위에 던져라, 여러 날 후에 도로 찾으리라." "재물이 있는 곳에 내 마음이 있다."는 말씀은 돈에 대한 지혜를 그대로 심어준다.

부자가 행복할 거라 여기는 것은 하나의 착시이다. 물질 중심의 중력 탓이다. 보이는 현상에만 급급한 때문이다. 돈이 많으면 질시의 대상이 된다. 돈 때문에 몸과 영혼을 살해하고 살해당한다. 돈 때문에 부모와 자식 간에, 형제와 이웃 간에 소송이 자꾸 늘어난다. 돈은 하나의 필요일 뿐인데, 이제 돈에 지배당하면서도 속고 있다. 돈에 쫓기면서도 돈을 섬기는 데 급급하면서도 누린다고 착각한다. 잘 길든 노예 상태가 된 것이다.

돈의 가치는 환대의 실천에 있다. 나는 라면밖에 못 먹을지라도 나그네에겐 고기를 먹여야 한다. 나는 바닥에 잘지라도 나그네는 푹신한 침상에 눕혀야 한다. 내 아이와 함께 아프리카의 아이들도 지켜야 한다. 희생이 따르는 환대, 그때 돈은 진정한 사랑의 위력을 고스란히 발휘한다. 이 비법은 내게 어느 정도 경험적이다. 이 비법을 모르기 때문에 돈의 크기에 따라 우리는 쉽게 휘청거린다. '내가 대접받고 싶은 대로 대접하라'는 선인의 교훈은 그 자체로 삶의 신비를 품고 있다. 내 돈을 내놓으면 세상의 모든 돈은 내게로 열린다. 그런지 안 그런지 시험해보는 건 어떨까.

우리가 그것을 시도하지 못하는 것은 두려움 때문이다. 그래서 내가 가난해지면 누가 책임져? 내가 형편없어지면 모두 날 버리는 게 아닐까? 절대 그렇지 않다. '주는 자가 받는 자보다 복이 있'는 법이다. 두려움을 버려야 한다. 두려움으로는 어떤 가치도 발생하지 않는다. 그래서 모험이 필요하다. 우리가 이 지상에 벌거숭이로 왔고, 떠날 때 빈손으로 가는 것은 모두 안다. 죽음에 대한 두려움은 돈에 대한 두려움에 닿아 있다. 정말 멋있는, 매력적인 돈을 위해서는 남다른 상상력과 큰 용기가 있어야 한다.

돈은 뒤에서 오고 있다

돈은 그림자다. 돈은 낙엽이다. 돈은 강아지다. 뒤에서 졸래졸래 따라온다. 돈은 늘 뒤에서 따라온다. 앞서 가는 게 아니다. 그래서 우리는 노동에만 부지런하면 된다. 그게 복을 받을 만한 일이면 돈은 저절로 따라온다. 이 비밀을 모르면 돈을 좇아가는 거꾸로 된 삶을 살게 된다. 열심히 따라가도 닿을 듯 말 듯 결코 돈에 닿지 못하는 그런 현실을 만들어서는 안 된다. 돈이 앞에 가고 있다는 환각은 왜곡된 욕망이 만들어낸 것이다. 돈은 뒤에서 오고 있다. 좋은 돈은 결코 우리를 앞서 가지 않는다. 돈은 행위의 열매이기 때문이다. 내가 행동하는 것에 따라 돈의 길이 만들어진다. 내가 만든 길을 돈이 따라오게 만들어야 한다. 돈이 만든 길을 내가 허겁지겁 온몸으로 좇아가는 상태를 피하자. 그렇지 않다면 돈을 얻음과 동시에 더 큰 욕망과 질시에 시달리게 된다. 그리스 신화에 나오는 자신의 신체까지 먹어 치우던 에릭 시톤의 허기처럼 말이다.

좋은 돈은 뒤에서, 보이지 않는 데서 나의 모든 필요를 채워준다. 나는 부지런히 일하고, 남을 돕기만 하면 된다. 돈 대신에 내가 욕심부리는 것들이 있다. 순수한 사람, 박식한 사람, 꿈이 많은 사람, 애틋한 사람, 인내심이 많은 사람, 너그러운 사람, 실천적인 사람, 열정적인 사람, 흔쾌히 나누는 사람, 모험을 좋아하는 사람, 미소가 맑은 사람, 고뇌를 잘 가꾸는 사람, 음악을 잘하는 사람, 그림을 잘 그리는 사람, 이들을 따뜻하게 엮는 사람. 모두 내 욕심들이다. 그래서 사람 욕심이 많고, 태생적으로 부지런한 나는 그들을 만나느라 종종거리는 편이다. 물론 이 모든 것도 다 부질없는 욕망이다. 이 세상 자체가 幻이니, 헛되지 않은 게 어디 있겠는가. 하지만 우리가 삶을 유지하는 데 어떤 생성적인 욕망이 필요하다면 돈보다는 사람이 아니겠는가. 돈이 많은 자는 부러운 적이 없었어도 박식한 사람은 늘 두렵고 부러웠다. 사람 앞에서 돈은 언제나 아무것도 아니다. 부를 배우는 일은 계산에 있는 게 아니라 모험에 있었다.

지천명을 넘기면서 '최소한 돈을 벌기 위하여' 살지는 않겠다는 게 목표였다. 그리고 '마음과 생각을 나누는 삶'이 목표였다. 그래서 백년어서원을 열었다. 돈이 없는 내가 나눌 수 있었던 게 밥 굶으면서 사 모은 책밖에 없었기 때문이다. 한 번도 돈을 따라가지 않았지만, 돈은 충실히 나를 따라왔다. 돈은 항상 부수적일 뿐이라는 확신을 얻었다. 그저 따라올 뿐인 것이다. 주된 것은 '사람들과 함께 사는 법'이다. 내가 돕지 않으면 도움을 받을 수 없듯이, 돈을 내놓지 않으면 돈을 벌 수 없다.

나는 부자다. 돈이 많아서가 아니라, 돈을 부의 능력이라 믿지 않기 때문이다. 뭘 하려면 언제나 돈이 고민이다. 실제로 돈이 나를 불편하게 하고 걱정하게 한다. 그래서 나는 노력하게 된다. 고민하고 쩔쩔매는 그 순간에 나는 살아있다. 하고 싶은 것을 맘대로 하는 것은 부자가 아니다. 가구 하나 사려면 서너 달은 조이고, 어디 여행을 좀 다녀오려면 열 달 이상 절핍하는 것이 가장 적당한 부이다. 인간을 인간답게 하는 적절한 부는 좀 모자라는 상태가 아닐까. 다행히 백년어서원엔 이 생각을 공유하는 친구들이 많다. 그래서 돈의 법칙이 아니라, 생명의 법칙을 따라가는 지혜를 나눈다. 비록 충분하지 않을지라도, 돈은 봄 여름 가을 겨울이라는 자연의 이치를 그대로 담고 있음을 알고 있음이다.

이런 성찰을 바탕으로 내가 돈을 버는 방법은 단순하다. "네 돈이 내 돈이고, 내 돈이 네 돈이다."이다. 이 경계의 법칙을 난 언제나 활용한다. "세상 돈이 내 돈이고, 내 돈이 세상 돈이다." 세상 돈은 무한하고 내 돈은 벼룩의 간만 하니, 벼룩 간만 한 내 돈을 버리면 세상 돈이 내 것처럼 다가온다. 가난하면 하늘을 볼 수 있다는 말은 바로 그런 의미이다. 이는 불교에서 가르치는 무소유의 법칙과 통한다. 돈은 내 것이 아니라, 내게 맡겨진 것에 불과하다. 내게 맡겨진 것으로 충분히 선을 행한다면 그만큼 신나는 삶이 어디 있으랴.

세상 돈을 가지려면 내 돈을 버려야 한다. 나를 세상에 맡기는 것이다. 그때부터 세상은 기적이 된다. "주라, 그리하면 받을 것이니." 곧 주는 것만큼 받는 것이 세상 이치라고 우리는 쉽게 말한다. 돈을 누리는 비결은 간단하다. 내 돈을 내놓으면 되는 것이다. 이것은 신비주의가 아니다. 가난하게 성장했지만, 그때나 육십을 넘긴 지금이나 내가 가난하지 않은 까닭은 그 자유 때문이다. 한 번도 부족한 적이 없었고, 가난이 불편하지 않았다. 포기하는 데에 익숙해진 까닭이기도 하지만, 일단 돈 버는 법을 제대로 익혔다고 자부한다.

깨달은 자는 가난하다. 다시 용서하라, 이 오만을. 가난한 자가 복이 있나니, 천국이 저희 것임이오. 다시 산상수훈의 한 구절로 돌아가면 깨달은 자는 가난할 수밖에 없다. 깨달은 자는 두려움이 없기 때문이다. 먼 데를 볼 수 있는 자는 그 어떤 것으로부터 자유롭다. 그래야 생명의 여울을 만들 수 있다. 그래서 돈보다 선택할 것이 너무 많다.

못, 어리석음의 견고한 기도

못은 박힌다. 박히면서 세상 어딘가를 단단하게 고정시킨다. 박히면서 무언가를 견고하게 한다. 박히면서 어떤 무게를 버티게 한다. 언제 어디서든 제 머리통을 잠잠히 내주는 것, 역시 못의 숙명이다. 박힌 후, 묵언 수행에 든다. 하여 못의 일상은 명상이다. 보이지 않는 곳에 기도의 뿌리를 내린다. 한참 까마득한 선정 중에, 어느 날 문득 못은 뽑힌다. 구부러진다. 버려진다. 녹슨다.

유년 시절, 단칸방의 풍경은 언제나 못에서 시작했다. 달력을 걸어도 못이 필요했다. 시계도, 거울도 걸어야 했고, 교복도, 외투도, 가방도 걸어야 했다. 녹슨 못 하나가 내 키보다 큰 거울을 든든하게 붙들고 있는 걸 보고 감탄한 적도 있다. 산동네 골목을 한참 내려가면 작은 철공소들이 쭉 이어진 신작로가 있었다. 아이들은 그 앞을 지나다니며 못이나 철 조각을 주웠다. 녹슨 못, 굽은 못, 버려진 못을 한참 따라다녔다. 한 움큼 주우면 엿장수

수레에 달려갈 수 있었다. 구부러진 못들이 달큰한 한 조각 엿으로 바뀌는 순간의 희열이라니.

그런 시절 때문인지 못에 관한 추억은 언제나 애틋하다. 늘 사정없이 때려 박았던 까닭에 미안한 심정도 인다. 요즘도 가끔 녹슨 못을 본다. 녹슨 못, 어디서 흘러왔을까. 잊힌 시간이 가슴에 닿는다. 망치에 얼마나 맞았는지 헐어버린 못대가리. 맞을 때마다 불꽃을 뿜어내며 온몸으로 받아들여야 했던 천명. 그리고 시간.

세상 어느 곳에선가 못을 박는다. 누군가는 못을 뽑는다. 박히고 또 뽑히면서 살아가는 못의 일생은 존재의 굴곡을 그대로 닮았다. 사정없이 두들겨 맞기도 하고, 한순간에 뽑히기도 하지만 매 순간 자신에게 주어진 무게를 온 힘으로 버텨낸다. 사람도 사람의 삶도 하나의 못이 아닐까. 오늘도 우리는 하나의 못으로 풍진 세상을 걷는다. 때문에 못은 그 어떤 시대가 와도 모든 삶을 버티고 고정시키고 견뎌내는 관계의 상징이 된다. 자기 역할을 견딜 뿐 아니라 누군가를 견디게 하는 힘이 있다.

우리 일상은 보이지 않는 못으로 구성되어 있다. 집안 곳곳, 방안 곳곳, 옷장과 책꽂이 등 작은 가구에도 못이 제 몫의 관계를 짓고 붙들고 있다. 隱者의 숨어 있는 견고한 기도인 셈이다. 꽃은 땅에 박힌 튼튼한 못, 별은 하늘에 박힌 못이 아닐까. 우리 또한 서로가 서로에게 박힌 못이리라. 서로를 지탱하면서 지구를 지탱하는 중이다. 묵묵한 꿈을 발휘하는 못이었으면. 꽃처럼 별처럼 지구를 푸르게, 반짝이게 하는 못이었으면.

못의 종류는 많다. 둥근 작은 못, 목재용 못, 강철못, 나사못, 볼트 등. 그 역할은 언제나 무엇과 무엇을 접속시켜주고, 견뎌내는 일이다. 작고 녹슨 못에서 하늘을 떠받치고 있는 신화 속의 아틀라스를 떠올린다. 가난한 유년의 단칸방 벽 군데군데 못 자국은 지금 생각하면 얼마나 강인한 흔적인가. 얼마나 애달픈 삶이 얼마나 애달픈 존재를 견딘 최선의 시간이 걸렸더란 말인가. 그렇게 못은 보이지 않는 자리, 구석구석에서 우리에게 말을 걸고 있다.

보이지 않는 데서 내 삶을 붙들고 있는 것들이 있다. 어리석음의 능력이다. 그러한 것들은 근원적인 세계를 품고 있다. 못은 우리 별을 구성하고 있는 근원적인 힘이었다. 원래 그것은 무수히 적층된 시간이었다. 그리고 깊은 산에서 캐어낸 광석 덩어리였다. 그리고 뜨겁게 가공된 철이었고, 그리고 이젠 가장 작은 못으로 우리 삶을 구성하고 있다. 사소하지만, 지구의 광대한 역사를 그대로 안고, 삶의 구석구석에서 일상을 짓고 있다.

어리석음을 길러준 나의 장소들

장소는 무수한 겹으로 되어 있다

태어난다는 건 영혼이 장소를 갖는 일이다. 그 장소는 우연이 아니라 끝없이 중첩된 어떤 필연이 부르는 '곳'이다. 부르고 대답하는 에너지로 응축된, 그 존재의 자리는 영혼이 선택한 것이고, 그러니까 내가 이 땅에 온 것은 어떤 우주적 응답인 셈이다. 내 영혼은 작은 섬 영도를 선택했던 모양, 내 삶은 봉래산 기슭과 그 앞바다의 파도를 따라 펼쳐졌다.

장소는 시간의 힘을 말한다. 시간은 장소를 겹층으로 만든다. 이 말은 장소는 장소를 감추고 있다는 말이다. 은폐는 하나의 숨은 질서로 끊임없이 현실을 출렁이게 한다. 그 밀물과 썰물 속에서 사람은 스스로 장소가 된다. 하여 모든 장소, 모든 사람은 지구의 나이만큼이나 깊고 오묘한 퇴적층을 가지고 있다. 일상은 그렇게 겹층으로 된 세계였던 것이다. 영도 산동네의 겹층을 따라 걸음마를 시작하고 뜀박질을 배웠다. 그 골목 담벼락에 기대어 성장하면서 기쁨도 슬픔도 익힌 셈이다.

내가 가진 장소는 한 문장으로 정리된다. '산동네 골목에서 바다를 내다보는 것'. 골목 사이사이로 언제나 바다가 있었다. 가난이 가난인 줄 모르던 시절, 가슴 저린 허기에도 늘 바다를 내려다보았다. 봉래산 송신탑과 할매바위에 오르는 숲길과 그 산자락에서 바라보던 수평선, 거기서 삶을 꾸리는 고깃배들이 내 문학의 심연을 이루고 있다. 그렇게 내 시간의 모든 틈에 스며드는 영도의 산빛 물빛 속에서 나는 마고의 가슴과 용왕의 이마를 보았다. 그들은 얼마나 오래전부터 나를 호명하고 있었던 걸까. 내게 무엇을 가르치려 했던 걸까.

오늘도 나에게 무수한 겹으로 다가오는 영도. 애기 때부터 어른들이 노래시키면 울먹이다 그에 울음을 터뜨리고 마는 아이여서 그다지 귀여움을 받지 못하고 자랐다. 재롱떨 줄 모르는 내가 부끄러워 어린 마음에도 점점 붙임성 없는 아이가 되었다. 친척들 앞에서 울먹이던 그 순간의 트라우마는 아직도 크다. 또 동생이 셋이나 있어 나는 시킨 심부름이나 꼬박꼬박하는 순둥이일뿐, 어떤 목소리도 내지 못했다. 매사에 주눅 들고 어리숙해서 어른들에게 잘 쥐어박혔다. 게다가 아래로 졸졸한 동생들 때문에 예닐곱 살부터 난 늘 어른처럼 행동해야 했다. 학창 시절도 마찬가지였다. 그래서 글을 쓸 수밖에 없었던 걸까.

하루하루 절실할 때마다 나에게 떠오르는 두 개의 장소가 있다. 먼저 가슴에 담긴 건 신선동 산만디 골목길, 햇살 바른 담벼락에 쪼그리고 앉아 거싯물을 올리던 시간들이다. 장난감도 책도 없던 시절이라 무료한 나는 그 모퉁이가 편했다. 무수한 갈래를 가지고 당도한 햇살은 나른히 앉은 내 핏줄 하나하나를 헤집었고, 그 눈부심을 주체 못 해 나는 그에 거싯물을 토해내곤 했다. 여기저기 구멍 숭숭한 블록담과 나는 많이 닮아 있었던 것 같다. 가난이 무언지 몰랐던 때라, 나는 거싯물을 뱉으면서도 빛놀이에 열중했다. 나는 이것을 「햇빛받이」라는 시편에 담았다. 따스하고 부드러웠던 그 시간이 마치 햇살과 실뜨기하는 느낌. 내게 시는 햇빛받이이다.

또 하나는 만화방이다. 테이프로 깨진 유리창을 발라놓은 그 만화방은 내게 가장 문학적인 공간이었다. 10원을 내면 장판지를 오린 만화표 10개를 받았다. 그 만화표의 권리. 언제든 만화를 고를 수 있는 그 표는 당시 가장 큰 보물이었다. 와락, 만화방 여닫이를 밀치고 들어선 아버지에게 뒷덜미를 잡힌 채 끌려나간 적도 많다. 매를 맞으면서도 나는 만화표를 사수하는 일에 골몰했다. 만화방에서 문학과 삶과 인생의 고뇌를 다 배운 것 같다. 만화방 낡은 나무 의자에 닿던 유리 쪽문으로 들어오던 깊숙한 햇살을 잊을 수가 없다. 골목 속 만화방은 내게 문학의 성지인 셈이다. 살면서 돈이 필요한 이유를 그때 알았다. 만화표를 구하기 위해선 늘 동전이 절실했다.

지금도 영도 산복도로 일대는 이러한 나의 비밀들이 살고 있다. 거짓물 올리던 담벼락과 만화표 한 장의 설렘이 지층을 이루고 있는 것이다. 별이 아름다운 것은 보이지 않는 꽃 한 송이 때문이라는, 사막이 아름다운 것은 어딘가 우물을 감추고 있기 때문이라는 어린 왕자의 말처럼 그 무렵 나는 장소가 숨겨놓은 보석을 차츰 발견하기 시작했다. 내 영혼이 영도를 택한 이유처럼 말이다.

신선할머니 마고의 가슴에 안긴 날

초등학교 6년 동안 봄가을 소풍이 봉래산 아니면 지금 흰여울길이라 불리는 이송도 앞바다였다. 봉래산 중턱 산동네에서 난 신선의 마음을 배웠다. 그 기슭의 바닷가 언저리에선 용왕을 만났다. 영선동 신선동 봉래동 청학동. 신선 사상이 담긴 동네 이름들. 신선神仙이라는 단어를 알고 나서부터 동네 이름들이 다 신기했다. 신선동이라는 표찰이 붙은 골목길을 오가며 종종 궁금했다. 내가 신선인 걸까. 신선이었다는 걸까. 신선이 되어 간다는 말일까, 혼자 상상의 날개를 펄럭이곤 했다. 신선 사상이 우리의 원시 고유신앙인 건 한참 후에 알았다. 돌아보면 외로울 때마다 날 사로잡은 건 신선의 마음이었고, 나는 그 마음을 따라잡으려고 애쓴 것 같다.

내 생애의 최초의 기억. 봉래동 골목에서 길을 잃었다. 너무 무서워 길거리에 서서, 있는 힘대로 울었다. 한 할머니가 나를 안아 달래며 몇 발짝 떨어진 가겟방으로 데리고 갔다. 줄줄이 놓인 사탕 단지들에 닿은 햇살이 눈부시던 장면이 떠오른다. 할머닌 설탕덩이가 더덕더덕한 왕사탕 하나를 입에 물려주었다. 볼이 불거진 난 한참 그 사탕을 빠는 일에만 열중해야 했다. 갑자기 두려움도 사라졌다. 사탕이 너무 크고 달았던 것이다. 그때 눈 아래로 보이던 바다. 그래서일까. 어쨌거나 나는 바다가 보이는 길은 두렵지 않다고 여기게 되었는지 모르겠다.

몇 시간이나 지났을까. 나보다 한 살 많은 고모가 가겟방에 와서 나를 발견했다. 신발주머니나 우산 같은 것 때문에 늘 싸우던 고모였다. "너, 왜 여기 있니?" 단 한 마디였다. 내가 사라진, 우주에서 미아가 되었던 그 몇 시간을 식구들은 아무도 인지하지 않았고, 나는 아무렇지도 않게 고모 손에 끌려 집으로 돌아갔다. 그때 내가 돌아다본 할매, 그 할매의 착한 눈매는 이후 내 삶에 큰 선물이었다. 다시 길을 잃어도 괜찮다는 이상한 안도감 같은 것 말이다. 나중에 보니 내가 울고 섰던 장소는 빨간 공동수도가 있던 자리였고 사실 집에선 그리 멀지 않는 데였다. 이 기억은 오래 전 한 편 시로 발표되었다.

(…) 길을 잃을 수도 있다 길은, 없어질, 수, 있는, 것이다 막차를 놓칠 적마다 달디단 바다를 밟고 섰는 나를 본다 푸른 대문이 안 보

일 적마다 두룽치마 입은 마고할미를 기다리는 나를 본다//

야야, 와 여서 우노, 어데 갈라 하노

-졸시「느그 집 어데고」에서

한참을 지나 나이가 훌쩍 들고서야 마고가 내 삶에 관여했다고 믿게 되었다. 마고麻姑는 '마고할미' 또는 '지모신地母神'이라고도 부르는 할머니이다. 영도를 관할하는 영도할매가 바로 마고 전설에 나오는 할머니이다. 한국의 설화에는 새의 발톱같이 긴 손톱을 가지고 있는 마고에 얽힌 신화가 많다. 『부도지』에서 한민족 창세신화의 주인공으로 알려져 있는 마고 설화는 제주도의 설문대 할망을 비롯 전국에 산재해 있는 편이다. 환인 환웅 단군 이전의 이야기이다. 마고할미의 어원은 '한어미'이다. '한어미'는 크다는 뜻인 고유어 '한'과 근원적인 생명인 '어머니'의 합성어로 존엄하고 신령스러운 신을 지칭하는 순수한 우리말이다. '한어미'에서 '할미'로 음이 변한 것.

어릴 때부터 들어온 영도할매는 바로 이 한어미, 두룽치마를 입은 마고였던 것이다. 이 마고가 나를 호명한 것이다. 영도를 떠난 사람은 반드시 되돌아온다는 말이 있다. 누구는 영도할매가 시샘하기 때문이라고도 하고 누구는 타지에 고생하는 자식을 거두어들이는 것이라고도 한다. 어쨌든 영도할매, 그 마고는 영도에서 태어난 사람을 안아 챙기는 것만은 틀림없다.

6~70년대 영도 산복도로는 거의 모두가 공동수도와 공동변

소를 사용해야 했다. 특히 공동수돗가 수돗물 나오는 날은 그야말로 삶이 전쟁임을 보여주었다. 그날이면 양동이들이 일찍 길게 줄을 섰다. 미리 양동이를 줄 세우는 건 내 일이었다. 앞쪽에 세우고 흐뭇하게 엄마에게 보고했는데, 막상 물 나오는 시간이면 내 양동이는 뒤쪽으로 확 밀려나 있었다. 새치기당한 것도 너무 억울한데 엄마는 오히려 나를 쥐어박으며 분풀이를 했다. 그런 일 때문에 공동수돗가에선 자주 싸움이 일어났다. 어떤 땐 서로 머리를 쥐어뜯으며 싸우는데 아까운 물동이가 엎어지곤 했다. 그럴 때마다 나는 육박전으로 싸우는 그들보다 하수구로 흘러들거나 땅으로 스며드는 물줄기를 물끄러미 바라보곤 했다. 또 어디까지 흘러가는 걸까. 우린 신선동에 사는데. 신선이 되어야 하는데. 신선이 보고 있을 텐데. 신선이 아니면 어쩌지. 신선이 되지 못할까 봐 혼자 마음 졸이곤 했다. 열 살 무렵, 내가 걱정하던 것들이다.

용왕의 이마를 엿보다

아버지가 원양어선을 타서인지 엄마는 늘 북어를 끼고 살았다. 새벽마다 세숫대야에 북어를 담고 이송도(흰여울길) 앞바다로 나가서 엄마는 절을 했다. 용왕님을 섬기는 것이다. 네 남매가 잠든 단칸방의 여닫이를 소리 없이 열고 새벽 달빛을 밟으며 바닷가로 걸어가는 발소리는 어린 내 잠결에도 늘 환한 그림자로 다가왔다. 그래서 나는 용왕을 섬겨야 한다고 믿으며 자랐다. 때문에 심청전을 읽기 전에 나는 용궁을 알았고, 바다는 넓이가 아니라 깊이임을 배웠다. 용왕의 이마를 엿본 셈이라고 할까.

남항동 부둣가에서 아버지가 먼바다로 떠나는 장면은 지금도 가슴 한쪽을 젖게 한다. 아버지는 주먹으로 눈물을 훔쳤고, 엄마는 손수건이 젖도록 울었다. 어린 네 남매 또한 손 흔들며 소리 내어 펑펑 울어야 했다. 엄마는 집에 돌아와서도 계속 눈물을 닦았고, 우린 또 따라 울었다. 그렇게 이별과 그리움을 연습했다. 며칠 눈물짓던 엄마는 영선동, 신선동, 봉래동 골목으로 사 남매를 데리고 단칸방 이사를 다니며 그악스러워졌다. 자주 전기가 나가던 시절, 키 작은 엄마는 의자를 딛고 자주 두꺼비집을 열었다. 망치질에도 엄마는 선수가 되어 갔다.

한번은 리어카에 잔뜩 솥단지를 싣고 영선동에서 신선동 골목으로 이사를 가는데, 새집 근처쯤에 와서야 엄마가 리어카를 밀고 있는 내게 귓속말을 했다. "넌 지금 들어오지 말고, 저녁 늦게 친척 집에 놀러 온 것처럼 해서 와라." 아이가 넷이나 딸리면 집 얻기가 어렵던 시절이라, 엄마는 주인에게 아이가 셋이라고, 나를 빼고 거짓말을 한 것이다.

그때 해 질 무렵까지 골목을 배회하며 바라보던 영도 앞바다가 생각난다. 바다엔 여전히 멀리서 돌아왔거나 멀리 떠날 배들이 떠 있었다. 어린 마음에도 혹 집에 못 들어가게 될까, 조마

조마하면서 지켜보던 수평선 노을. 살금살금 그 대문에 들어설 때의 두려움. 들킬까 눈치 보는 딸에게 엄마가 덤덤히 떠주던 한 그릇 밥. 혼자 이삿짐을 풀며 종일 힘들었을 엄마의 깊은 잠. 엄마 머리맡에서 구슬 놀던 동생들. 한 며칠 잔뜩 주눅 들었지만 초등학교 시절이라 금세 잊었다. 동생들과 매일 밥상머리 다툼에 그저 치열했다. 그 철없는 것들을 데리고 엄마는 새벽마다 혼자 용왕을 섬기러 다녔던 것이다.

신선동 영선동 봉래동 골목에서 바라보는 바다는 늘 배들이 떠 있었다. 영도 앞바다는 배들의 주차장이었다. 온통 작은 고깃배와 원양어선, 그리고 기선들은 밤이면 작업등을 환히 켜고 있었는데 그때 바다에 풀어놓은 빛물결이란 환상 그 자체였다. 고양이가 실꾸리를 물고 돌아다니듯 파도는 이내 그 빛자락을 물고 한참 달려간다. 배들은 수시로 정박했다 떠났는데, 그때마다 나도 먼 데서 돌아왔다 다시 떠났다. 수평선 너머 그 어느 아득한 곳을 자주 떠올리곤 했다. 그렇게 큰 배들은 세계를 꿈꾸는 힘을 내게 선물했다. 나중에 배낭족으로 여행길에 자주 오른 것도 그 때문이었는지 모른다.

나는 확실히 믿는다. 장소는 기도를 만든다. 장소는 장소를 준비해준다. 누구는 나를 신비주의라고 놀리지만 그건 마고할미나 용왕에게서 배운 것들이었다. 보이지 않는 세계를 감지하려는 것은 장소가 가지고 있는 숨은 질서를 찾아가고 싶은 까닭이다. 그 숨은 질서가 곧 어리석음의 정신이었다. 하지만 안다. 영도는, 영도 앞바다는 결코 신비가 아니라, 가장 치열하고 절실한 삶의 현장이다.

그것이 내가 해운대 바다와 영도 앞바다를 다르게 생각하는 이유이다. 해운대가 그저 꿈과 같은 망망대해가 있는 휴양지라면 영도 앞바다는 비린내 물씬한, 생선 비늘로 가득한 삶의 현장이다. 아버지는 원양어선을 탔고 큰아버지도 그랬다. 큰 삼촌 중간 삼촌 막내 삼촌 모두 조선소나 선박 수리점에서 일했다. 고모는 그물공장에서 일했다. 영도 사람들의 삶 대부분이 그랬다. 비린, 녹 냄새가 나는 작업복들, 그것들이 바다에서 왔음을 인지하면서 바다가 주는 것들이 무엇인가를 조금씩 이해하기 시작했다. 영도 앞바다는 너무 비리다.

가장 치열하고 절실했기에 용왕을 섬길 수밖에 없었던 삶. 엄마의 기도 때문인지 아버지는 늘 무사했다. 늘 떠나고 다시 돌아왔다. 영도 앞바다의 모든 배들이 그랬듯이.

장소, 어리석음이 숙성되는 자리

스물셋 되던 해 나는 친구들보다 일찍 결혼하게 되었다. 신혼살림을 차린 곳은 사하라 사막이었다. 해안선 말고는 국경이 직선으로 그어진 서부 아프리카 모리타니의 항구도시 누아디부에서 이 년여를 살았다. 영도 앞바다가 대서양에 나보다 먼저 도착해 있었다. 한국 사람이 없던 그곳에서(나중 한두 사람 도착하곤 했지만) 나는 첫 아이를 낳았다. 땅에서 나는 것이라곤 아무것도 없는, 아이들이 맨발로 모래 위를 뛰어다니는, 염소와 양들이 판잣집 쓰레기통을 뒤지는 동네. 그 가난한 마을에 바다가 펼쳐져 있었다.

그 바다는 눈앞에 고기떼가 새까맣게 몰려다니는 원시의 바다였다. 혼자가 막막할 때 그리고 갓난둥이를 안았을 때도 나는 파도를 만나러 바다를 다녔다. 거기 영도 앞바다가 와있는 것을 보았다. 사막 한가운데에서 낙타 침에 고이던 석양을 지나고, 모래 숲에서 흔들리던 가시덤불을 건너면서 나는 바다를 보러 다녔다. 산복도로 골목에서 보던 바다가 모래언덕 아래로 펼쳐져 있었다.

이 년 후 나는 스페인령인 라스팔마스섬으로 이사를 갔다. 섬에 사는 동안 나는 파도의 목소리에 귀를 기울여야 했다. 나는 밤마다 바닷가 아파트 밑동을 울리는 파도 소리를 감지했다. 그곳이 한국 원양어선 기지였던 만큼 선원들의 삶에 근접했고, 그들이 건네는 바다 이야기 또한 뜨겁고 고독했다. 그 섬에서 나는 다시 파도와 심해에 하염없이 빠졌다. 물빛에 귀를 기울이는 일은 유년 시절 이미 가진 습관 중의 하나였다. 파도와 심해를 이해하는 일은 숨은 질서를 이해하는 힘이다. 영도 앞바다에서 비밀 읽는 법을 배운 난 장소가 안내하는 다음 장소를 기다리게 되었다. 십 년을 그렇게 지내고 대서양과 태평양을 가로질러 나는 영도 앞바다로 돌아왔다. 영도 남항을 사이에 두고 지금은 송도에 살고 있다. 나를 가르치던 골목들을 바다 건너 정면으로 마주한다. 그 골목들이 아침저녁으로 나를 응시하는 느낌이다.

영도의 골목은 내 속에 신화를 낳아주었다. 전생에서 무수한 장소를 습득했던 것처럼 우린 이미 인연을 습득하고 사랑을 습득하고 친구들 습득해 온 것이리라. 위태로운 장소들, 서먹한 장소들, 평안한, 가난한, 고독한, 명랑한 그 장소들은 서로 중첩되어 나를 기다린다. 조금만 귀를 기울이면 내가 거기에 닿을 때 거기서 먼지처럼 일어서는 다른 시간들을 감지하게 된다. 그 장소에 가로등이 켜지고 종소리가 들리고 달큰한 빵 냄새가 난다. 거기 우린 존재한다.

오늘도 신선동 영선동 봉래동 풍경은 무수한 겹층으로 흐르고 있는 장소를 그대로 보여준다. 비서秘書 읽는 법을 배웠다고나 할까. 나는 마고도 용왕도 믿는다. 마고와 용왕이 내게 가르친 것은 삶에 대한 '지극함'이었다. 인어공주를 떠올린 건 그 무렵이다. 바다 밑 아름다운 궁전에 살던 인어공주는 사랑 때문에 물거품이 되어 하늘을 떠돈다. 바람을 타고 숲길 잎새가 되었다가, 어느 창가에 눈발로 쌓이다가, 산그늘에서 쑥부쟁이로 피었다가, 카리브해의 파도로 출렁이다, 가난한 시인의 소주잔에 머물다가, 다시 을숙도의 갈대가 흔들리다가 '우리'라는 장소에 닿는다.

우린 이미 전생에서 무수한 장소를 습득하고 온 사람들이다. 우린 모두 이 지상에 도착한 경험들이 무수하다. 사람들은 장소를 입고 신는다. 장소는 겉옷이 아니라 속옷이다. 그리고 장소를 찾아 떠나고 돌아온다, 그리고 스스로 장소가 된다. 모든 장소는 떠도는 섬, 결국은 제자리이다. 우리가 어리석어질 수 있는 이유이다.

　나도 마찬가지였다. 장소를 입고 신었다. 그리고 장소를 찾아 떠났다. 그리고 돌아왔다. 아침마다 남항의 비린내를 따라 출근하고 비린내를 따라 돌아가면서 나는 바다가 된다. 무수한 기선들을 끌어안고 또 떠나보내는 바다. 장소는 언제나 다음 장소를 안내한다. 그리고 결국 거대한 하나의 바퀴처럼 나를 영도 앞바다에 도착하게 한다. 바다 밑은 쉽게 감지할 수 없는 진동들로 늘 가득하다. 시는 늘 솜털을 세우고 그 진동에 흔들린다. 그리고 바다의 심연은 시의 심연이 되었다. 그렇게 나는 겨우, 아주 천천히 어리석어졌다.

불가능한 것을 믿는 연습

"아무 소용없어요. 불가능한 것을 믿을 수는 없어요." "너는 연습을 많이 하지 않은 게 분명해. 내가 니 나이였을 때는 날마다 30분씩 연습을 했어. 때로는 아침 먹기 전에 불가능한 일을 여섯 가지나 믿게 되곤 했으니까."

　　루이스 캐럴의 『거울나라의 앨리스』에 나오는 하얀 여왕과 앨리스의 대화이다. 불가능한 것을 믿는다는 건 무슨 의미일까. 왜 연습이 필요한 것일까. 거울 속으로 들어가 새로운 모험을 겪는 앨리스는 많은 모순들이 충돌 없이 존재하는 대화적 세계를 경험한다. 그 대화는 통념적이 아니다. 고정관념을 엎고 기존 질서를 전복하는 방식이다. 예를 들면 케이크는 자른 뒤 나누는 게 아니라, 먼저 나누면 저절로 잘린다. 죄를 짓고 감옥에 가는 것이 아니라, 감옥에 가면 죄를 짓는다. 기억이란 이미 일어난 일에 적용되지만 거울나라에선 다음 주에 일어날 일들이 기억에 남기도 한다. 또 어딘가 가기 위해서는 가려는 방향과 반대 방향으로 움직여야 한다. 갇힌 존재에 대한 의문과 유머, 역설과 환상으로 가득한 이 책에서 삶이란 반복되는 정상과 비정상의 역전이다.

본시 생명의 본성은 어떤 논리나 질서로 고정되지 않는다. 자연 자체가 끊임없이 출렁이는 유쾌한 넌센스이다. 매 순간 세계를 비틀고 은유하고 뒤집는 무수한 넌센스는 모든 존재가 존중되고 대상에게 끊임없이 열려야 함을 의미한다. 이 대화들은 존재를 엮는 관계의 사슬로 작동한다. 그제야 단순한 사실을 넘은 진실의 영역이 결을 드러낸다. 진실은 존재가 존중되는 자리에 드러나는 무늬인 것이다. 이러한 논리 비틀기는 결국 다양한 소통의 양상 자체이다.

거울과 인간의 상상력은 놀라운 유사성을 가지고 있다. 거울에 비친 방은 똑같으면서도 똑같지 않다. 시간과 공간의 대칭성과 비대칭성의 작용으로 원래의 평범함은 사라지고 만다. 거울은 방을 단순한 사실의 영역에서 예술의 영역으로 옮겨놓는다. 문학은 일상이지만, 일상과는 다른 대화적 세계이다. 오늘날 우리가 잃어버린 건 그 대화적 능력이 아닐까. 나를 위한 타자 또는 나를 위한 나에 그치는 독백에 불과한 건 아닌지. 반복되는 정상과 비정상의 역전은 대화를 만드는 관계의 힘으로 작용한다. 이곳에서는 모든 것이 정상이라고 여겨지는 방식만 제외하고 어떤 방식으로든 작동하는 것이다. 대화란 온몸의 무한한 울림을 지나 원시의 숲을 흔들고 어느새 생명을 잉태시키는 마법의 바람과도 같다. 반면 독백은 반향을 잃어버린 말이다. 햇빛에 바싹 타버린 지렁이같이.

이 문명은 점점 가능과 불가능이 엉키는 느낌이다. 존중받기는커녕 사람을 믿는 일도, 진실을 꿈꾸는 일도, 삶의 주체가 되리라는 희망도 마구 뒤엉켜 있다. 자발적 가난도 양심의 자유도, 시를 읽는 일도 점점 막막하다. 이 느낌은 스스로를 소외시키고, 가치를 선택하는 능력을 빼앗는다. 우리가 정말 믿고 싶은 건 무엇일까. 대화적인 우주로 서로 존중한다는 것이 불가능일까. 하루하루가 절규 같았던 세월호 참사는 시간이 한참 지났는데도 진상이 규명되지 못했다. 그리고 코비드19 팬데믹에 갇혔다. 불투명 유리창으로 둘러싸인 미래. 앞으로도 모든 봄은 우리에게 얼마나 잔인할 것인가. 진한 슬픔이 아직 먹먹한데 꽃이 피고 있다. 꽃이 피다니. 눈부신 꽃의 부피가 부담스럽다. 그렇게 서럽게 울었는데도 아무도 위로하지도 위로받지도 못했다. 진실이 치유하는 힘이지만 우리는 그 진실을 마주할 수 없다.

'진실'이란 말을 떠올리면 '불가능'이란 단어가 함께 떠오른다. 진실은 불가능해 보인다. 불가능한 것들이 우리를 돌아본다. 진실 없이 인간은 살 수 있을까. 갤럽에서 조사한 한국의 긍정 경험지수는 매우 낮은 반면 자살률은 높다. 가슴 아픈 수치들이다. '어제 편히 쉬었는가', '어제 하루 존중받았는가' 등 단순한 질문이 긍정 경험지수를 재는 척도였다. 언제부터 우리의 단추는 잘못 끼워진 걸까.

대비와 역逆으로 가득한 거울나라의 크로노트프, 그 시간과 공간의 불가분성은 결국 다양한 소통 그 자체이다. 상상력은 기억 속에서 나온다. 그런데 이 기억이 우리가 선택한 미래, 예지적 상상력에서 나온다면 삶은 얼마나 아름다운 모험일까. 보이지 않는 것을 끌어내는 대화들이 불가능한 것을 믿을 수 있는 능력이 된다는 말이다.

대화를 단절시키는 건 무관심이다. 안토니오 그람시는 무관심을 새로운 사상의 소유자들에게는 무거운 납덩어리이고, 가장 아름다운 열정조차 물속 깊이 가라앉히는 모래주머니라고 했다. 최상의 활동가들조차 감염시켜 역사를 만들지 못하게 하는, 무관심이 만연한 세태이다. 욕망의 집착으로 인해 엄청난 정보들이 독백의 성벽을 이룬다. 자기 단계에 불과한 독백적 성향을 가진 사람이 목소리를 높이고 사회적 성공을 하는 현실이다. 그러나 진정한 이야기꾼들은 자기 이야기를 하지 않는다. 자기 내부에 갇히지 않고 이웃 속으로 나아가는 힘, 바로 이 시대에 필요한 말걸기이며 응답이 아닐까. 응답을 회피하지 않는 자리에 실천이 있고 희망이 있다. 대화적 실천을 위해 끊임없이 묻고 묻는 말걸기, 그것이 우리의 고뇌인 것을.

불가능을 믿는 연습은 진실을 찾는, 동시에 양심을 찾는 연습이다. 하얀 여왕의 말처럼 불가능한 것을 믿는 능력은 연습에서 나온다. 자발적 바보가 되지 않으면 그 연습 자체가 쉽지 않다. 역사를 볼 때 위대한 바보들은 언제나 불가능을 믿고자 했다. 끊임없이 믿음을 연습했다. 예수가 그랬고, 호세 마르티가 그랬고, 노무현이 그랬다. 하루에 30분 불가능한 것을 믿는 연습을 하면 서로를 존중할 수 있을까. 틈틈이 불가능한 것을 믿는 연습을 한다면 잊힌 진실이 보일까. 성찰 없는 욕망들이 줄어들까. 파편화된 물질적 이성을 넘어설 수 있을까.

역사의 거울에서 내 삶의 총체를 응시하려고 할 때 우린 언제나 혼자가 아니다. 나와 타자라는 두 개의 중심가치가 삶을 건축하기 때문이다. 타자란 유일무이성, 그 진정한 존재의 고유성을 인정하는 관계를 의미한다. 자기만의 독특한 위치에서 타자가 부여하는 경계적 가치를 사유하고 건너가는 삶, 곧 불연기연不然其然의 포함적 세계가 아닐까. 이 지구 위에는 오랜 세월, 불가능한 것을 믿는 연습을 해온, 숨은 사람들이 많다. 길모퉁이마다 빛나는, 쓸쓸한 봄꽃 속에서 그 비밀을 엿본다.

앨리스가 보여주는 유쾌한 장면들은 오늘날의 독백적인 문화를 뛰어넘는다는 데서 즐겁다. 의도된 대화는 독백에 지나지 않는다. 대화는 일상을 타고 흐르며 어디선가 자연스럽게 흘러넘치고 새로운 길을 만든다. 그래서 말은 모험이다. 끊임없는 대화의 수행, 선물받은 새 신발처럼 경이롭고 두렵다. 진실은 자기 자신의 언어를 구하지 않는다는 말이 문득 스친다.

백 마리 물고기의 부호, 마이너스

여울은 흐름을 만든다. 그저 고였다가 흐르는 것이 아니라 세찬 물살로 굽이를 만든다. 여울은 생명을 품고 기르며 휘돌아나가게 하는 도착점이며 출발선이다. 물살은 새로운 방향을 만들며 설레고 굽이친다. 그 흐름이 바로 생명의 특성이다. 성장하는 것, 교감하는 것들은 모두 흐름에 도전하며 흐름을 창조한다. 물길 같은 흐름, 바람 같은 흐름. 이 존재의 결이 사람을 아름답게 하고 삶을 푸르게 한다.

가치가 다양해진 시대이지만 그 가치가 공존의 힘을 발휘하지 못하는 현실이다. 이는 삶을 고뇌하는 모든 사람에게 혼란을 준다. 누구나 생명을 매력적으로 살아내고 싶어 한다. 한데 이 시대의 희망이 어디서부터 잘못된 것일까. 다원화된 가치가 관용과 환대가 아니라 오히려 배타적인 극단의 문화로 흐른다. 이데올로기 격차, 빈부 격차, 세대 격차 등 그 어느 때보다 막막한 격차 속에 우리는 갇혔다. 공감 능력이 떨어지는 사회는 재난에 대한 대응력도 떨어지고 오히려 폭력적이 된다. 그러면서 일상성이 되어버린 불신과 불안으로 삶은 점점 더 당혹스럽다. 그 틈서리에 안간힘으로 쪽문을 연 게 백년어서원이다.

동광동의 모퉁이, 낡은 건물 세 개의 층이 동시에 환히 불 밝힐 때가 종종 있다. 1층에선 철학 특강이, 2층에선 상고사 강의가, 3층에선 문학 토론이 진행된다. 눈빛과 손짓이 흘러오고 삶과 꿈이 흘러온다. 웃음과 발길이 흘러가고 몸과 마음이 흘러간다. 오래 소외되었던 골목에 공부하려는 사람들이 모여들었다. 백년어서원이라는 작은 장소에서 공부가 굽이친 지 십이 년째다.

자본에 주눅 들지 말고, 존재감에 대해 고민하는 소박한 영혼끼리 함께 책이라도 읽자는 기원에서 문을 열었지만 인문을 찾아가는 길은 현실의 모든 법칙과 상충했다. '돈'으로부터 출발하지 않는다는 것부터가 그랬는지 모른다. 돈이 있어야만 된다는 자본의 법칙을 뛰어넘지 못하면 생명 운동이 되지 못하리라 믿었다. 무엇보다 장소가 중요했다. 인문학 북카페를 열겠다고 생각했을 때 장소 그 자체로 근원적인 힘이 있어야 했다. 수익이 아니라 생명을 회복해내는 장소. 그래서 원도심이어야 했다. '+' 법칙이 아니라 '−' 법칙이 통할 수 있는 자리. 인문은 마이너스 정신이고, 이 마이너스는 곧 어리석음이라는 새로운 문이다.

중앙동과 동광동엔 부산의 기억이 고스란하다. 가장 부산다운 곳이라고 할까. 그러나 문어발처럼 확장된 신도시 개발로 한 동안 잊히고 소외되었다. 쇠락한 원도심, 그러나 그곳은 부산역과 연안부두가 있는 부산의 관문이면서 근대사의 흔적이 아직 견디고 있는 장소가 아닌가. 그래서 나무 물고기 백 마리는 원도심에 도착했다. 누구나 쉽게 다녀갈 수 있는 열린 이미지를 위해 북카페 형식을 선택했고, 공부에 집중하는 만남을 위해 서원이라는 이름을 달았다. 그렇게 하여 백년어서원은 하나의 장소로 태어났다. 장소를 통해 인문의 가치를 찾아간다는 건 어떤 의미일까. 인문을 이야기할 때 도시의 기억은 얼마나 중요한가. 개발 중심의, 기억상실증에 걸린 도시 속에서 우리는 어떤 가치를 논의할 수 있을 것인가. 어떤 추억이 어떻게 살고 있는가에 따라 그 도시의 문화예술이 꽃핀다. 이 추억의 능력이 절실하다. 사람과 사람의 꿈이 여울지는 자리가 인문의 현장이라고 할 때 근대사를 품고 있는 원도심 일대는 소중하다. 부산이 도시로 형성되기 시작할 때부터의 기억과 그 의미를 캐어내는 건 인문 회복에 필수이다. 인문이 지식이나 학술이 아니라 실천과 공존의 힘이라고 믿는다면 말이다.

그렇게 출발한지 일 년 만에 백년어서원은 원도심창작공간 또따또가를 만드는데 작은 씨앗 역할을 했다. 공동화된 원도심의 빈 공간들이 창작실로 작동되기 시작한 것이다. 오래 버려졌던 곳에서 누군가 꿈꾸기 시작했다는 것 자체가 얼마나 유쾌한 기적인가. 길고양이들과 비둘기가 웅크린 공간에 다양한 장르의 다양한 작가들이 함께 깃들었다. 많은 예술정신들이 다시 골목을 꿈꾸고 창조했다. 작가들이 사십 계단 일대를 기억하기 시작했다는 것도 중요하다. 그들이 중앙동, 동광동을 비롯, 원도심을 꿈꾼다는 사실은 그 자체로 보이지 않는 혁명일 수도 있다. 늙은 추억과 공존하는 힘들이 새로운 결을 이루었다.

백년어서원을 운영하는 건 나무 물고기 백 마리이다. 이 물고기들은 한때 가난한 아궁이 옆의 땔감이었다. 원래는 충청도 산골에 있던 한 채의 집이었다. 옛집을 허문 자리에 남은 나무 부스러기들은 한때 청정한 산소를 뿜던 푸른 숲이었으리라. 물고기로 다시 태어나 새로운 이름을 지니고 부산까지 흘러왔다. 이물고기들, 그들이 품은 백 개의 이름을 걸고 시작된 인문강좌와 책 읽기와 글쓰기는 문을 연 첫날부터 오늘까지 쉬지 않고 흘러왔다. 그 여울물들이 강에도 바다에도 닿고 구름도 되고 빗방울도 되었으리라. 옛것을 잊거나 지워버리고 자꾸 새로운 것만 기획한다면 그 문화는 치유의 능력이 없다는 게 백 마리 나무 물고기의 생각이다. 모든 생명은 끊임없이 긴 여행에서 되돌아온 것들이다. 늘 새롭게 돌아온 것들 속에서 오래된 관계를 감지하는 능력이 된다.

오늘도 백년어는 읽기와 쓰기에 집중하고 있다. 작은 소모임 중심으로 구성, 촘촘히 공부 중이다. 인문의 중심은 독서와 글쓰기라고 확신했다. 오늘도 백 마리의 물고기들은 십시일반의 힘으로 흘러간다. 여울 돌이 되어준 사람들이 너무 많다. 작은 공부를 통한 실천들이 모인 셈이다. 인문의 답은 우리 스스로 키워야 하는 공존의 능력에 있다. 이 공존에는 기억이라는 상상력이 절대적이다. 그다음엔 '용기'가 작동해야 한다. 이 매캐한 자본의 도시에서 사라진 것들을 회복해내려는 용기가 없다면 어떤 공감도 선택할 수가 없다. 시대를 좀 더 용감하게 살 필요가 있다.

'필사즉생必死卽生'의 힘이 여울을 만들어낸다. 능력보다 자각할 수 있는 힘이 절실하다. 의식한다는 것은 무관심을 극복한다는 말이다. 가치가 뭉그러지고 장소가 허물어지는 건 무관심에서 비롯한다. 결국 인문이란 응시의 능력이다. 사소하지만 실제 오래된 습관을 뚫고 나가야 하는 것이기에 매 순간 결단과 용기가 필요하다. 삶의 신성함과 자유는 생각하는 데서 얻어지는 것이 아니라 행동하는 데서 얻어진다. 이 모든 노력에 외로움과 불편을 떠안는 신념이 따른다. 현실을 해석하고 정립하는 것은 니체가 말한 힘의 의지가 아닐까. 여울은 모든 기억을 담고 도착해서 모든 기억을 새로운 힘으로 흘려보낸다. 그때 희망은 위험하지 않다. 너무 위험한 희망들이 많은 시대 속에서 말이다.

달팽이의 비밀

동종의식. 그건 달팽이가 내게 건 마술이었다. 시골집 부엌 손잡이에 붙어 있던 하얀 달팽이. 막 노을이 스러진 청보랏빛 하늘 때문이었을까. 달팽이는 마치 한 세계를 열려는 듯이 보였다. 늘 시를 쓰면서도, 시란 무엇일까, 라는 강박에 쫓기다가 달팽이와 눈이 맞은 것이다. 이미 가랑잎 이불을 둘러써야 할 늦가을이었으니, 그 미물이 견뎌야 할 긴 추위에 마음이 애잔해야 마땅했다. 그러나 깨진 거울 같은 몸으로 스미는 어떤 존재의 신비감.

달팽이는 고생대부터 존재해왔다. 그 느림과 여유는 3억 5천만 년 전부터 터득해온 것이다. 달팽이는 공룡시대 훨씬 이전부터 오늘까지, 티라노사우루스 탄생 전에도 멸종 후에도 묵묵히 살아오고 있다. 그 생존의 비밀은 무엇일까. 지구 역사는 46억 년. 무릎을 세우기 시작한 영장류부터 따져도 인류 역사는 백만 년 정도. 태양을 연구한 지는 불과 25년 정도라고 하니 인간의 지혜라는 게 과연 얼마만 한 크기인지 대충 짐작 간다. 그래도 인간은 달팽이보다 위대하다고 착각한다. 꿈을 꾸는 존재이며, 그 꿈과 삶 사이에 예술이 있다는 것 말고는 인간에게 점수 매길 게 없다.

달팽이와 시인의 습성은 닮은 점이 많다. 더듬이 끝에 눈이 있다는 것부터가 그렇다. 그건 마치 시인의 응시처럼 보인다. 더듬이 끝에 눈이 있는 동물은 달팽이뿐이다. 밝고 어두움을 찾는 큰 더듬이, 온도와 냄새를 구별하는 작은 더듬이, 그 네 개의 더듬이와 거기 달린 눈들. 무시로 온몸에 안테나를 세우고 세상을 직시하려는 시인의 의지와 비슷하다.

때문일까. 달팽이는 미련한 듯하면서 순수하고 예민하다. 그것도 시인의 성품이다. 어둡고 조용한 곳을 좋아하며 신선한 식물과 맑은 공기를 찾아다니는 것. 추위도 더위도 잘 견디지 못하여 그늘진 응달에 있다는 것. 자주 건드리는 것과 건조한 것을 싫어하는 것이 닮았다.

그리고 온몸의 세포를 이용하는 것도 시인의 노력과 많이 닮았다. 달팽이는 발이 없다. 온몸이 발이다. 온몸으로 걷고 온몸으로 말한다. 곧 김수영이 말하던 '온몸의 시학'이다. 이상과 현실이 따로 없는 끈질긴 성격 때문일까. 희망도 절망처럼, 절망도 희망처럼 느릿느릿 기어 결국 목표에 도달하고 만다.

물결 모양으로 기어 다니는 것도 그렇다. 그 튼튼한 근육 발은 지나간 자리마다 하얀 길을 만든다. 말하지 않고 보여주려는 몸짓인지 모른다. 시인의 걸음도 물결 모양이다. 일상인처럼 실용적인 직선을 잘 긋지 못한다. 빠르게 뛰지 못하고 우물쭈물 고민하는 사이 발자국은 물결 모양이 되고 마는 것이다.

몇 개 층으로 이루어진 나선형 달팽이집도 시인의 업고와 닮았다. 나선은 끝도 시작도 없는 생명의 상징이며 모든 생명체 모델이다. 우리 은하계가 나선형 우주이고 DNA가 나선형 구조를 가지고 있다. 나선형 은하의 무한한 푸름, 그리고 이중나선으로 섬세하게 꼬인 보이지 않는 DNA를 그려 보라. 어느 쪽이나 마음을 숭엄하게 한다. 시인의 삶도 나선형이다. 시인은 아주 미세한 것도, 아주 거대한 것도 그대로 몸으로 느끼려 한다. 생명이 끝나고 다시 시작되는 무한의 세계, 존재론적인 우주가 시인의 달팽이집이다. 마치 생명의 무상을 혼자 짊어진 듯 살아가는 게 시인이라는 족속 아닌가. 어릴 때 '할미 손이 약손이다' 하며 아픈 배를 문질러주던 할머니의 나선형이 시인과 달팽이의 미학인 것이다.

'달팽이뿔도 뿔은 뿔이다'라는 하찮음의 비유도 자본주의를 사는 시인의 모습인지도 모른다. 달팽이집이 청빈한 선비의 유유자적한 삶을 은유한다는 것도 풀이나 이끼를 먹는 초식성도 시인을 섬약한 일상을 보여준다. 시인이 육식을 안 한다는 말이 아니라, 시인의 사유는 경쟁적인 자본주의 구조를 떠나 있다는 말이다. 느리고 굼뜨면서도 시인은 배고픔과 외로움과 서러움을 잘 견디는 종족이다. 그러한 소외와 끈끈한 슬픔이 원래의 시 정신이다. 달팽이의 껍데기와 살은 의식과 무의식의 상징이며, 꿈에 나타난 달팽이는 자아의 상징이라고 한다. 이런 몇 가지 습성 때문에 달팽이는 시인의 내면 그대로다. 아니, 애초에 시인 종족이었던 걸까.

그러나 오늘날 어떤가. 시인은 달팽이의 습성을 벗어나 있다. 시대가 시대이니만큼 시인들도 많이 영리해졌다. 재빠르고 지혜롭다 못해 영악하다. 왜 시인들은 중앙으로, 서울로 가는 기차를 타는가. 시인들도 이제 자본주의를 가치로 선택한 것일까. 집값 오르는 신도시를 찾아간다. 언젠가부터 시인들 주변에 무수한 경계가 생겼다. 자라면 자랄수록, 성취가 많아질수록 그 경계는 높아지고 복잡해진다. 그 경계를 보면서 마음의 경계 또한 얽히고설키는 건 아닐까.

'만인에 대한 만인의 투쟁'으로 규정지어진 게 생명의 역사이다. 약육강식이라는 자연의 순리에서 달팽이는 그 엄청난 시간의 경계를 어떻게 넘어온 것일까. 우공이산愚公移山은 달팽이와 가장 잘 어울리는 말이다. 허파로 숨 쉬는 유일한 연체동물로, 수억 년 이상 온몸으로 살면서 생명체가 생성하고 멸종하고 다시 태어나는 것을 보았을 테니. 그 존재의 비밀은 경계를 넘는 방식에 있지 않을까.

달팽이는 날카로운 면도날 위로 걸어갈 수 있다. 그 느림의 힘 때문이다. 20~30g밖에 되지 않는 자신의 무게보다 200배나 되는 물체를 끌 수 있는 것도 그가 느림보이기 때문에 가능한 것. 그는 어마어마한 시간의 지평을 그 느림으로 넘어온 것이리라. 달팽이의 둥근 자태에서 武治가 아니라 文治를 본다. 곧 시의 정신이라 하겠다.

그동안 이 지상에 만연한 것은 武治였고, 힘이고 권력이고 속도였다. 지금도 세계는 전쟁 중이다. 투쟁이 최선인 줄 알지만 결국은 스스로 멸종할 동물적인 몸부림일 뿐. 진정으로 이 지상을 구할 것은 시의 본래이다. 시의 정신은 느리고 외롭고 또 지는 것. 온몸으로 이 세상을 끌고 가는 달팽이의 느림보 정신, 이것을 우리는 어리석음이라 부른다.

차라투스트라는 인간 정신의 세 가지 변화에 대해 말한다. 어떻게 '정신이 낙타가 되고, 낙타는 사자가 되며, 마침내 사자가 아이 되는지'를 설명한다. 낙타는 어떤 짐도 묵묵히 싣고 성실하지만 판단이 없으며, 사자는 실험적 자유를 상징하지만 인생을 즐길 줄 모른다. 아이는 진지함과 호기심을 가지고 선입견 없이 다양한 놀이를 향유한다고 한다. 만약 네 번째의 변화를 찾아본다면 그건 달팽이가 아닐까. 그 경계 없음과 느림이 우리가 추구해야 할 이상이어야 하지 않을까. 어떤 창조도 자연을 뛰어넘을 순 없다. 우주의 구조가 그렇기 때문이다.

달팽이는 자연 그 자체이다. 동종의식. 그것이 달팽이가 나를, 아니 내가 한참 달팽이를 따라다닌 이유이다. 달팽이는 이 AI 시대를 어떻게 건너갈까. 그래도 3억 년이 넘는 기나긴 생명의 고리를 꾸려왔으니, 고생대를 넘어 빙하기를 넘어왔으니, 앞으로도 아마 인류보다는 더 오래 이 지구를 지킬 것 같다. 그를 따라 큰 어리석음의 집, 조용하고 어두운 응달을 찾아가고 싶다.

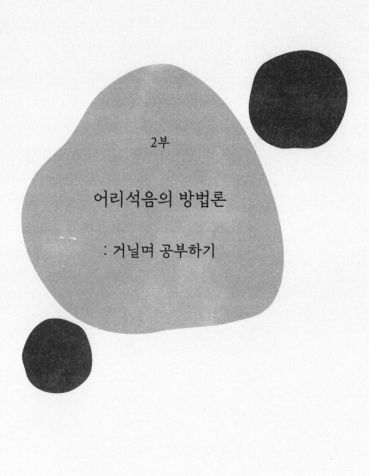

2부

어리석음의 방법론

: 거닐며 공부하기

어리석음을 위한 공부로 네 가지가 있습니다.

우선 죽음을 이해해야 합니다.

다음으로 책을 읽고 글을 쓰는 것입니다.

그리고 무수한 되새김질을 따라

여행하는 것.

한참 공부하다 보면

겨우 어리석어집니다.

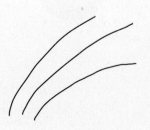

먼 길을 가는 법

먼 길을 가려면 첫째 가벼워야 한다. 길에 선 자는 일단 소유가 적다. 집채를 끌고 다닐 수도 없다. 옷장이나 책상을 끌고 다닐 수도 없다. 좋아하는 것들을 다 지닐 수 없는 것이다. 바지 속 호주머니나 가방 하나가 소유의 전부가 된다. 이 정도면 들 수 있다고 믿고 들고 나섰던 가방도 이내 무거워진다.

둘째, 동행이 있어야 한다. 좋은 친구가 있어야 한다. 옛말에도 '빨리 가려면 혼자 가고, 멀리 가려면 함께 가라'는 말이 있지 않은가. '진정 나를 이해해주는 친구는 하나도 많다'는 말을 들은 적이 있다. 그만큼 좋은 동행은 만나기가 어렵다는 말일 것이다. '내'가 없다면 '내 것'이 없다. 불가에서 자아自我가 아니라 무아無我를 가르치는 것은 그것이 먼 길을 가고 함께 가는 가장 큰 지혜이기 때문이다.

위 두 가지를 충족시키는 가장 분명한 방법은 소유를 버리는 것이다. 자본주의 사회에서 이 말은 일순 아둔해 보일지 모른다. 하지만 나, 내 것, 내 집, 내 가족, 내 소유. 이것을 강조하는 사람은 자아에 갇힌 사람들이다. 자아라는 짐은 무거울 수밖에 없고, 내 것이라고 믿는 것들 때문에 먼 길을 가기가 어렵다. 짐이 무거울수록 탐욕이 솟기 때문에 좋은 동행자를 만나기가 정말 어렵다.

모든 사람이 진정성을 추구한다. 극단적인 격차를 가진 모두가 '진정성'이라는 말을 사용한다. 보수와 진보, 노인과 청소년, 부와 가난 등 모두 자기만의 진정성을 강조한다. 보수는 보수대로, 진보는 진보대로, 노인은 노인대로, 청소년은 청소년대로, 가진 자는 가진 대로, 못 가진 자는 못 가진 대로. 사실 나름의 진정성은 개인의 삶에서 매우 중요하다. 하지만 끝없는 자본의 축적을 통해 살아가는 사람들, 아파트 투기로 살아가는 사람들에게는 진정성이 성립될 수 있을까. '내 것'에 대한 집착을 가지고 진정성을 담보할 수 있을까.

진정성의 성격은 무소유와 생태지향, 공존의 성격을 갖고 있다고 공부를 해본 사람들은 말한다. 내 것을 버리고 공동체를 지향하고 실천하려는 사람만이 진정성에 닿을 수 있다는 말이다. 그것이 성경에서 말하듯 가난한 자가 복이 있는 이유이다. 진정성이란 영성적 가치와 함께 죽음을 내다보는 힘을 말한다. 가난은 힘이 있다. 가난은 매우 불편하지만 진정성을 이해한다면 훌륭한 동행자를 만날 수 있는 겸허함과 청빈으로 작동한다.

죽음의 실재, 진리의 실재를 발견하려면 자신을 감싸고 있는 견고한 껍질을 뚫고 나와야 한다. 이 새로운 자각이 모든 어리석음의 현명한 목표이다. 무소유가 존재의 전체적인 큰 흐름을 진정으로 파악하는 힘이다. '나'라는 자아의 착각은 실제로 파악하기 어려워 그것이 착각이라는 사실조차 깨닫기 어렵고 스스로 속을 수밖에 없다.

누구도 고통을 원하지 않지만, 고통으로 고귀한 삶을 헛되이 보낸다. 매 순간 고통을 극복하기 위해 현실과 싸운다. 자기가 진정으로 누구인지 알지 못하면, 수없이 삶을 반복하면서 잃고 또 잃는 슬픔을 반복할 수밖에 없다. 고통은 자아와 소유의 집착에서 시작된다. 삶의 궁극은 죽음의 양식으로 이미 내 안에 늘 현존하는 세계이다. 자아에 가로막혀 내 안의 궁극을 모르기 때문에 두려워하고 고통받으며, 반대 방향을 향해 치닫는 것이다.

가벼운 삶, 동행이 있는 삶은 바로 환대 정신 속에 있다. 환대란 서로서로를 나그네로 인정하는 것이다. 스스로 우리 삶이 순례임을, 나그네된 자임을 분명히 인식할 때 삶은 가벼워진다. 가벼워지고 소박해질 때 진정한 동행을 만난다. 내 손이 가진 것이 없을 때 진정한 것이 보이기 때문이다. 니체는 춤추는 자의 모습을 계속 이야기했다. 춤은 가벼움을 지향하는 자들의 자세이다. 중력을 벗어난 자들 말이다. 무언가를 붙들고 집착하는 한 우리는 진실을 볼 수가 없다. 먼 길을 가는 지혜는 죽음을 이해하는 방식과도 닮았다. 손을 비우는 것 말이다.

길가메시의 여행

길가메시는 여장을 꾸렸다. 먼 곳에 산다는 불사신 우트나피슈팀을 찾아가야 했다. 무거운 문을 밀고 길을 나섰다. 생명이 영원할 수 있을까. 인간의 운명이란 도대체 무엇인가. 세상에 두려울 것 없고 스스로 삶과 죽음에 초연하다고 믿었던 자신이었다. 하지만 막상 닥친 친구 엔키두의 죽음은 충격적이었다.

인류 최초의 신화 『길가메시 서사시』는 죽음이라는 공포에 사로잡힌 길가메시가 영생자 우트나피슈팀을 찾아가는 모험을 담고 있다. 4,800년 전 쓰인 이 신화는 인류가 가지고 있는 가장 오래된 이야기로 히브리 신화와 그리스 신화에 영향을 미쳤다. 『길가메시 서사시』는 고대 수메르인들의 기록으로 장엄한 영웅 신화 속에서 인간의 슬픈 운명을 응시하고 있다. 기원전 28세기경 우루크를 126년 동안 지배한 길가메시는 '모든 다른 왕들을 능가하는 왕'으로, 지상에서 가장 강력한 왕이었다. 3분의 2는 신, 3분의 1은 인간인 초인이었지만 죽음의 두려움에 맞닥뜨린 길가메시는 영생의 비밀을 찾고 싶었다. 릴케가 '죽음의 공포에 대한 가장 위대한 서사시'라 했다는 이 책에 죽음에 관한 답이 있을까.

여러 고난과 죽음의 바다를 건너 길가메시는 드디어 우트나피슈팀을 만난다. 우트나피슈팀은 신들의 분노로 대홍수가 났을 때, 자신이 모든 동물 한 쌍씩 배에다 실어 살려냈기 때문에 신들로부터 불사不死의 삶을 선물받았음을 일러주었다. 이는 성경에 나오는 노아의 방주 모티프이기도 하다. 길가메시는 간절히 영생의 비밀을 부탁했다. 우트나피슈팀은 먼저 잠들지 않아야 할 것을 당부한다. 하지만 그는 잠의 유혹을 이기지 못하고 긴 잠에 빠진다. 잠을 극복하지 못하면서 어찌 죽음을 극복하겠는가.

실망에 빠져 돌아가야 하는 길가메시에게 우트나피슈팀은 그의 먼 모험을 생각해서 젊어지는 약초를 구할 수 있는 심연을 알려주었다. 깊은 바다에 들어가 힘들게 회춘초를 구하지만, 돌아오던 중 뱀에게 빼앗겨 버린다. 회춘초를 잃어버린 길가메시는 눈물을 흘리며 절망했다. 그때 그는 시두리라는 여인이 일러준 말을 기억했다. "다시 당신의 고향에 가서 의미 있는 일을 하고, 당신의 손을 잡은 아이들을 돌보고, 당신의 아내와 사랑을 나누세요. 이것이 인간이 즐길 운명인 거예요. 영생은 인간의 몫이 아닌 거지요."

불멸의 꿈을 향한 여정은 실패했지만, 길가메시의 진지한 고뇌는 결국 삶은 통해, 삶에서 성취한 세계를 통해 인간은 살아남는다는 깨달음으로 이어진다. 고향에 돌아와서야 필멸의 운명을 가진 인간이 불멸하는 법을 발견한 것이다. 해답은 간단하다. 결국 고향에서 의미 있는 일을 하는 것, 친구들과 우정을 나누는 것, 가족을 사랑하는 것이 우리에게 주어진 실존 전부이다. 죽음이라는 조건을 받아들이고, 삶 속에서 사랑을 실천하는 것이 생명의 핵심이라는 말이다. 진정한 삶이란 가까이 있는 사람을 사랑하는 것이며, 살아생전 추구한 행위들이 곧 삶을 영원하게 하는 힘이다.

죽음의 실체를 알고 싶었던 길가메시의 여행은 결국 '일상'에 도착한다. 모든 순례란 삶의 현장에 도착하는 것이다. 길가메시가 모험 길에서 현자들과 주고받는 삶과 죽음에 관한 대사는 고대인들이 남긴 것이라 믿기지 않을 만큼 현실감이 있다. 이 서사시가 단순한 설화의 내용으로 끝나는 게 아니라 인생 전반의 문제에 심도 있게 접근하는 것이 흥미롭다.

고대부터 인간의 관심은 어떻게 죽음 문제를 해결할 수 있는가 하는 것이었다. 삶과 죽음은 인류가 탄생한 이래 지금까지 수많은 종교, 철학, 문학의 주제가 되어 왔다. 이 서사시는 죽음을 통해 삶의 본질을 바라보게 한다. 어떤 절대 권력을 누린 인간도 죽음은 피할 수 없다. 죽음은 누구도 거스를 수 없는 본연의 이치이다. 그 앞에서 가장 오래된 지혜는 삶과 이웃에 충실해야 한다는 것이다. 결국 인간이 선택할 수 있는 건 '삶을 어떻게 오래 살 것인가'가 아니라, '어떻게 고결하게 살 것인가' 하는 문제이다.

인간은 죽음으로 향하는 길 위에 있다. 공간도, 시간도, 관계도 모두 길이 된다. 여행은 모두가 꿈꾸는 낭만이다. 여행은 우리에게 길을 선물하기 때문이다. 그 길은 새로운 길이지만 그 길에서 발견하는 것은 아주 오래된 근원적인 세계이다. 삶이 순례인 이유이다. 모든 순례는 죽음을 배우는 과정이다. 진정한 어리석음은 내가 움켜쥔 어떤 것도 죽음 안으로 가져갈 수가 없음을 하루하루 인지할 때 가능하다. 죽음을 배워야 삶을 매력적으로 살수 있다. 그 길이 유쾌할 수 있기를. 그 길에서 영악하지 말고 충분히 어리석을 수 있기를. 여행에서 중요한 것은 돈이 아니다. 명예가 아니다. 정말 절실한 것은 좋은 동행자와 넉넉한 철학이다.

어떠한 길을 여행해도 돌고 돌아 닿는 목적지는 결국 '삶' 자체이며 삶의 현장이다. 인간은 태어나는 순간부터 죽음을 향해 여행하는 존재인데 그 과정이 삶이라는 말이다. 진정한 삶이란 자기가 하고 싶은 일을 하고 부끄럽지 않은 인생을 살다가 죽는 것. 큰 어리석음의 아름다운 얼굴을 어떻게 볼 수 있을까. 생로병사를 고뇌하던 싯다르타. 그가 왕궁의 부와 평안을 버리고 왜, 길을 나섰는지를 다시 곰곰 사유하는 하루이다.

당신의 심장은 날개보다 가벼운가요

『이집트 사자의 서』는 고대 이집트의 내세관이 담긴 두루마리이다. 부활 또는 윤회를 믿는 데서 출발한 이 안내서는 수천 년 동안 입에서 입으로 전해지면서 만들어졌다. 부활을 위한 주문, 신에 대한 경배가 담긴 이집트 문명의 총체적 기록물인 이 주술적 장례문서는 관 속에 미라와 함께 매장, 사자의 부활과 영생을 돕고자 쓰였다.

창조신 크눔은 인간을 창조할 때 인간을 세 요소로 만들었다. 하나는 육체이고 나머지 둘은 바[Ba]와 카[Ka]라고 불리는 영혼이다. 바는 육체를 움직이는 생명력으로 육체가 죽어도 죽지 않는 초자연적 존재 즉 혼魂이라고 할 수 있다. 카는 본질적 존재 즉 정령精靈으로 인격이다. 고대문서에 나타난 카와 바는 시기에 따라 그 구분이 유동적이긴 하다. 바는 머리는 사람, 몸은 새의 모양으로 자유롭게 날아다니면서 무덤 주변을 맴돌며 죽은 자의 유해를 지켰다. 매일 밤 무덤에서 나왔다가 동틀 무렵 다시 돌아가는 영혼으로 묘사되었다. 카는 생명의 힘 혹은 영혼의 그림자, 죽은 후 복귀하는 본유의 생명력, 육체 안에 존재하는 영적 존재로 이해되고 있다. 카와 바의 구분은 인간의 본질적 차원을 설명하는 것이다. 카는 바와 구별되도록 양팔을 구부려 세운 팔의 모양으로 묘사된다.

고대 이집트인에게 죽음이란 그림자 같던 카와 바가 육체에서 떠나는 것이었다. 부활이란 떠나간 카와 바가 되돌아와 미라와 다시 결합하는 것이었다. 온전한 내세를 위한 이 결합은 필수였기에 시신을 보호하기 위한 미라 제작의 특수 과정이 요청되었다. 바나 카가 쉽게 찾아올 수 있도록 관에 죽은 이의 얼굴을 그리거나 얼굴 마스크를 씌웠다. 대표적인 것이 유명한 투탕카멘의 황금마스크이다. 바가 카를 찾아 미라가 된 육체와 다시 결합하면 아크Akh라고 불리는 영원한 존재로 부활, 내세에서 영생할 수 있었다.

죽음 후 영혼은 태양신 '라'의 배에 실려 공포의 계곡을 건너면서 무수한 관문을 거치게 된다. 영혼인 카가 지나야 할 관문들 중 대표적인 것이 사막과 부정문답과 재판이다. 사막에는 영혼을 삼키는 딱정벌레가 가득하기 때문에 이들을 없애기 위한 주술이 필요하다. 부정문답은 죽은 자가 내세에 갈 수 있는지 자격을 판정하는 '죄의 부정고백'이라는 예비심판을 말한다. 신들의 질문에 대해 '아니오'라고 답해야만 문을 통과할 수 있기 때문에 '부정문답'이다. 대부분 지은 죄에 대한 윤리 내용이다.

"나는 거짓말 하지 않았습니다.

나는 도둑질 하지 않았습니다.

나는 사람 죽이지 않았습니다.…"

사자는 이렇게 42명의 신 앞에서 42가지 사실에 대해 결백을 낱낱이 해명한다. '죄의 부정고백'을 통과한 사자는 심장 무게를 다는 다음 관문을 통과해야 한다. 고백이 진실인지 판단하기 위해 정의의 저울에 심장 무게를 재는 '오시리스의 심판'이다. 심장 무게 달기 의식은 영혼 카가 사후세계인 두아트로 가기 위한 최후의 재판이다. 저울의 왼쪽에 죽은 자의 심장을 얹고 오른쪽에 진리의 여신 마아트Maat의 '진실의 하얀 깃털'을 얹어서 그 무게를 달았다.

이집트 사람들은 심장이 영혼을 상징한다고 생각했다. 또 심장이 옳고 그름, 선과 악을 판단한다고 믿었다. 미라를 만들 때 다른 장기들은 꺼내 단지에 따로 보관하지만 심장만은 미라 속으로 다시 집어넣는 이유도 바로 심장 무게를 다는 의식을 위해서다. 따오기 머리를 한 지혜의 여신 토트가 사자의 이름과 계측의 결과를 기록한다. 심장이 무거우면 "자신의 이름으로부터 버림받은 자"라 기록하고, 가벼우면 "목소리에 거짓이 없는 자"라 기록한다. 만일 죽은 자가 '죄의 부정고백'에서 거짓말을 하지 않았다면 저울이 수평을 유지했다. 저울 수평으로 결백이 증명되면 마침내 지하 세계의 왕인 오시리스를 만나고, 그의 영원한 땅에서 살 자격인 생명의 열쇠 앙크Ankh를 받는다.

결국 심장과 이 깃털의 무게가 일치하면 사자의 영혼 카는 다시 바Ba와 만나 부활한다는 것이다. 심장이 마아트의 깃털보다 무거울 경우 이승에서 많은 죄를 지었다 하여 괴물 암무트(악어의 머리, 사자의 갈기와 하마의 다리를 하고 있음)가 심장을 먹어버렸다. 심장을 잃으면 사자의 영혼은 영원히 사후세계로 가지 못하고 이승을 떠돌아야 했다.

내가 지닌 무게가 섬짓하게 다가오는 순간이다. 나의 심장은 얼마나 가벼울 수 있을까. 그 가벼움의 잣대가 정의의 여신이 가진 깃털이라니. 내 심장이 깃털보다 무거워서는 안 된다는 것, 도대체 생명이 얼마나 엄중하다는 말인가. 무게란 소유에서 비롯된다. 무게는 물질이 지닌 중력의 법칙을 그대로 보여준다. 살아가면서 얼마나 많은 뺄셈을 해야 내 심장이 깃털보다 가벼울 수 있을까. 얼마나 어리석어야 가벼워질까. 평행저울에서 깃털 한 장과 비교될 나의 심장을 떠올린다. 무언가 날카로운 것들이 곤두서는 느낌이다.

물에 비친 까마귀 그림자를 읽다

죽음의 예술, 삶의 예술

티베트에는 죽음 현상에 관한 탐구가 광범위하게 존재해 왔다. 이 지혜는 그들의 경전 『티베트 사자의 서』에서 나온다. 티베트인들은 '中間界에서 듣고 이해함으로써 그 자리에서 해탈에 이르게 하는 책'을 오래 전부터 알고 있었다. 이 책 저자인 파드마삼바바(717~762)는 티베트 불교의 대성인이다. 인도 우디야나국의 왕자로 태어났고, 어린 나이에 출가, 영적 탐구의 중심지인 나란다 불교대학에서 여러 스승을 따라 수행했다. 티베트인들은 그를 문수보살, 금강수보살, 관음보살 세 존자가 합일한 화신으로 믿는다.

파드마 삼바바는 히말라야 설산에 머물면서 많은 탄트라 경전의 산스크리트 원본들을 티베트어로 번역했다. 또한 궁극의

깨우침을 담은 책을 쓰고, 이 교법서를 바위틈 등에 숨겨놓았다. 후일 책 찾는 소명을 가진 환생자들이 찾아낸 삼바바의 경전은 65권에 달한다. 그중 가장 잘 알려진 『티베트 사자의 서』는 티베트 문화가 산출한 중요한 책으로 14세기에 발굴되었다. 독자적인 심리학을 탐구했던 칼 융은 이 책에서 큰 영향을 받아, '가장 차원 높은 정신의 과학'이라고 극찬했다. 영어로 번역한 에반스 웬츠는 세계 경전들 중 그 어떤 것보다 독특하며, 대승불교의 교리를 압축해 놓은 설명서로, 종교적, 철학적, 역사적으로 중요함[1]을 강조했다.

이 책의 원제는 바르도 퇴돌인데, 그 의미는 '죽음과 환생의 중간 상태에서 듣는 영원한 자유의 가르침'이다. '바르도'는 틈을 말한다. 일반적으로 중음中陰을 바르도라고 말하지만, 티베트 가르침에는 바로 현재 삶도 '일상 바르도'이다. 이 책에는 근본적인 자연법칙인 카르마와 환생에 대한 가르침이 담겨 있다. 죽음은 단절이 아니라 삶의 연장선임을 말하는 이 책은 사자가 무지의 어둠을 걷어내고 존재 내면에 있는 지혜의 빛을 보도록 돕는다.

죽음의 예술은 삶의 예술만큼 중요하며, 죽음은 삶을 완성시킨다는 것이 이 책의 메시지이다. 한 인간의 미래는 어떤 방식으로 죽음을 맞이하는가에 달려 있다는 것이다. 죽음의 순간에

---

1   파드마삼바바, 류시화 옮김, 『티베트 사자의 서』 정신세계사, 2013에서 정리.

가지는 마지막 생각이 환생의 성격을 결정짓는다. 때문에 마지막 호흡까지 자신의 생각을 통제할 수 있어야 한다고 당부한다. 육체의 고통을 정신적으로 초월할 수 있는, 올바르게 훈련된 지성을 갖고, 분명한 의식과 평정함 속에 죽음을 맞이해야 한다는 것이다. 하지만 대부분은 두려움을 가지고 있기에, 『티베트 사자의 서』에서는 사후에 맞닥뜨릴 존재와 사물의 본질을 설명하고 용기를 북돋우고 있다.

아, 고귀하게 태어난 자여

"아, 고귀하게 태어난 자여" 이 부름은 사후 두려움에 떠는 영혼을 부르는 호칭이다. 이 따뜻한 호칭은 내게 자유의 한 속성으로 다가온다. 두려움에 떠는 추운 자들에게 이 따뜻한 목소리는 얼마나 환할 것인가. 아득한 고독으로 중음천을 헤매다가, 문득 "아, 고귀하게 태어난 자여"라고 부르는 목소리를 듣는다면 햇살 같은 실존을 깨닫지 않을까.

그 부름은 맑은 개울물 같고 연둣빛 새움 같다. 자유란 그 목소리를 닮지 않았을까. 두려움을 벗어나 다시 용기를 얻는 일, 스스로, 다시, 우주적 실존을 깨달을 때 우리는 자유로워진다. 그 호칭이 영혼의 자유를 선물한다. 자유는 '스스로 말미암음'이다. 스스로 말미암는 확신을 위하여 이 책은 사자들을 "아, 고귀하게 태어난 자여"라고 부른다.

우리는 누구에게 이 이름을 건넬 수 있는가. 누군가를 이렇게 불러 보았는가. 춥고 외로운 자, 가난하고 소외된 자, 마음이 강퍅한 자, 병들고 지친 자, 원망과 분노가 가득한 자, 시시비비에 사로잡힌 자, 먹고 먹어도 허기가 가득한 자, 스스로 비굴한 자, 돈은 있지만 친구가 없는 자, 본래보다 눈앞 현상에 급급한 자, 그래서 모든 자유를 잃어버린 자들을 향해 우리가 부를 수 있어야 하지 않을까.

인류 역사는 자유를 얻으려는 투쟁이지만 우리는 근원적인 두려움으로부터 아무도 자유롭지 못하다. "아, 고귀하게 태어난 자여" 그렇게 부르고 불릴 때 우리는 고귀해지고, 묶은 사슬이 조금씩 풀리는 것을 느낄 수 있다. 조금씩 따뜻해지고, 가난은 청빈과 겸허로 바뀌고, 강퍅한 마음은 유연해지고, 복수도 시시해지고, 시시비비를 극복하고, 조금 덜 먹어도 배고프지 않고, 홀로 오래 있어도 고요하고, 우주의 신비가 감지된다. 그때 삶이 조금씩 자유로워지지 않을까.

인간은 누구나 두려움에 갇혀 있다. 우리 사회에 극단적으로 나타나는 폭력도 두려움이 그 원인이다. 두려움의 극단에 죽음이 있다. 인간은 태어나자마자 죽음을 향해 걷는 존재이다. 호모데우스, 포스트 휴머니즘은 죽음을 넘어서려는 인간의 욕망을 그대로 보여주고 있다. 하지만 다음 문장을 명심하라.

"죽음을 배우라, 그래야만 그대는 삶을 배울 것이다."

『티베트 사자의 서』를 압축하면 이 한 문장이다. 죽음을 이해하지 못하면 삶을 이해할 수 없다. 죽음을 이해하지 못하면, 내 안에 있는 우주와 자연, 역사와 사회 모두 두려움일 수밖에 없다. 때문에 일상의 수행이 필요하다. 훈련이란 쉬지 않고 마음을 갈고 닦는 일. 죽음에 닿는 순간, 진정한 지혜가 발현되기 위해서는 한순간도 '顧'을 놓치지 않는 지심至心이 필요하다. 따라서 살아 있는 동안 삶의 기술을 실천하고 죽음에 임해서는 죽음의 기술을 실천하는 용기를 계속 의식해야만 하는 것이다.

삶도 죽음도 물에 비친 까마귀 그림자

이 책은 사후에 만나는 모든 빛과 신들의 세계가 사실은 마음에 투영된 환영에 불과하다고 말한다. 삶도 죽음도 우리의 환영이고 그 모습도 색깔도 마음까지도 실체 없는 환영이다. 모든 것은 생각의 결과라는 것이다. 삶도 나 자신이 만들고, 세계도 내가 창조한다. 죽음의 기술을 제대로 배우면 삶의 고통은 사라지게 되어 있다. 그 모든 고통은 무지에서 출발하기 때문이다. '있는 그대로를 본다'는 것은 인식의 과정을 거치지 않고, 직관을 통해 사물을 이해함을 의미한다. 개념을 통한 선입관이 완전히 정지할 때, 있는 그대로의 세계를 만날 수 있다. 물들지 않은 순수의 식은 의식을 덮고 있는 개념의 혼란과 왜곡된 선입관을 벗겨낼 때 가능하다.

그러므로 모든 존재는 마음의 불완전한 관념들로부터 생겨난 것이다. 모든 차이는 곧 마음의 차이이다. 우리는 모든 현상이 한계를 가진 마음의 불완전한 관념들로부터 창조된 것임을 알아야 한다. 그러므로 모든 존재는 거울에 비친 실체 없는 그림자와 같고, 마음속의 환영과 같은 것이다.

이 깨달음이 『티베트 사자의 서』의 메시지이다. 윤회계의 모든 존재들이 처한 상황과 장소와 조건은 전적으로 현상에 의존한다. 모든 현상은 윤회하는 마음에만 나타나는 것일 뿐 실제로는 덧없고 실체가 없다는 말이다. 사후세계도 그 조건만 다를 뿐 인간 세상에서 만들어진 현상들의 연속이다. 깨달음 또는 자유는 윤회 또는 존재 그 자체가 하나의 환영이며 실재하지 않는 허상임을 성찰하는 깊은 지혜에서 비롯한다.

모든 생각은 물에 비친 까마귀 그림자와 같다.
까마귀가 연못 위로 날아가 버리면 물에 비친 그림자도 사라진다.
마찬가지로, 마음에서
여러 가지 생각이 나와도 마음은 연못처럼 늘 깨끗하다.

소멸을 이해한다는 말은 죽음을 배우는 방식, 자연에 돌아가는 방식, 우주를 읽는 방식이다. 제대로 죽음을 공부하면 일상의 구성은 충분히 달라질 수 있다. 충분히 '큰 어리석음'을 이해할 수 있다는 말이다. 『티베트 사자의 서』가 쓰인 지 천 년이 훨씬 지나, 철학자 하이데거도 『존재와 시간』에서 인간이 결국 죽음을 선구하는 삶을 강조했다. 죽음을 항상 가능한 것으로서, 항상 임박해 있는 목적으로서 생각하면서 삶을 기획해야 한다는 것이다. 가능성으로 이해한 죽음은 우리에게 본래적인 삶을 가능하게 한다. 죽음을 선구하는 미래적 지혜가 진정한 나와 나의 시간을 만드는 것이다.

우리 주변의 자연현상으로, 그 소멸의 지혜 속에서 고귀한 탄생이 만들어진다. 때문에 "아, 고귀하게 태어난 자여"라는 부름은 우주와 자연, 사회와 역사를 이해하는 온전한 표현이 아닐까. 어떤 존재든 고귀하게 이해할 때, 생명은 누구나 앉을 수 있는 아름다운 의자, 곧 자유가 된다. 그제야 삶도 죽음도 즐거운 상황적 실존의 세계로 펼쳐지는 것이다.

티베트 사람들은 생일잔치를 잘 하지 않는다고 한다. 태어난 날을 기억하는 일보다 죽는 날을 알 수 있도록 명상을 하기 때문이다. 또한 연기 법칙을 제시한 스승의 가르침으로 선한 삶에 최선을 다한다. 그들의 지혜는 한낮의 보이지 않는 별빛과 같다. 태어난 날을 거창하게, 평생에 걸쳐 손꼽아 기념하면서 어찌하면 죽음을 공부할 수 있을까.

하지만 성장하면서 죽음을 충분히 익힌 자에게 삶은 '고귀한 태어남'의 형식으로 반짝인다. 그게 티베트에서는 '천장'이라는 장례형식으로 드러난다. 죽은 후 육신이 새의 양식이 되는 일쯤은 당연한 미래적 질서가 된다. 평생 자연에서 취하여 먹고 살았으니, 죽은 후 육신이 양식이 되는 순간은 또 얼마나 자유로울 것인가. 죽음을 꾸준히 공부한 자만이 얻는 자유이리라. 모든 생각이 물에 비친 까마귀 그림자임을 자각한다면, '큰 어리석음'은 우리에게 더 청명한 하늘이 되지 않을까.

고유한 죽음을 향해

본래적 실존과 비본래적 실존

『존재와 시간』에서 하이데거는 인간의 가장 고유한 가치로 죽음의 가능성을 강조했다. 이 가능성은 인간이 실존하는 한 피할 수 없는 가능성으로서, 그것을 선구하는 현존재로 하여금 자기 자신의 존재를 문제시하도록 만든다. 그때 은폐되어 있던 본래적 실존이 회복된다는 것이다. 이를 위해 톨스토이의 『이반 일리치의 죽음』을 각주에서 소개하고 있다. 톨스토이가 보여주는 3인칭에서 1인칭적 죽음으로 이행하는 주인공 이반 일리치의 죽음 이해와 하이데거가 말하는 비본래에서 본래적 실존으로 이행하는 죽음 이해 과정은 병치된다.

하이데거는 삶의 방식을 본래적 실존과 비본래적인 실존으로 규정했다. 비본래적이란 말은 내가 나 자신의 고유한 삶을 살지 않고 세상이 시키는 대로 살고 있다는 말이다. 이 경우 삶의 주체는 자신이 아니라 사실은 익명의 세상이다. 현존재가 '죽음을 향한 존재'라는 것은 죽음을 언제든 가장 확실한 가능성으로서 인식하면서 죽음에 대해 '태도를 취하는' 것을 의미한다. 죽음을 항상 가능한 것으로 행동하며 살 때 우리는 본래적 삶을 선택한다.

죽음을 먼저 생각할 때 인간은 자신을 일회적이고 소중한 것으로 자각하면서 삶의 고귀한 목표를 자신의 본래적인 가능성으로 기투한다. 이러한 의지는 탄생에서 죽음에 이르는 삶 전체에 통일성을 부여한다. 삶을 무상하게 흘러가는 물결이 아니라 유의미한 전체로 형성하는 것이다. 결국 삶의 과제는 인간이 세인의 삶으로부터 스스로 자유로워지는 과정 속에 놓여 있다. 자유는 '고유한 자기 자신이 되어라'는, 부과된 과제를 자신이 떠맡을 때에만 비로소 가능하다. '죽음을 선구하면서' 이미 있는 자신의 고유한 가능성을 회복하는 '순간'에 현존재는 주어진 세계에 함몰되는 것이 아니라, 스스로 구현하고 창조해야 할 역사의 과제를 떠맡는 것이다.

그래서 하이데거가 강조하는 것은 인간이 자신의 존재를 떠맡아 결단하는 '순간'이다. 죽음을 이해하는 일은 현존재를 세계 내부적인 존재자들로의 퇴락으로부터 자유롭게 하여 자기 자신을 스스로 결정하는 힘이다. 이 결정이 곧 인간을 자기 자신으로 만든다. 자신의 고유한 죽음, 자기의 죽음을 선구하는 순간에만 인간은 자유로울 수 있다는 말이다.

죽음의 윤리학

『이반 일리치의 죽음』은 하이데거가 죽음이 삶에 불러일으키는 동요와 불안을 잘 묘사하고 있다고 평가한 책이다. 이 책은 이반 일리치란 한 개인이 자신을 상실한 삶을 살다가 죽음에 직면하게 되면서 진정한 자신을 발견하는 과정을 담고 있다.

흔히 우리는 주체적으로 삶을 영위한다고 믿지만 대부분의 경우 사회적으로 승인된 방식에 따라서 살고 있을 뿐이다. 이반 일리치 역시 그 사회를 지배하는 가치관과 관행과 도덕률에 따라 살았다. 예심판사가 되어 상류층 사회에 편입하려 했고, 사람들이 좋아하는 명랑한 사람이 되고자 노력하고, 정상적인 가정을 가지고자 수준에 맞는 여자를 만나 결혼하고, 거만해서는 안 된다는 도덕률에 따라 겸손하고자 했다. 외적으로 그는 상당히 도덕적이고 괜찮은 사람이었다.

죽음은 언제나 존재론적으로 확실하나, 인식론적으로 모호하다. 죽음 그 자체는 행위도 대상도 아니다. 그렇기에 우리는 죽음을 확신할 수 있지만 그것을 정확히 인식하는 것은 불가능하다. 하이데거는 죽음이 인간에게 가장 고유한 '가능성'을 준다고 정확하게 설명한다. 죽음은 실존을 느끼게 한다. 오직 인간만이 죽음을 통해 실존을 느낀다. 이반 일리치 역시 그것을 어렴풋이 감지한다. 죽음을 사유하기 어려운 이유는 누구에게나 찾아온다는 보편성과 나에게 직접 다가오기 전까지는 절대 경험할 수 없다는 특수성 때문이다. 죽음 경험이 없는 까닭에 우리는 타인의 죽음을 개연성으로만 받아들인다.

톨스토이는 그 명제를 현실감 있게 다루고 있다. 병에 걸리기 전 이반 일리치의 삶은 하나의 허위였다. 이반 일리치는 자신의 삶을 의도에 맞게 조절할 수 있다고 믿는다. 그의 삶은 어떤 진정성보다는 편협한 실용주의로 그득했다. 그런 의도된 삶도 기쁨, 슬픔, 고통 등의 감정으로 반짝인다. 여기서 무수한 착각이 일어난다. 이반이 처음으로 스스로에게 질문을 던지는 시점은 자신의 죽음을 예감하면서부터이다. 중요한 질문은 언제나 죽음을 직면한 순간에 던져진다. 질문이란 삶 전체에서 '나'와 공존해야 할 필수조건이지만 이반 일리치는 삶을 다 소비한 순간에 그 질문을 한다. 바로 인간이 스스로의 실존을 느끼는, '가능성'으로서 죽음을 인식하는 것이다. 톨스토이가 묘사한 대로 이반의 죽음 이후에도 사람들은 죽음이 자신을 덮치기 전까지 여전히 잡담을 하고, 착각 속에서 브릿지 게임을 즐길 것이다.

이반 일리치의 죽음은 비본래적 실존이 본래적 실존으로 어떤 식으로 넘어가는지 선명하게 보여준다. 불치병이라는 불행에 분노하던 이반은 점차 내면에서 울리는 양심의 소리를 듣게 된다. 양심의 소리는 말없이 우리를 부르면서 본래적인 실존 가능성을 개시한다. 양심의 소리를 듣고 이반은 세상의 가치에 대한 미련을 다 포기하면서, 그제야 자신에게 숨어 있던 삶의 본래적인 가능성을 이해한다. 예전에는 미웠던 아내나 딸이 나름대로 독자적인 인격의 존엄성을 갖는 존재임을 깨닫는다. 그리고 죽음의 두려움 대신 빛을 발견하게 된다. 양심의 진정한 음성을 통하여 전폭적인 변화, 즉 비본래적인 실존에서 본래적인 실존으로 넘어가는, 실존적인 변혁을 겪는 것이다.

양심을 위하여

우리는 보통 주체적으로 살고 있다고 믿지만 사실은 그냥 세상 사람의 삶을 살고 있다. 세상이 정한 가치, 규범에 근거한 기준에 따라 살 뿐, 주체적으로 사는 것이 아니다. 익명의 세상이 내 삶의 주체였다. 우리는 타인과 비교하면서 격차를 의식한다. 그러면서 염려에 사로잡힌다. 이 비교의식이 비본래적 실존을 지배하는 삶의 양상이다. 끊임없는 시기 속에서 우리는 타인에게 많은 관심을 갖지만 비본래적 실존에서 타인에 대한 관심은 호기심 차원에 그친다. 정말 걱정하기 때문이 아니라 제 권태 등을 잊기 위해 상대방과 상대방의 문제를 호기심거리, 잡담과 수다거리로 삼아버린다.

그러면서 자신과 세상을 잘 이해하는 것처럼 착각한다. 하이데거는 그런 특성을 '애매성'이라 불렀다. 애매성은 사실은 피상적으로 이해하면서 진정으로 이해했다고 오인하는 현상이다. 세상은 '호의라는 가면을 쓰고 서로 위하는 척하면서 애매하게 긴장하면서 서로 살피면서 남몰래 서로 엿듣는 삶'임을 하이데거는 간파했다.

인간이 자신의 존재를 깊이 이해할 때는 죽음과 마주 설 때이다. 하이데거는 죽음이 비본래에서 본래적 실존으로 넘어가는데 중요한 계기라고 말한다. 죽음 앞에서 나의 열정, 나의 고뇌는 사소하고 헛된 것들이다. 실존의 진정성은 죽음과 대결할 때 선명해진다는 말이다. 죽음은 오직 자기 자신만이 책임질 수 있고 오직 나만의 죽음이다. 그래서 죽음 앞에서야 나만의 고유한 존재에게 직면하게 되고, 가장 고유한 삶의 가능성이 드러나게 된다. "인간은 죽지만 나는 아직 죽지 않았다"는 죽음의 망각은 비본래적 실존의 특징 중 하나이다.

죽음에 대한 공포로 괴로워하던 이반 일리치가 듣게 된 영혼의 목소리. 하이데거는 이 영혼의 목소리를 '양심'이라 말한다. 양심은 어떤 도덕률에 위배되었을 때 자책하는 마음의 기능이 아니다. 양심이란 세상 규범에 따라 살면서 나의 참된 가능성을 망각했다는 것에 대한 하나의 가책이라고 하이데거는 강조한다. 양심은 곧 '세인의 삶에서 벗어나서 너 자신의 고유한 삶의 가능성을 찾아라'는 음성이라는 말이다. '죽음으로 앞서 달려간다'는 말은 닥쳐오지 않은 죽음을 미리 생각하면서 자신이 추구해야 할 진정한 삶의 가능성이 뭔가를 깨닫는 것이다. 이는 단순히 염두에 두는 게 아니라, 불안이라는 기운이 엄습된 상태로 죽음을 대면하는 것이다.

죽음을 생각하면, 사람들은 추구하는 가치에 대해서 무상함, 덧없음을 느끼고 그러면서 허무에 사로잡힌다. 이 무상감은 항상 내면에 피어오르는데 우리는 이것이 표면으로 올라오지 않도록 억누르고 있다. 그래서 늘 불안하다. 자신만의 고유한, 큰 어리석음을 회복하지 않으면 우리는 이 불안과 허무를 벗어날 수 없다. 세인의 가치에 대한 집착, 그 영리함을 완전히 버릴 때, 그때 이반 일리치가 세상을 새롭게 봤던 것처럼 무상과 허무는 완전히 다르게 나타난다. 우리가 불안을 극복할 때 세계와 사물이 가지고 있는 신비와 성스러움, 경이가 발현되는 것이다.

'어른'이라는 선물

두어 장 남은 달력을 들추다가 가슴이 서늘해진다. 뱃속 밑바닥에서 도는 아련한 통증. 늦가을에 접어들 때마다 찾아오는 손님이기도 하다. 하나의 문을 닫고 또 하나의 문을 준비해야 하는 계절. 단풍 든 잎새들이 얼마나 삶에 정직했는가를 다시 물어올 것이기에, 미리 고독해진다.

고통과 죽음에 대한 공포가 현대인의 일상을 지배한다. 안타깝게도 이 공포를 신이라 여긴다. 공포 때문에 우리는 많은 신을 만들었다. 그러나 신을 부르면서도 정작 신을 알지 못하는 데서 현대인의 공포가 더 깊어지고 있다. 두려움을 떨친 인간의 눈으로 신을 본다는 것은 무슨 의미일까. 예전엔 때가 되면 늙고, 노병을 앓고, 흙으로 돌아가는 게 자연스러운 생명의 이치였다. 죽음이 그다지 억울하지 않았다. 오늘날 인간은 늙지 않으려 애쓰고 이리저리 죽음을 피한다. 병을 고치지 못해 죽는 것이므로 모든 죽음은 억울하다. 그러면서 백 세를 준비하고 웰빙에 집착하면서 생명은 견디는 일에 매달려 있다. 삶을 견디는 일은 숭엄하다. 하지만 자기 두려움과 물욕에 사로잡힌 견딤은 어떨까.

누구나 아름다운 노후를 꿈꾼다. 누구도 노욕에 물든 채 자신을 상실하며 살고 싶진 않을 것이다. 노후대책은 인간다움을 증명하는 데에 있다. 고교 시절 만난 풍경 하나는 아직도 가슴 한복판에 빛무리로 떠돈다. 큰 돋보기로 책을 읽다가 페이지를 넘기는 고령의 할머니를 본 적이 있다. 새하얀 머리카락이 가을 햇살 역광에 눈부셨다. 두 시간 후 그 집에서 떠날 때도 할머니는 꼿꼿한 자세로 돋보기를 든 채였다. 철없는 마음에도 노인의 독서는 감동으로 나를 휘감았다. 어쩌면 내 문학은 그 수원지에 닿아 있을지 모르겠다. 독서는 신을 만나는 방식, 두려움을 넘어서는 노후대책이 아닐까. 독서 자체가 삶에서 두려움을 극복하는 방식이라는 말이다.

쿠바 여행 중 바야모라는 작은 도시에서 프랑스인 노부부를 만났다. 자글자글한 주름투성이 두 노인은 배낭여행 중이었다. 숙소에 들어서자마자 할머니는 빨래 몇 가지를 넌 후 햇살 많은 테이블에서 독서를 시작했다. 할아버지도 저만치 반대쪽 그늘에 앉아 책을 읽고 있었다. 노인들의 낡은 배낭에 든 책을 떠올리는 것만으로도 가슴이 찡했다. 다음날 새벽 쿠바에서 제일 높은 피코 투르키노(1,994m)를 오를 예정이던 두 노인의 독서, 노후의 오후는 삶은 충분히 숭고할 수 있다는 믿음을 내게 선물했다.

노인의 독서는 언제까지나 인간임을 증명하는 순간으로 남아있을 것 같다. 책장을 뒤적이며 그들이 선택하고 책임졌을 역사적 순간과 그 용기가 미덥다. 그것이 바로 어른다운 어른이 주는 선물이다. 노인의 지혜는 공동체의 강력한 힘이었다. 하지만 고령화 사회가 되면서 사람들은 오히려 노후와 죽음을 더 두려워하기 시작했다. 두려움은 공감의 능력을 뺏고, 존재의 품위를 망각하게 한다. 품위는 진정한 어른일 수 있는 하나의 표징이다.

　　몇 개의 보험과 연금이 노후대책이라고 믿는 게 안타깝다. 물론 안정적인 현실이 필요하긴 하다. 하지만 그 때문에 우리는 신을 만나지 못하고 있다. 물질에 대한 두려움은 물질을 신으로 섬기게 한다. 허나 물질 풍요와 존재 품위는 아무 상관이 없다. 현재의 소유를 놓칠지 모른다는 두려움이 우리를 원숙한 노후로 이끌지 못하고, 지식이 충만한 어른으로 살지 못하게 하는 것이다.

　　물욕을 놓으면 두려움에서 놓여나고 품위는 회복된다. 그때 우리는 인간다운 눈을 가지게 되고, 내 안에 있는 신을 볼 수 있다. 세계는 그 자체로 자연이고 우주이고 완전하다. 자기 삶을 자연으로 만드는 연습, 갈잎을 다 쏟아낸 뒤에도 우뚝 서 있는 거대한 참나무 같은 훈련이 노후를 빛나게 한다. 진정한 노후대책은 내 안의 신을 만나는 일에 있는 것이다.

　　본받고 싶은 '어른'이 많은 사회를 주눅 든 청년들에게 선물할 수 있을까. 이것이 노인의 숙제여야 한다. 죽음 이후에 만나는 휴머니즘이 인간을 감동시키는 발원지임을 기억한다. 이 비밀은 책갈피 속에 살고 있다. 아름다운 노후의 비밀은 책 속에서 스멀스멀 빛의 벌레들로 기어 나온다. 그 빛은 가을 햇살보다 더 눈부시다.

너는 여행자의 집이니

장소는 주인이 없다

장소는 한 마디로 '곳'이다. 이 '곳'은 특정한 자리이며 만유가 존재하는 좌표이며 흩어졌다 모이고 모이며 흩어지는 점들이다. 공간Space이 '빈' 일정한 간격을 지닌 수학적 크기라면 장소Place는 결코 비어 있을 수 없는 존재와 관계가 있다. 존재론적 사건이 이루어지거나 발생한 '곳'엔 시공을 뛰어넘는 무한 에너지들이 중첩된다. 공간이 유용한 기능적 크기라면 장소는 무용지용의 비밀이 숨 쉬는 곳이다. 공간이 보이는 데라면 장소는 보이지 않는 힘이 작동하는 '곳'이다.

　모든 존재는 공간 이전에 장소를 가진다. 장소라는 좌표는 어떤 역할, 어떤 입장, 어떤 위치, 어떤 근거와도 통한다. 집과 몸, 땅, 나, 너 등은 분명한 근원적인 장소이다. 꿈, 돈 등도 하나의 장소가 된다. 장소는 분명한 존재 자리를 보여주면서 동시에 은폐의 역할도 한다. 무수한 겹층으로 구성된 장소, 인간 질서와 자연 질서가 융합된, 경험과 의미가 축적된 그 세계는 근원적인 질문으로 총총하다. 『장소와 장소상실』에서 에드워드 랠프는 생활세계가 직접 경험되는 장소는 개인과 공동체 정체성의 원천이며 실존의 심오한 중심임을 강조한다. 이 집, 이 도시, 이 나라, 이 지구라고 할 때 우리는 누구인가.

장소의 주인은 누구인가. 장소에선 어떤 일이 일어나는가. 장소의 가치는 무엇인가. 이러한 질문은 장소와 장소성을 다시 고뇌하게 한다. 장소를 소유하게 되는 순간 우리는 장소를 잃어버리게 된다. 장소는 주인이 없다. 공간은 주인이 있다. 내가 주인이라고 생각하는 순간 집은 공간에 불과하다. 집이 나라는 주체에 의해 작동한다면 그건 공간일 뿐인 것이다. 내 집이 장소일 때 나는 근원적인 존재이지만 내 집이 공간일 때 나는 그 도구에 불과하게 된다. 집이 공간인지 장소인지는 나의 인문적 선택에 달려 있는 것이다.

내 집을 공간이 아니라 근원적인 장소로 살리는 방식으로 '환대'가 있다. 집 밖의 타자를 맞아들임 말이다. 내 집, 내 몸, 내 자아, 내 돈, 내 꿈 등의 장소들은 타자를 환대할 수 있는 능력이 있는가. 이 말은 장소는 체온으로써 측정되어야 한다는 의미이다. 곧 추억과 예지로 가득한 장소란 결국 타자와의 관계로 설정된다. 타자를 환대할 수 없는 그곳은 장소성을 잃어버린, 도구적인 공간에 불과하다. 집이 환대하는 역할을 잃어버린다면 집은 이미 장소가 아니라 공간으로 작동하는 것이다. 그러므로 장소는 나의 소유, 나의 테두리가 아니다. 내 집, 내 울타리라는 개념을 벗어나야 한다.

내가 무언가를 소유하는 순간, '타자'와의 관계는 끊기고 자신은 테두리 안에 매몰된다. 레비나스는 이를 죽은 삶이라고 설명한다. 이에 유일한 소통은 '응답하는' 것이라는 게 레비나스의 철학이다. 타자가 호소한다면 응답해야 함을 강조했다. 타자는 호소하고 명령한다. 그는 '호소에 대한 응답response'은 곧 '책임 responsibility'에 관계지었다. 타자가 약자의 얼굴로 호소할 때 우리는 거기 응답해야 할 '무한한 책임'의 주체가 된다는 말이다. 그는 철학의 제1의 과제는 '존재'가 아니고 '윤리'라고 말하며, "태양 아래 나의 자리(Pascal)"에 대해 묻는다. 이 자리는 내가 있음으로써 다른 사람이 밀려난 자리이다. 그래서 우리는 '내가 존재할 권리가 있는가'라고 물어야 한다. 어떤 방식으로든 '내 자리'란 일종의 '찬탈'이다. 이것은 진정한 존재의 방식이 아니다. 자신의 장소를 두려워하고, 소외된 타자를 공경, 관계하는 방향으로 나가야 한다는 말이다.

따라서 환대는 주인의 태도나 의식을 문제 삼는다. 나를 주장하면서 이방인을 환대할 수 있을까. 레비나스는 '거주'라는 개념을 통해 장소와 환대의 철학을 펼친다. 집은 불안정을 유예하고 향유를 예비할 수 있는 곳이다. 그는 『전체성과 무한』에서

"구체적으로 거주는 객관적인 세계 속에 자리 잡는 것이 아니라, 객관적인 세계가 나의 거주와 관련해서 자리 잡는다."고 언급했다. 모든 환대에는 장소가 있다. 아니, 장소엔 환대가 있는 것일까. 이는 생명의 미래에 그대로 적용되지 않을까. 장소는 희망이다. 결국 나의 자리를 내어주는 희망이다. 내가 앉았던 자리, 내 체온의 자리를 흔쾌히 내어주는 것은 세계와 자신의 존재를 정확히 이해하는 사유에서 비롯된다. 환대는 장소성의 가장 중요한 특징이다.

환대의 밥상

환대야말로 삶의 근본적인 자세이며 미래적 가치이다. 쉼터가 거의 없었던 유목민의 일상에서 다른 사람을 대접하는 일은 자신이 여행하게 될 때 똑같이 대접받는다는 의미였다. 이렇게 환대는 고대 세계를 떠받드는 기본 개념이었다. 특히 사십 년 광야에서 떠돌던 이스라엘은 나그네나 홀로된 여인이나 고아들을 대접할 것을 계약법에 넣어 엄격한 규범으로 지켰다. 이처럼 애굽에서 나그네 되었던 일을 항상 기억하고 살아가는 건 율법이었다. 친구든 원수든 극진히 대접하였고 심지어 그들의 가축도 돌보아 주었다. 고대 중동 문화에서 음식은 환대의 표현이며 환대는 음식과 신앙이 만나는 접점이었다. 구약에서 낯선 손님을 대접한 아브라함의 밥상은 환대의 전형이다. 멀리 낯선 사람들을 발견하는 것, 만나고자 달려가는 것, 존경을 표하는 것, 초대하는 것, 새 힘을 얻도록 자신의 자리에서 쉬게 하는 것, 음식을 준비하고 섬기는 것. 아브라함은 그렇게 신을 대접한 것이었다.

고대엔 세계 도처에 환대의 문화가 넘쳐났다. 케냐에서는 부족들마다 손님을 환대하는 고유의 방식을 갖고 있다. 특히 키쿠유 부족은 아무 예고 없이 찾아오는 손님에게도 음식을 대접하고, 손님 역시 당연하게 여긴다. 대접하지 않는 주인과 사양하는 손님은 모두 무례가 된다. 그들에게 '배고픔은 시빗거리가 되지 않는다.' 속담이 있는 것처럼 말이다. 니제르의 우다베 부족에게도 '음보탕가쿠'라는 환대의 밥상 문화가 있다. 자신을 찾아오는 사람은 누구든지 융숭하게 대접하는 전통이다. 우다베 부족은 이 음보탕가쿠를 자신들이 가진 유일하면서도 진정한 자산이라고 말한다. 우다베 부족은 손님이 오면 서쪽으로 안내해 그곳에 자리를 깔아준다. 마실 물과 음식을 주고 춥지 않도록 불을 피워준다. 별로 좋아하는 손님이 아니더라도 神이라도 되는 것처럼 극진히 환대한다. '손님은 신이다'라는 속담이 우다베에 있다. 전혀 낯선 이들의 환대는 높은 윤리성을 바탕으로 한 공동체 의식에 기인한다.

남미의 페루에 있는 안데스 산 속에서 살아가고 있는 케추아 부족은 '카우사이 후뉴이'라는 환대 전통을 가지고 있다. 마을 잔치 카우사이 후뉴이는 '음식을 서로 모아서 한 가난한 살림을 피게 하자'라는 취지를 가지고 있다. 전통적으로 공동 생산하고 공동 분배 방식으로 살아온 그들은 "오늘 이것은 당신 것입니다. 내일은 내 것이 될지도 모릅니다."라는 나눔을 통해 공동체의 연대를 잘 보여준다.

이러한 나눔의 환대는 불교나 이슬람 등의 종교에도 잘 나타나 있다. 사하라 사막 모리타니라는 나라에서 이년 여 살았던 적이 있다. 모슬렘 국가였는데, 고대 유목민의 환대 정신을 그대로 경험한 시절이었다. 음식을 얻거나 필요를 요청하는 건 그들에게 부끄럽거나 고마운 일이 아니라 당연한 일이었다. 처음엔 의아했지만 곧 서로가 나그네임을 깨닫게 되었다. 생소하고 낯선 이들에게 따뜻한 밥상을 차리는 환대는 우리 고대 문화에도 있었다.

장소는 환대라는 행위를 통해 새로운 계기를 맞이한다. 익숙함과 편안함의 리듬이 깨어지면서 손님은 자기중심적인 삶을 여지없이 무너뜨린다. 그렇다면 안락한 나의 세계를 열고 낯선 자를 어떻게 받아들여야 하는가. 낯선 자에게 내 자리를 내어주고 환대의 밥상을 차려야 할 까닭은 무엇인가. 그 이유는 레비나스가 말한 대로 그 낯선 자가 헐벗은 자로 내게 찾아오기 때문이다. 가난한 자가 나에게 호소하고 명령을 내리는 존재로 다가오기 때문이다.

환대의 장소 반대말은 무엇일까. 그건 권력의 장소, 소비의 장소이다. 물질, 기술, 이성, 개발, 남성, 내 자아 등 소유적이며 소비적이며 자본적인 세계는 다 환대의 반대말이 될 수 있다. 반면에 환대의 장소 유의어는 탱자꽃의 장소, 열목어가 노는 여울목의 장소, 타자의 장소, 존재의 장소, 여성성의 장소, 글쓰기의 장소 등이다. 여기서 글쓰기는 자신 속의 타자를 확인하는 장소로서의 글쓰기를 말한다. 이처럼 환대는 이 시대 모든 타자에게 억압을 가져오는 모든 폭력의 반대어이다.

오늘도 지나가는 낯선 나그네들

환대는 어느 좌표에 소용돌이를 만드는 일이다. 여기서 장소는 장소성을 얻고 그 파문은 우주 전역으로 번져간다. 환대의 실천은 내가 환대받은 삶을 기억하는 방식에서 오는 파장이다. 무조건적인 환대의 정신을 살리는 장소성은 분명 별과 같은 이상이다. 이상이 이상인 이유는 실천이 현상으로 나타나기 어려운 까닭이다.

그러나 별이 아름다운 것처럼 이상은 아름다운 신념으로 끊임없이 언급되고 제시되어야 한다. 그때 우주적인 변화의 에너지가 작동하고 이상은 현실로 이루어지기 때문이다. 예수가 보여준 환대에의 초대는 이 지구를 장소화한다. "수고하고 무거운 짐 진 자들아, 다 내게로 오라. 내가 너희를 쉬게 하리라." 이런 것이 환대인 것이다.

너는 여행자의 집이다.

하루도 빠짐없이

낯선 이들이 드나드는 여행자의 집.//

즐거움, 우울함, 비열함,

순간의 깨달음이

기다리지 않는 손님처럼 찾아온다.//

그 모두를 반갑게 맞이하라.

그들이 집 안을 쑥대밭으로 만들고

아끼는 가구를 모두 없애는

슬픔의 무리일지라도

정성을 다해 환대하라.

새로운 기쁨을 가져다주기 위해

집 안을 깨끗이 비우는 것인지도 모른다.//

어두운 생각, 날카로운 적의.

비겁한 속임수가 오더라도

문밖까지 나가 웃으며 맞이하라.

귀한 손님처럼 안으로 모셔라.//

누가 찾아오든 고개 숙여 감사하라.

문을 두드리는 낯선 사람은

너의 앞길을 밝혀주기 위해 찾아온

미래에서 온 안내자이다.

-잘랄 앗 딘 루미, 「여행자의 집」

13세기 이슬람 신비주의자였던 루미는 이 시편에서 환대의 방식을 잘 보여주고 있다. 문을 두드리는 그 누군가가 '미래에서 온 안내자'라는 사유는 삶 전체, 우주 전체를 타자의 방식으로 수용하는 행위 자체이다. 그 이방인은 '나의 앞길을 밝혀주기 위해' 찾아온 타자인 것이다. 어둠과 슬픔과 비겁한 속임수까지 맞이해야 할 귀한 손님일 수 있다. 이러한 환대의 입장들은 주인의 로고스적 폭력을 무장해제시킨다.

칸트는 환대를 '상호적 관계'로 설명한다. 칸트의 환대는 상호적인 관계이다. 누군가 내 집에 오면 환대하듯이 나도 남의 집에 가면 환대받을 권리가 있다는 말이다. 이러한 '조건적 환대'로는 삶에 비전이 없다는 것이 레비나스의 생각이다. 그는 '무조건적 환대'가 더 근본적임을 강조한다. 마치 부모와 자식 관계처럼 말이다. 레비나스는 타자의 우선성을 중요시한다. 우리가 타자에 근거해 있는 것이지 '타자'가 우리 삶에 종속되어 있는 것은 아니라는 것이다. 타자는 동일자의 틀에 잘 안 들어오는, 내 뜻대로 할 수 없는 대상이다. 하지만 그는 타자를 환대해야 하는 이유를 분명하게 제시한다. 태어났을 때 이 세계가 나를 받아주었기 때문이라는 것이다.

데리다 또한 해체 철학을 펼치면서 환대라는 개념을 적극적으로 내세운다. 형이상학의 배타적인 원리가 해체된 이후 중요한 것은 다른 타자들을 절대적으로 환대할 수 있느냐 하는 문제이다. 레비나스와 마찬가지로 그는 집주인 역시 처음부터 자신의 거주지에서는 손님이었다는 사실을 기억해야만 함을 지적한다. 이미 집이 먼저 나를 환대했으므로 누군가를 환대하는 것은 무조건적이다. 사실 나는 이미 맞아들여진 자인 것이다. 타자를 맞아들이는 일은 당연해야 한다. 데리다는 환대는 묻지 않는 것에서부터 시작한다고 강조한다. 무조건적 환대란 아무런 제재나 계약 없이 무조건적으로 이방인들에게조차 접대하며 받아들이는 것을 의미한다. 그러므로 절대적 환대는 주인 입장이 아닌 손님 또는 이방인 입장에서 환대하는 것이며, 갑작스러운 방문에 대한 환대이다. 진정한 환대란 이름 없는 미지의 타자에게도 줄 것, 그에게 장소를 줄 것, 그를 오게 내버려 둘 것, 그러면서도 그에게 상호성을 요구하지도 말고, 이름조차도 묻지 않는 것임을 내세운다.

장소란 우리가 타자에게 응답하는 곳이다. 장소상실은 '잃어버린 환대'에 다름 아니다. 우리는 이미 문명에게서 환대받지 못하고 있으며, 우리 또한 환대를 가르치지 못하는 게 현실이 아닐까. 여기서 일어나는 단절은 존재와 존재자를 다 쇠퇴하게 한다. 이를 극복하는 일은 끊임없이 생명의 발원지를 향해 거슬러 오르는 길뿐이다.

삶은 끊임없이 부유浮遊하지만 어떤 호소에 귀를 기울이는 일만이 모든 불화를 견디게 한다. 호소를 들을 수 있을 때만 내 안과 밖의 타자에게 응답할 수 있다. 그 응답은 환대의 밥상을 차리는 일에 우리를 일으켜 세울 것이다. 우리는 모두 장소를 생성

해내는 장소이다, 나는, 내 자아는, 우리는, 돈은, 꿈은, 도시는,
동광동은, 몸은, 책은 다 여행자의 집인 것이다.

무용지용의 독서를 위하여

중학교 때 난 성적이 엉망이었다. 상담교사는 나를 자주 불렀다. 회초리로 안 되자 담임이 그예 나를 상담실에 밀어 넣은 것이다. 얼마 후 나에게 병명이 주어졌다. '무분별한 독서로 인한 정서장애'. 하기야 정문 앞에 있던 두 군데 책 대여점에서도 이제 네가 볼 책이 없다며 손사래를 칠 정도였다(거의 소설이었을 게다). 입석 버스비 10원을 도서 대여비로 사용하고, 대신동 중앙여중에서 양정 하마정까지 빌린 책을 안고 자주 걸어 다녔으니, 공부가 엉망인 게 당연했다. 어머니가 학교로 불려오고, 독서금지령이 내렸다. 선생님들이 나의 독서를 방해하기 시작했다. 빼앗긴 책으로 뒤통수를 얻어맞은 게 셀 수 없을 정도이다.

여섯 식구가 살던 단칸방에서 빌려온 책으로 이어진 나의 비굴한 독서는 그렇게 핍박을 받았다. 책 읽는 일은 서러울수록 치열했던 것 같다. 소설이나 읽는 불량 학생 취급을 받으면서, 빌린 책을 넣은 책가방을 낀 채 구덕운동장에서 영주터널을 지나 교통부와 범내골을 지나 서면을 지나 양정에 닿던 내 발자국들. 아마 어른들에게 정말 바보 같아 보였으리라.

그때 어른들이 볼 때 나의 독서가 그렇게 무용했을까. 만고 쓸데없어 보였던 걸까. 집이 가난해 나는 상고에 진학했고, 동생들 공부시키라는 부모님의 명령을 받들었다. 하지만 사십여 년 지난 지금 나는 십여 권의 작품집을 낸 작가로 살고 있다. 늦게 문학의 길에 들어서게 하고, 만학의 길을 걷게 한 것도 중학교 시절의 그 무분별한(?) 무용지용의, 그 지독한 독서가 디딤돌이었음을 확언할 수 있다. 결혼하고 첫 아이가 중학교에 들어갈 무렵, 다시 공부를 시작하면서, 난 제법 독해력과 통찰력을 지닌 늦깎이 학생이었다. 중학 시절의 무분별한 독서의 힘이었다. 그 시절, 무분별한 독서는 결코 무분별하지 않았음을 난 그렇게 증명해낸 셈이다.

책을 만나는 방식에 대한 고민이 더 필요하다. 유용한 것들은 우리를 억압한다. 영어가 대화를 위한 것이면 자연스러운 생명감이 되지만, 입시나 취업의 도구가 되면 삶을 억압한다. 독서도 마찬가지다. 밀림과 같은 도서관과 빼곡한 서가를 지식과 정보로 만난다는 것은 불행이다. 책이 도구가 되면 오히려 억압이 된다. 어떤 필요를 생각하기 시작하면 존재론적인 즐거움이 사라진다. 우리는 결코 도구를 사랑하지 않기 때문이다.

책을 외부 이데올로기의 지배적 기호로 만나지 않고 영혼의 숲으로 만난다면, 책은 존재의 무한성을 체득하게 하는 우주이다. 그 시간과 공간의 떨림이 독서의 뮤즈이다. 무한한 가능성을 끌어내는 어떤 목소리, 어떤 꿈. 독서의 역할은 그런 것이다. 유용함은 존재를 기계적으로 만들고, 삶을 소모적이고 소비적으로 만든다. 관계를 일회성으로 단절시킨다. 무용지용의 에너지는 존재를 관계적이고 연속적으로 바라보는 제3의 커다란 눈동자이다. 이 실재의 눈은 독서의 영혼을 통해 동서고금의 이치를 관통한다. 이 표현은 거창해 보여도 실은 두 살배기의 투명한 눈동자와 같은 것이다. 그만큼 순수한 세계라는 말이다.

아프리카의 속담에 '어디로 가야 할지 모르겠거든, 어디로 왔는가를 생각하라'는 경구가 있다. 결국 책도, 독서도, 공부도 원래를 기억하는 문제이고, 생명을 낳을 수 있는 온도인가가 문제이다. 왜 우리가 노력하는 만큼, 문화와 예술에 투자하는 것만큼 사회는 공감의 능력을 얻지 못할까. 생명의 파동이 담긴 리듬이 아니라, 아주 기계적인 박자에 맞추어, 거의 폭력적인 규격에 갇혀 길든 독서를 하고 있지는 않는가.

질적인 변화를 동반하지 않은 반복은 자기만족에 불과한 박자에 불과하다. 리듬에는 변화와 생성의 원리가 있다. 리듬은 질서라는 말을 넘어서 근원적인 생명과 직접적으로 결부된 에너지다. 고정된 사고가 아니라 유연한 다양성이다. 책과 독서는 리듬의 세계이다. 충분한 나눔을 향한 선율인 것이다. 변화를 본질로 하면서도 생명성의 공감으로 이어지는 세계. 독서는 그렇게 우주의 리듬을 따라가야 하는 것이다. 이를 잘 이해한다면 우리의 읽기는 얼마든지 지극할 수가 있다. 우리의 책도, 독서도, 도서관도 말이다. 기능적인 것이 아니라 우주의 화음을 담고 있는 장소로서 말이다.

정약용은 "독서는 위로 성현과 짝할 수 있고, 아래로 뭇 백성을 깨우칠 수 있으며, 그윽하게는 귀신과 통할 수 있고, 밝게는 왕도와 패도의 방략을 터득하여 우주를 지탱할 수 있는 것"이라고 강조했고, 스피노자는 "모든 인간은 자신의 능력만큼 신을 만난다"고 말했다. 독서는 세상 이치는 물론 신과 통하고 우주를 지탱하는 힘이다. 책은 길이기 때문이다.

우리 시대는 상실과 외로움에 시달리고 있다. 책에서 잘 숙성된 고독을 배운다. 부드럽게 익은 고독을 통해 타자성을 획득한다. 타자성이라는 말은 어떤 마주침을 말한다. 이 마주침은 존재를 동요시키며 울림을 획득한다. 이 떨림이 우리를 존재적으로 세우고, 돋보기와 현미경을 가진, 보이지 않는 것을 감지하는 사람으로 성장시키는 것이다.

독서는 이러한 상상력과 감수성으로 이어지는 세계이다. 생명에 전체적으로 감응하는 능력, 그것은 무용지용의 세계이다. 인식하고 분석해서 이해하는 것이 아니라, 직관으로 이해할 수 있는 힘, 그것은 먼저 나눌 필요가 있다. 바로 우주의 파동이다. 스멀스멀 기어오르기도 하고, 폭풍처럼 휘몰아치기도 하는 그 힘을 감지하는 일이 우선이다.

인문은 말 그대로 읽고 쓰는 일이다. 읽고 쓰는 세계, 바로 책과 독서에 무수한 실선과 점선으로 이어져 있다. 책과 독서는 도구가 아니다. 숨은 질서이다. 무용지용의 세계이다. 그건 사랑이 무용지용의 힘인 것과 같다. 내 아이가 유용해서가 아니라, 내 아이가 존재의 기쁨이기 때문에 사랑하는 것이다. '쓸모없음의 쓸모', 이 오래된 지혜는 독서에 그대로 적용된다. 실용성과 효용성으로 구성된 일상 속에서 독서를 도구화하지 않는 것이 책을 사랑하는 방식이다. 물질적으로 대상화된 책, 대상화된 독서는 우리 영혼을 먹이지 못한다.

가스통 바슐라르는 말했다. "천국은 도서관과 같으리라." 이는 얼마나 많은 의미를 함축하고 있는가. 누구나 죽으면 저승에서 자기의 이야기를 써야 한다는 말일까. 얼마나 많은 필경사와 각수들이 어떻게 지금의 도서관을 만들었는지, 그 지극한 방식을 증명해주는 말일까. 책이 지극한 새김으로 되어 있고, 독서가 지극한 나눔이라면, 그 지극함의 세계는 천국일 수밖에 없지 않을까. 그렇다면 그 반대도 충분히 가능하다. "도서관은 천국과 같으리라." 이 말은 지금 이 순간에 반짝이는 우주로 다가온다. 오래 기억해야 할, 오래 나누어야 할 것들이 별빛처럼 쏟아지는.

삶을 견디게 하는 工夫

날이 저무는 일

비 오시는 일

바람 부는 일

갈잎 지고 새움 돋듯

누군가 가고 또 누군가 오는 일

때때로 그 곁에 골똘히 지켜 섰기도 하는 일//

'다 공부지요' 말하고 나면 좀 견딜 만해집니다

김사인 시인의 「공부」라는 시의 뒷부분이다. 가슴 속에 푸른
파문이 커다랗게 번져가는 느낌이다. 언젠가부터 힘들 때마다
'그래, 다 공부다'라고 되뇌는 게 습관이 되었다. 누군가를 위로
할 때도 당부할 때도 '다 공부라고 생각해라.' 중얼거리게 된다.

工夫. 어릴 때부터 공부, 공부, 듣기도 엄청나게 들었다. 정

월대보름 달님에게 '공부 잘하게 해주세요' 빈 적도 많다. 자라면서 절에 가기도 하고 예배당 문을 열기도 했는데, '잘하는 공부'는 빠지지 않는 기도 제목이었다. 학습과는 또 다르다. 공부엔 수단을 강구하다, 궁리하다, 생각을 짜내다 등의 뜻이 있다. 또한 마음 수양이나 의지의 단련 등을 일컫기도 하고, 한마음으로 정진하는 불도 수행을 말하기도 한다.

工夫는 사람 구실을 하기 위한 준비를 말한다. 사람답게 사는 기술을 몸으로 배워야 하는 것이다. 결국 공부란 세상에서 스스로 자신답게 존재할 수 있는 궁리이며 수행이며 실천이다.

사람답게 사는 기술이란 무엇일까. 밥숟갈 들면서부터 지겹도록 들고, 열심히 시험 치며 공부했는데 왜 사람답게 살기가 어려울까. 공부를 착각하고 있는 건 아닐까. 지식의 체계는 사람에게 착각을 가져다준다. 삶이 아니라 앎이 공부인 줄 아는 것이다. 공부는 호기심과 질문을 통해서 스스로 터득하며 생명을 세워나가는 일이다. 우리 현실은 어떤가. 질문보다는 대답을 가르친다. 존재보다 소유를 먼저 배운다. 질문보다 대답을 익히면 공부는 체계에 길든 학습이 되고 만다. 존재보다 소유를 먼저 배우면 공부는 생존에 급급한 기술이 된다. 공부를 착각할 수밖에 없는 세태이다.

한 인지심리학자는 인간을 착각의 백과사전이라고 했다. 우리의 일상은 주의력 착각, 기억력 착각, 자신감 착각, 원인 착각, 잠재력 착각 등 인식의 오류로 그득하다. 그 와중에 심각한 지식 착각이 있다. 사물을 실제보다 더 깊은 수준에서 이해한다고 암묵적으로 믿는 데서 지식 착각이 일어난다. 하여 우리는 쉽게 판단하고 단언하면서 위험하고 그릇된 결정을 내린다. 자기 지식의 한계를 모르는 사람들은 지나치게 자신을 확신한다. 너무 강력한 지식 착각이 다원적 무지를 만들어내면서 공부와는 전혀 다른 방향을 만들고 만다.

누군가는 공부란 공짜가 없음을 깨달아, 부지런히 복덕과 지혜를 닦는 것이라고 한다. 누군가는 공부란 가르침을 믿되 의심하는 것이라고도 한다. 물론 공부의 방향 또는 방식은 따로 없을 것이다. 大方無隅(노자), 큰 사각형은 각이 없는 것처럼 말이다. 하지만 공부가 넘치는 사회인데도 불구하고 모두 함께 행복하지 못한 걸 보면 공부 방향에 문제가 있는 것이리라. 존재의 기술을 열심히 익히는데도 삶이 불공정하다면 공부 방식에도 문제가 있음이 분명하다. 공부란 지식을 배우는 앎이 아니라, 자신을 선택하고 동시에 공존하는 삶에 목적이 있는 것이다.

착각을 넘어서는 공부, 선택의 능력을 가진 공부가 일상을 조화롭게 만든다. 문제는 사람이 그 착각을 벗어나는 게 쉽지 않다는 것이다. 착각의 반대 개념은 무엇일까. 본래, 자연, 사랑, 겸손, 용기, 인내 등이 그 답일 수 있지 않을까. '지혜로운 사람은 미혹되지 않고 어진 사람은 근심하지 않으며 용기 있는 사람은 두려워하지 않는다.' 이는 공자가 가르친 군자의 길이다. 군자란 결국 자기 주도적 삶을 살아가면서 타자를 공부하고 배려하는 사람이다.

하늘도 고맙고, 땅도 고맙고, 바람도 빗방울도 고맙다. 그루터기도 막 돋은 잎새도 고맙다. 착각을 벗어나는 방법이 있다. 자발적 바보가 되는 것이다. 착각하지 않는 것이 바보의 특징이다. 모든 것이 다 가르침이 되고 배움이 된다. 모든 사물이 공부일 때, 모든 상황이 공부일 때 어떤 혼란도 훨씬 견딜 만하다. 그때 삶은 판단과 단정이 아니라 사랑과 용기로 출렁이게 되는 것이기에.

공부라는 놀이를 위하여

'공부'에 대해 고민했다. 도대체 공부란 무엇이며, 왜, 어떻게 해야 하는가. 말을 익히기 시작하면서부터 해온 공부였지만, 막상 공부는 언제나 막막한 도전이 되었다. 당연히 고뇌가 따르고, 캄캄한 심해를 경험한다.

바로 거기, 아득한 어둠 속에서 공부는 새벽이슬같이 시작되는 게 아닐까. 자기가 무엇을 모르는지 아는 게 공부이다. 공부를 했다는 것은 자기가 모르는 게 얼마나 많은지를 아는 것이다. '너 자신을 알라'는 소크라테스의 지혜처럼. 자기의 무지를 깨닫게 되므로, 공부를 한 사람은 낮아질 수밖에 없다. 부끄러워할 수밖에 없다. 자신이 옳다고 우길 수 없다. 확언할 수 없고 판단할 수 없다. 그래서 겸허하고 청빈한 삶으로 나아가게 된다. 그래서 익은 벼가 고개를 숙이는 것이다.

겸허해지면 삶이 지극해진다. 자세가 낮아지면 보이지 않는 것을 볼 수 있고 들을 수 있다. 머나먼 세계의 울림과 떨림이 감지된다. 공부의 힘은 그렇게 작동한다. 공부를 제대로 한 사람과 제대로 하지 못한 사람의 차이는 어떤 것일까. 두 가지 차이가 있다. 하나는 침묵의 힘이다. 그리고 침묵만큼 단호한 행동이다. 공부에도 방향이 있을까. 미야자와 겐지의 다음 시편은 공부의 진정한 실천으로 내게 깊은 여운을 준다.

> 동쪽에 아픈 아이 있으면/ 가서 돌보아 주고
> 서쪽에 지친 어머니 있으면/ 가서 볏단 지어 날라주고
> 남쪽에 죽어가는 사람 있으면/ 가서 두려워하지 말라 하고
> 북쪽에 싸움이나 소송이 있으면/ 별거 아니니까 그만두라 말하고
> —미야자와 겐지, 「비에도 지지 않고」에서

위 시처럼 공부는 동서남북으로 다니는 일이다. 발로 실천하는 것이다. 공부는 찾아가서 위로하고 격려하고 화해시키는 힘이다. 한마디로 공부는 흘러가는 것이다. 떠올려보라. 깊은 산 굴참나무 잎에 맺힌 새벽이슬 한 방울이 나무뿌리를 타고 흐르기 시작해서 미세한 물길을 만들고, 개울을 이룬다. 그렇게 낮은 곳, 낮은 곳으로 흘러 여울이 되고, 강물이 되어, 바다로 나아간다. 낮은 곳으로 흘러가는 물길. 그것이 공부이다. 그래서 위 시에서처럼 공부의 특징은 부지런함과 관심이다.

공자도 논어 첫머리에서 "學而時習之면, 不亦說(悅)乎아"라

고 말씀했다. '習'은 익힌다는 뜻도 있지만 행위, 곧 실천한다는 의미도 있다. 배운 것을 실천하는 것이 학문의 기쁨이라는 말이다. 공부의 가장 중요한 것은 바로 배운 바의 행동에 있다. 『파우스트』에 나오는 파우스트의 고백을 빌려오는 건 어떨까.

이렇게 씌어 있군. "태초에 '말씀'이 있었노라!"/ 여기서 벌써 막히는구나! 누가 나를 계속 도와줄까?/ 말씀이란 말을 그렇게 높이 평가할 수는 없어,/ 다른 식으로 옮겨야겠다./ 정령으로부터 제대로 깨우침을 받은 자로서 말이야./ 이렇게 하면 어떨까. 태초에 '의미'가 있었노라./ 첫 번째 줄을 깊이 생각해야 돼,/ 너의 펜대가 너무 앞서 나가서는 안 돼!/ 만물을 움직이게 하고 창조하는 것을 그저 의미라 할 수 있을까?/ 그러면 이건 어떨까. 태초에 '힘'이 있었노라./ (…)/ 정령의 도움이다! 갑자기 좋은 생각이 떠오른다./ 이제 마음 놓고 쓴다. 태초에 '행위'가 있었노라!

괴테가 생각할 때 진리를 안다는 것은 '의미'도 아니고 '힘'도 아니었다. 진리를 안다는 것은 '행위'를 하는 것이다. 공부는 행위로 이어질 때 하나의 방편이 된다.

대한민국만큼 공부에 관심 있는 곳도 없다. 입신양명이 목적이다. 성공해서 집안을 일으키는 것. 부와 명예를 얻는 것. 그래서 아무리 가난해도 빚내어 자식을 공부시켰다. 학업의 힘은 대단해서 빠른 속도로 산업화를 끌어냈지만, 그만큼 소비와 폭력에 시달리는 현실이다.

공부의 목표는 살아남기 위한 경쟁이 아니라, 함께 살기 위한 공존이다. 그저 연결하고 나누고 풀기 위하여 공부해야 한다. 그래서 귀신의 목소리에도 귀를 기울일 수 있는 힘, 전 우주적 에너지를 감지하는 힘. 곧 깨달음이 공부이다. 타자를 향해 흐르지 않는 공부는 썩기 시작한다. 그래서 공부는 유용성보다는 무용지용의 세계에 가깝지 않을까. 정말 큰 어리석음이 필요하다. 어리석음을 선택하지 않으면 공부는 성과가 되고 경쟁이 된다. 정말 자신을 괴롭히는 도구적인 지식이 되는 것이다.

공부는 놀이여야 한다. 그것이 공부를 잘하는 방법이다. 즐길 때 가장 잘할 수 있는 것처럼. 니체의 사유에 따르면, 낙타처럼도 사자처럼도 아닌 아이처럼 노는 것이 진리에 접근하는 좋은 방법이다. 놀다 보면 친구가 생기는 법이다. 공부를 하다 보면 타자가 보인다. 한참 공부로 놀다 보면 옆에 한 무더기 쑥부쟁이가 피어나지 않을까. 은근한 향기를 품은 채 말이다.

책, 그 새김의 세계

고대의 책, 고대의 상상력 – 수메르의 점토판

도서관에서 울창한 서가를 보면 언제나 어떤 신비에 사로잡힌다. 극단적인 문명의 세계인데도 원시 숲에 들어선 느낌이다. 높다란 서가들 사이로 어김없이 떠오르는 이미지가 있다. 인류 최초의 문명이라는 수메르의 점토판, 쐐기문자로 빼곡한 점토판들이다.

무엇을 새길까. 어떻게 새길까. 기록에 대한 고민은 인간의 근원적인 욕망이었음에 분명하다. 동굴 벽이나 석판에 새겨진 문양이나 문자를 통해 우리는 고대 인류의 정신사를 유추한다. 희미한 그림과 새김에서 그 삶과 꿈을 공유한다. 사실 이는 얼마나 기적 같은 일일까. 시공을 뛰어넘으려는 의지는 정신과 영혼을 육화시키는 거대한 에너지가 된 셈이다.

인류 역사는 새김의 역사이다. 무언가를 전승하려는, 무언가를 기억하려는 간절한 노력이 오늘의 문명을 만들어냈다. 고대인의 상상력과 고뇌, 그들의 행복과 슬픔을 잇는 정신의 끈을 손에 쥔 것만으로도 인간 존재는 눈부시다. 수천 년이 흐른 지금, 그 새김의 열망은 끊임없이 진화해 책이라는 문화로 도서관이라는 장소로 발전했다. 서가마다 쌓인 무수한 겹층의 시간과 공간이 미로를 만들며 우리에게 의문을 던진다. 점토판이 그 시초였다.

유프라테스강과 티그리스강 하류에 퇴적된 토사는 삼각주 지대를 이루면서 메소포타미아 문명을 일으켰다. 기원전 3500년부터 이곳에 살기 시작한 수메르인은 설형문자(쐐기문자)를 만들면서 문명의 근원을 세워나갔다. 메소포타미아엔 좋은 점토를 쉽게 구할 수 있어, 그것으로 만든 점토판은 기록과 정보 전달의 수단으로 수천 년을 넘어왔다. 발굴된 점토판 기록물만 보아도 법전을 비롯해 각종 문서·학술서·서사시·지도 등 그야말로 다양하여 역사가 수메르에서 시작된 것을 증명하고 있다.

점토판 책을 상상해보라. 종이가 없던 시대, 그들 앞에 놓인 것은 광막한 흙뿐이었다. 질이 좋은 점토를 캐어온다. 점토를 물에 잘 씻어 불순물을 제거한 다음 적당한 크기와 두께로 점토판을 만든다. 굳기 전에 갈대나 뼛조각으로 만든 펜으로 글자와 그림을 써넣는다. 그냥 햇볕에 말리기도 했지만 중요한 문서는 불에 구워 내구성을 높였고, 때문에 몇 천 년을 땅속에 묻혔어도 그 원형이 보존될 수 있었다. 이렇게 해서 수메르인은 두툼한 점토판에 쐐기문자로 쓰인 인류 최초의 책이라는『길가메시 서사시』를 남겼고, 각종 법전과 사전을 편찬하고, 문서들, 속담 모음집도 남겼고, 고대지도 까지 남기고 있다. 또한 경제와 행정문서로 활용했다.

이처럼 문명사에서 글쓰기가 시작된 곳은 수메르였다. 기억을 남겨놓으려면 글을 쓸 두브사르dub sar, 즉 필경사를 양성해야 했다. 그래서 인류 최초의 학교인 에두바edubba가 탄생한 것이다. '점토판의 집'이라 불리는 에두바는 천 년간 학생들에게 글, 수학, 신화와 전설을 가르쳤다는 글쓰기 학교이다. 수메르에서 글을 쓴다는 것은 성스러운 일이었다. 그 당시 에두바에 다니면서 글쓰기를 익힌 자들은 고위층이었다. 점토판에 적힌 학생들의 아버지 직업이 총독, 고위지도자, 군대지휘관, 신전 관리자 등이었던 걸로 보아, 필경사 교육은 특별한 계층을 의미했다. 신전 서기, 공공기관 서기, 상업 서기, 학교 서기 등 서기도 최고의 직업이었다. 점토판에 쓴 수메르 에세이 하나가 눈에 띈다. 아들이 필경사 공부에만 전념할 것을 당부하는 아버지의 꾸지람과 훈계이다. "난 너에게 절대로 나무를 해오라고 숲으로 보내지 않았다. 짐수레를 밀게 하지도, 쟁기를 끌게 하지도, 땅을 개간하라고 시키지도 않았다. (…) 그리고 아버지의 일, 필경사를 이어받는 것은 엔릴(신의 왕)에 의해 정해진 운명이다."

1902년 수메르인인 '노아'의 고향인 고대 슈르파크에서 수메르 교과서 상당량이 발굴됐다. 니푸르의 동부에서는 수메르 점토판이 무려 3만~4만 매나 출토되어 이곳을 '필사筆寫의 구역'

이라고 부르기도 했다. 최초 도서관도 이곳에서 출현했다. 가장 오래된 도서관 유적은 시리아 남부, 모래 밑에서 발굴된 에블라 서고이다. 모래 속에 잠겨 있던 2만여 개 점토서판이 선반에 가지런히 정돈돼 있었다. 쐐기문자를 새겨 불에 구운 2.5cm 두께의 서판. 사막 기후에서 살아남은 이 서판들은 고대 도서관의 양식을 그대로 보여준다. 수메르어로 쓰여 당시 25만 거주자의 경제·문화생활 기록을 담고 있는 에블라 서판에서 수메르 문명이 가지고 있던 39가지 최초 기록들이 판독되었다. 최초의 농업서, 최초의 판례, 최초의 노동자 승리 등 수메르의 기록들은 죄다 '최초'라는 수식어가 붙는다.

우리 사유와 실천은 지금 현실뿐 아니라 다른 차원까지도 퍼져나가는 에너지가 된다. 고대인이 품었던 모든 상상력, 그 삶과 꿈은 시간과 공간을 초월하여 아직도 우주의 파동을 만들고 있지 않을까. 무수한 점토판이 해독되면서 밝혀지는 인류의 정신사는 바이러스와의 전쟁에 돌입한 미래에 어떤 지혜로 다가온다. 생명을 향한 모든 기록은 기억을 기적으로 가로지른다.

기억하고자 했던 것, 나누고자 했던 것에 인류는 정성을 쏟아 새겼다. 그 새김은 치열한 일상이었고 지극한 작업이었다. 점토판을 새기던 손의 행위는 곧 마음의 행위였고, 이는 아직도 보이지 않는 데서 거대한 물결을 만들고 있을지 모른다. 그 정신은 책이라는 부피를 통해 독서하는 눈빛을 통해 뜨겁고 푸르게 다양한 변환점을 생성시키는 중이다.

지극함의 세계 – 팔만대장경의 각수들

한국 역사에서, 새김을 통해 지극한 소통을 추구한 것이 팔만대장경이 아닐까. 고려대장경이라고도 하는 팔만대장경은 고려 고종 24~35년(1237~1248)에 걸쳐 간행되었다. 8만여 개에 달하는 판에 인간의 8만 4천 번뇌에 해당하는 8만 4천 법문을 실었다 하여, 팔만대장경이다. 목판이 온전히 보존된 것은 전 세계적으로 팔만대장경이 유일무이하다.

경판 제작부터가 남다르다. 목재 선정 과정부터 까다롭다. 산벚나무, 돌배나무 등 수령 40년 이상 되고, 굵기가 40cm 이상으로 곧고 옹이 없는 나무가 선택됐다. 그 나무를 벌목하고, 판각지로 옮겨진 나무는 바로 사용되지 않고 바닷물 속에 1~2년간 담가 뒀다. 그 후 경판 크기로 자른 뒤 소금물에 삶고 건조하는 과정을 거쳐야 했다. 소금은 수분을 흡수하는 성질이 있어 경판이 갈라지거나 비틀어지는 현상을 줄일 수 있기 때문이다. 물이 잘 빠지고 바람이 잘 통하는 곳에 약 1년, 정성을 기울여 건조시킨다. 전체 경판 제작에만 16년이 걸렸다고 한다. 쌓으면 백두산 높이보다 높다는 경판, 강을 따라 실어나르는 배들도 100여 척은 되었을 거라 추측한다.

그리고 판각을 시작한다. 각수刻手는 한 자 한 자 새길 때마다 절을 올렸다고 한다. 각수들이 부처님을 섬기는 마음으로 한 글자 한 글자씩 혼신의 노력으로 판각했다는 말이다. 경판의 외곽에 명각심작(각수 명각이 마음을 다해 새기다), 심작(心作, 마음으로 새기다), 수단심(手段心, 손재주를 다하여 새기다) 등의 문구를 이름 뒤에 같이 새겼다.

경판에 글자를 새겼다고 작업이 끝난 게 아니다. 경판끼리 서로 부딪치는 것을 막고 바람이 잘 통하게 보관하기 위하여 마구리 작업을 했다. 이는 경판 양 끝에 두꺼운 각목을 붙인 후 네 귀퉁이를 구리판으로 장식한 것을 말한다. 그 후 옻칠을 했는데, 이 작업이 천 년이 지난 오늘까지 보관하는 힘이 되었다. 목각판 옻칠은 세계적으로 팔만대장경이 유일하다.

팔만대장경의 경판은 81,258장이다. 경판 앞면에 한 줄에 14자로 총 22~23줄을 새겨 322자, 양면이므로 경판 한 장에 새긴 글자 수는 644자가 된다. 이를 경판 수와 곱해 보면 팔만대장경 전체 글자 수는 약 5,200만 자가 넘는다. 보통 사람들이 뜻을 되새기며 하루에 읽을 수 있는 글자 수가 약 4천~5천 자로 본다면, 이 팔만대장경을 읽는 데만도 30년이 소요된다는 말이다.

더욱이 팔만대장경판에 새긴 구양순체 글씨는 한 사람이 쓴 것처럼 가지런하고, 오·탈자는 물론 내용상 오류를 찾기 힘들다고 평가받는다. 그 판각된 글씨도 놀랄 정도로 섬세하다. 양각된 글자 하나하나 마치 생명을 부여받은 듯하다. 글자 한 자 새기고 절을 올렸다는 이야기가 전해오는 대장경판. 그건 극진함의 세계이다. 둔중한 무게감과 기운찬 힘을 느낄 수 있는 서체들은 양각으로 파내면서도 붓글씨의 획을 다치지 않고 섬세하게 새긴

각수들 손끝에서 생명이 탄생되는 순간을 보여준다. 추사 김정희는 팔만대장경을 보고난 다음 "사람이 쓴 것이 아니라 신선의 필체"라며 감탄했다.

　대장경을 판각한 각수들의 출신을 분석해보면 고려인의 전 계층이 참여했음을 알 수 있다. 이들 가운데는 승려, 유교 지식인, 하급 관료, 지방 토착 세력, 백성과 더불어 미성년자도 포함되어 있었다. 각수들은 자신의 사정과 능력에 따라 판각 사업에 참여하면서, 1년 동안 10장 이내부터 최대 140여 장까지 판각하였다. 특히 김승이라는 각수는 12년 동안 참여, 800장 정도를 판각하기도 하였다. 동일인으로 보이는 이름이 무려 200장의 경판에서 보이기도 한다. 고려사 역사와 판각 연도로 추정해 볼 때 팔십 세가 넘은 사람의 이름도 보인다. 또한 이름 없는 민중이 각수로 팔만대장경 조성에 참여해 박동, 최동, 사동(同. 혹은 童) 등으로 그 신분을 밝히고 있다. 이렇게 다양한 신분의 민중이 팔만대장경에 참여했다는 것은 놀랍다. 수많은 민중이 자신의 신분과 계층을 떠나서 참여하지 않았다면 결코 이루어질 수 없던 불사였던 것이다. 대반야경 6백 권, 화엄경, 금광명경, 묘법연화경 등 6천여 권을 포함한 초조대장경은 생로병사와 연기의 세계가 담긴 지극함의 세계이다. 팔만대장경은 고려가 몽골족과 전쟁 중에 제작되었다. 국운이 절체절명의 순간인 전란 중에 이 경판들이 새겨졌다는 것을 우리에게 무엇을 의미하는 걸까.

　오랜 역사에서 책을 영혼의 치유소라고도 부르는 까닭이 바로 여기에 있다. 정신의 새김. 그 새김은 절실하고 지극하다. 글자를 새기는 동안에는 각수는 무언, 무심이어야 했다. 아무런 생각도 할 수 없고 해서도 안 되는 삼매경이다. 한 획을 얻는 데 수십 번의 망치질이 있고, 여러 번의 조각도가 들어간다. 가로세로 1cm 정도 크기인 양각을 얻기 위해서는 마음이 흐트러지지 않는 '길道'을 바르게 가야 한다. 한 획을 얻는 곳이 '득도得道'의 과정이었다. 그래서 판각 자체가 수행修行일 수밖에 없는 것. 그것은 진정한 나눔을 향한 지극한 제의와 같은 것이었다.

새김으로서의 책

책이 어디서 어떻게 우리에게 닿았을까. 책이 걸어온 고대의 길을 생각해본다. 새기고 기록하고 나누려는 열망은 지극함을 필요로 한다. 우리나라는 세계적으로 꽤 괜찮은 출판국이고, 서점과 도서관은 신간으로 넘쳐나고 있다. 오늘날 극단적인 정보의 시대에 책과 독서, 그리고 인문학이 소비적으로 활용되고 있음을 볼 때, 이러한 인간의 정신을 구성해온 새김의 방식을 다시 짚어볼 만하다.

새김은 경외와 경이가 담긴 기억이었다. 정성을 다하여 무언가를 감동시키려는 나눔이었다. 이 시대 책이 정신의 새김이 되고 있는지 반성한다. 새긴다는 말은 삶을 깊이 인식한다는 말이다. 새긴다는 말은 삶을 정성스럽게 실천하는 일이다. 새긴다는 말은 삶을 지극하게 나눈다는 말이다. 새긴다는 말은 일상을 역사로, 미래의 꿈으로 바꾸어낸다는 말이다. 그야말로 우주적인 어리석음이 필요한 것이다.

고대사에서 일별하였듯 새김은 매우 존재론적인 소통의 방식이다. 그 새김의 진화가 '책'이고, 그 나눔의 진화가 '도서관'이다. 새김의 역사를 가지게 되면서부터 시작된 책은 오늘도 정신의 발원지이면서 또 푸른 수평선이다. 책을 만나는 일은 또 하나의 관대한 자연을 마주하는 일이다. 그것은 모험이기도 하고 귀환이기도 한, 떨림과 울림이 있는 신세계이다. 책 안에는 무수한 북극성이 있었고 등대들이 있다. 책 그 자체로 질문이며 답이니만큼 전환점이 많고 그 여울목이 깊다. 책은 꿈꾸고 노래하고 성장한다. 고유한 정신을 가지고 우리 일상 속에 함께 숨 쉰다. 그 선명한 존재감. 그러나 실제 책은 우리 속에 얼마만큼 살아있는가. 영혼의 진정한 치유소가 되고 있는가.

책은 소비재가 아니다. 고대로부터 책은 지극한 새김, 기록과 나눔의 세계였다. 고대의 새김을 돌아보며 우리는 무엇을 새기고 있는가, 뒤돌아본다. 내 삶이 어떻게 새겨지고 있는가. 책은 얼마나 오래된 깊은 새김을 품고 있는가. 우리는 그 새김을 읽을 수 있는가. 다양한 삶의 위기에 놓일수록 사회는 인문학에 대한 갈증이 많아진다. 정체성의 위기에 몰릴수록 철학에 대한 열망이 절실하다. 가치와 선택에 대한 절망이 우리를 가로막고 있다.

현대에서 새김은 깊이 질문하는 일이다. 이 시대의 문명, 이 시대의 의식, 이 시대의 용기에 대한 문제, 이 시대의 가치와 창조적 실천에 관하여 꼼꼼히 새기는 각수의 시선이 필요하다. 새김은 가장 성실한 태도를 말한다. 마음을 다하여 새긴다는 것, 어딘가에 누군가에게 닿으려는 지극한 열망이다. 팔만대장경 말고도 우리의 고대사에 남아있는 인쇄물, 책의 역사들은 다 그러한 지극한 세계를 우리에게 보여준다.

　　인류는 시간과 공간을 뛰어넘는 소통을 위하여 무언가를 끊임없이 새겨왔다. 세대·지역·계층 간 격차가 높은 한 우리 사회에 대장경 각수들의 지극함이, 함께 걸어 나가는 인문정신이 복원될 수 있을까. 새김은 삶을 충분히 유연하게 만드는 능력에서 온다. 도구적이고 기능적인 세계를 벗어나야 지극한 만남과 정신적 사유가 가능하다는 말이다. 나의 책이, 나의 독서가 전 지구적 위기에 대처할 만한 능력이 있는가. 다친 사람과 자연을 구원할 능력이 있는가. 이것을 고민해야 한다. 이 고민은 개인의 성공이라는 실용적인 가치관과는 무관하다.

주는 공부, 받는 공부, 잊는 공부

모든 공부는 인다라망으로 이어져 있다

나의 공부는 영도 신선동 만화방에서 시작되었다. 비닐장판을 오려 만든, 10원에 10개씩 주던 만화방 딱지는 열 살짜리 계집애에게 가장 큰 보물이었다. 만화방 침침한 구석, 낡은 의자에 살짝 비치던 맑은 햇살이 아직도 선명하다. 갑자기 미닫이가 드르륵 열리면서 아버지가 들어서면 혼비백산, 나는 질질 끌려나가며 쥐어박혔다. 만화방 딱지가 압수당하던 그때만큼 절망적인 사건은 그 이후 생애에서 별로 없었던 것 같다. 그래도 목숨 걸고 만화방을 다녔다.

　또 한 장면. 역시 영도초등학교 5학년 때였을까. 동사무소 옆에 살았는데, 모퉁이 숙직실엔 늘 책이 나뒹굴고 있었다. 거기 들어갈 수 없었던 나는 숙직실 담벼락에 쪼그리고 앉아 놀다가

틈틈이 일어서 반창고가 붙은 창가를 통해 그 책을 저만치 지켜보곤 했다. 오로지 창문 안에 책이 있다는 사실 하나만으로 그 주변을 떠나지 못하고 맴돌았다. 정말 그 책 한번 들추어보는 게 간절했다. 손닿지 않는 책 표지가 존재 이유의 전부인 것처럼. 결국 만져보지 못한 그 책은 기억의 한 켠에서 누렇게 바래버렸다. 어떤 책인지도 모르면서. 생각하면 우스운 일이었다.

6학년 때 서울에서 친구 하나가 전학을 왔다. 희경이로 기억한다. 서울말 쓰는 희경이는 야무지기도 했지만 무엇보다 집에 책이 한가득이었다. 가끔 용돈을 들고 책 사러 남포동에 나가는 그 친구를 책을 좋아하는 내가 해바라기한 것은 너무 당연했다. 거의 매일 같이 나는 희경이네를 들락거렸다. 빌려 가고 또 가져다 놓기를 일 년 이상을 그렇게 했다. 문제는 희경이 동생이었다. 대놓고 나를 구박하기 시작했다. 멀리서 내 그림자만 비쳐도 문을 잠가버렸다. 울상이 되어 누군가 올 때까지 쭈그려 앉아 기다렸다. 다행히 희경이 어머니는 내 독서를 기특해했다. 무릎에 책을 놓고 대문이 열릴 때까지 쪼그려 앉아 발자국에 귀를 세우던 날들이었다.

대신동에 있는 중앙여중으로 진학을 했다. 교문 앞에 책 대여점이 두 군데 있어, 나는 살판이 났다. 용돈은 꿈도 못 꾸던 시절이라, 차비로 빌려보기 시작했다. 그 무렵 집은 영도를 벗어나 양정으로 이사했는데 입석 버스비가 10원이었다. 버스비로 소설책 한 권을 빌리고 2시간 넘는 길을 걸으면서 설레던 날들이다.

단칸방에 다섯 식구가 살며 전기를 아끼던 시절이라, 식구들이 다 곯아떨어질 때를 기다려, 살금살금 불을 켜고 읽어야 했다. 책을 좋아했던 것만큼 나는 쓰는 일에 열중했고, 중고등 시절을 백일장과 문예부에서 시간을 보냈다. 시인으로 살아가는 요즘, 어떻게 시인이 되었냐는 질문에 나의 대답은 늘 간결하다. 가난하고 비굴한 독서들이 나를 작가로 만들었다고.

대학은 엄두도 못 내고 상고로 진학했다. 직장생활을 하다가 아버지가 주선한, 서부 아프리카 사하라사막에 살고 있는 남자와 일찍 결혼했다. 첫아들을 사하라에서 낳았고, 2년 후 스페인 카나리아섬으로 이사해 10년을 살았다. 귀국하면서는 충청도가 고향인 남편을 따라 대전에서 10년을 이방인으로 살았다. 그때 다시 공부해야겠다는 생각을 했다.

학사 고시에 도전했다. 도서관 생활이 본격적으로 시작되었다. 아침 8시 도서관 입구의 바를 미는 것으로 하루를 시작했다. 주말엔 두 아이를 데리고 도서관에서 아침, 점심, 저녁을 먹는 일이 많아졌다. 밤엔 남편이 데리러 와주었다. 모르는 것이 아무리 많아도 질문할 데가 없었고, 안내자도 없었다. 의문이 생길 때마다 더 두꺼운 책을 읽어내야 했다. 혼자 질문과 싸운다는 것은 막막한 일이었다. 그 막막함이 오히려 내게 더 문학을 선물했던 걸까. 나는 그 고단한 시절에 등단하고 문학 활동을 시작했다.

3년 만에 모든 학점을 이수했다. 그 학위로 경희대학교 대학원 국어국문학과에 입학했다. 대전에 살 무렵이었기에 일주일에 서너 번 서울행 열차를 타는 일이 일상이 되었다. 아이들은 중학생, 초등학생이 되어 있었다. 학교 급식이 없던 시절이라, 매일 도시락을 싸야 했던 나는 내 유일한 장기인 고지식함을 100% 유감없이 발휘했다. 아침마다 도시락 싸놓고, 서울행 열차를 탔지만 지각 한 번 하지 않았다.

2001년 20년 만에 부산으로 귀향했다. 시인으로 활동하면서 가장 부러운 건 고향지킴이로 글쓰는 작가들이었다. 내 삶엔 늘 영도 앞바다가 출렁거렸던 것이다. 2009년 백년어서원을 열었다. 점점 물질화, 금속화되어가는 사회에 문학은 무엇을 할 수 있을까, 라는 고뇌 때문이었다. 문학을 실천하고, 시민들과 함께 공부하는 장소가 목적이었고, 많은 손길들의 다양한 도움으로 하루하루 기적의 물방울이 맺혀갔다.

이제 분명히 깨닫는 것이 있다. 모든 공부는 인다라망으로 이어져 있다는 것이다. 그야말로 만법귀일萬法歸一이었다. 만화방의 책들, 스페인에서 공부했던 스페인어 수업들, 학사 고시 준비하느라 들락거렸던 도서관의 독서들, 대학원의 강의들, 무수한 문학습작들과 작업들, 차를 준비하고 커피를 내리는 시간들, 이 모든 행위가 백년어서원에서 씨줄 날줄로 엮이면서 '환대'라는 이름으로 매듭지어졌다. 그다지 뛰어날 것도 새로울 것도 없는, 오히려 짧다면 너무 짧은 실력이, 그저 부지런함으로 보이지 않는 그물을 짰다.

공부는 쉽지도 않았지만 어렵지도 않았다. 쉽지 않다는 말이 어렵다는 뜻이 아니고, 어렵지 않다는 말이 쉽다는 뜻은 아니다. 공부는 욕심이 아닌, 제게 꼭 필요한 분량만큼의 그릇 같은 것이었다. 다만 공부는 진심과 전심을 필요로 했다. 큰 공부든 작은 공부든 그것이 공부의 속성이었다. 공부가 기능이거나, 도구가 될 때 그건 하나의 형광등이나 촛불에 불과했다. 자기 바깥에서 도구적으로 켠 불은 시간이 되면 닳아서 꺼진다. 또는 불빛이 흐려지다 이내 갈아 끼우지 않으면 안 되는 소모품에 불과하다. 공부는 소모품이 아니라 자기 안에 켜는 불빛이다. 그 공부는 지성과 감성, 영성을 함께 성장시킬 때 빛을 발한다. 개똥벌레의 불빛처럼, 그것은 자기 몸 안에서 생성된 빛이므로, 어떤 폭풍우에도 꺼지지 않는다.

모든 공부는 진심과 전심의 노동이다

예수의 공부법, 붓다의 공부법을 생각해본다. 소크라테스의 공부법, 혜초의 공부법, 사마천의 공부법, 허균의 공부법, 게바라의 공부법, 한용운의 공부법. 그들의 무수한 응시를 떠올려본다. 반면에 시장통에서 푸성귀를 팔며 평생을 올곧게 살아온 공부도 있을 것이다. 고래古來로부터 얼마나 많은 선인들이 자신이 공부한 것을 우리에게 건네었던가. 불가에서의 공부는 곧 깨달음이었다. 그 깨달음이 자기를 깨는 것이라면 모든 공부는 언제나 혁명일 수밖에 없다. 그들의 공부는 그래서 하나같이 혁명이었다. 평생 김밥 장사로 모은 재산을 장학금으로 내놓은 할머니의 공부는 얼마나 큰 혁명인가.

그들이 응시한 곳은 어디였을까. 그들에게도 유년이 있었을 터이니 어렸을 때부터 가만히 앉아 밥만 먹다가 도가 통했을 리 없다. 그들은 많은 것에 의문했다. 그들은 무언가를 보았고, 느꼈고, 무언가를 고민했을 것이다. 자연현상과 일상의 상황 속에서 무수한 의문을 안은 채 먼 구름과 밤 별들을 바라보았을 때, 모든 자연현상이 대답을 했을 터이다. 하나씩 하나씩 답이 생길 때마다 그 답을 디딤돌 삼아 다시 의문했을 터이고, 아주 작은 깨달음이라도 그것에 진심과 전심으로 실천했을 것이다. 실천이 그들의 공부를 쌓아가는 계단이었다.

하늘과 땅을 잇는 게 공부다. '工'은 대지에 발을 딛고 하늘을 향해 꿋꿋이 서 있는 인간의 모습이다. 곧 하늘과 땅 사이에 존재하는 인간의 삶을 공부라 할 수 있다. 또 어떤 이는 '工'은 도구나 연장을 가리키는 것으로 농사지으며 살아가는 일이 공부라고 말한다. 결국 행동하는 삶을 통하여 터득하는 세계와 인간에 대한 인식으로 공부는 몸을 움직여 애쓰는 과정이다. 그만큼 공부는 온몸으로 해야 하는 힘든 노동을 전제로 한다. 가만히 앉아 책을 읽는 것, 글을 쓰며 누리는 것도 공부이긴 하겠으나, 그건 초등단계이다. 공부가 깊은 사람은 몸을 움직인다. 공부가 깊은 사람을 스스로의 노동으로 살고, 스스로의 노동으로 남을 돕는다. 실천의 윤리가 작동하는 것, 바로 전심이다.

공부는 몸으로 하는 것이다. 몸으로 하되 나를 위해서 하는 것이 아니라 남을 향하여 나아가는 것이다. 그래서 공부는 자기를 깨는 작업인 것이다. 생이지지生而知之, 학이지지學而知之, 곤이지지困而知之가 있다지만, 난 모든 공부는 곤이지지여야 한다고 믿는다. 몸으로, 아프게, 고단하게, 불편하게 해내는 것 말이다. 거기 바로 체온의 공감이 있기 때문이다. 눈물 젖은 빵이 공부가 되는 것이다. 풍요와 편리를 추구하는 현대인에게 이는 엄청난 이상이기도 하다. 하지만 이 이상을 우리는 양심이라고 부를 수 있지 않을까.

니체는 초인을 말했다. 초인은 경계를 넘어가는 존재, 자신의 경계 그리고 일상의 경계를 넘어서 삶을 극복해나가는 존재이다. 니체는 힘에의 의지를 강조하면서 자기 긍정을 강조했다. 그렇게 자신의 고유한 세계를 긍정하는 것, 그래서 자신만의 해석체계를 갖는 일이었다. 지금, 여기를 긍정해야 하는 이유는 그 순간이 곧 영원이기 때문이다. 진리를 인식하고 받아들이는 영역, 진리를 실천하는 능력, 진리를 표현하는 능력 이 진선미의 세계가 바로 공부의 영역이었다. 공부가 윤리를 지향하지 않는다면 기계적이고 도구적일 수밖에 없다.

공부의 영역은 삶과 죽음의 문제, 우주적 무의식, 진리에의 열망 등 다양하다. 개인적인 입신양명은 공부일 수 있을까. 자기의 성공에 매달린 삶은 금고에 쇠사슬을 매단 스크루지처럼 무겁고 슬프다. 거기선 내 욕망 외에 어떤 풀잎도 자라지 않기 때문이다. 내가 성공해야 하는 이유, 약한 사람을 돕기 위해서. 내가 돈을 벌어야 하는 이유, 어려운 사람을 살리기 위하여. 봉사와 헌신이 그의 삶 속에 어떤 결정체를 만든다면 그의 공부는 생명이 있는 공부다. 그렇지 않다면 그의 부와 명예는 오히려 자신을 어리석음의 늪으로 끌고 가는 악한 힘일 수밖에 없다.

공부는 형태가 없다. 그저 우주적이라고 할까. 아니면 틈서리에 있는 것이라고 할까. 노자 41장은 공부의 형식을 잘 보여준다. "큰 사각형은 각이 없고, 큰 그릇은 이루어지지 않을 것처럼 보이고, 큰 음악은 소리가 없고, 큰 형태는 형체가 없다. 큰마음은 모가 없고, 큰 사람은 늦게 이루며, 큰 소리는 들을 수 없고, 큰 사물은 형체가 없다.(大方無隅, 大器晩成, 大音希聲, 大象無形,)" 진정한 공부는 형태가 없다. 다만 진심과 전심이다. 바로 양심이 존재하는 방식이다. 노자의 이 가르침만큼 공부에 격려가 되는 말이 없다. 공부하고 난 뒤 결과에 연연하는 모습은 얼마나 어리석단 말인가. 진정한 공부란 귀신과 통하고 하늘을 감복시키고 산천초목을 감동시키는 일인 것이다. 양심은 그것을 잘 안다.

타자를 향하는 길

갈비뼈 앙상한, 아프리카 갓난아기들의 뉴스를 추석 밥상 앞에서 듣는다. 타인의 고통은 무엇인가? 첨단의 정보화 덕분에 우리는 세계 각지의 울음소리를 듣는다. 기아와 빈곤, 질병과 전쟁과 재난 등의 비명이 끝이 없다. 충격적인 것은 거기에 무감해지고 오히려 폭력에 익숙해지고 있다는 사실이다. 요즘 내가 이해하는 공부는 타자의 고통에 감응하는 능력이다. 나의 공부가 작게는 어려운 이를 걱정하고 크게는 우주를 지탱하는 힘일 수 있을까. 보이지 않는 것을 감지하는 데서 공부의 힘이 나온다.

문명사 이래로 보기 힘든 물질 풍요를 구가함에도 절대적 빈곤을 벗어나지 못하고 있는 현실이다. 우리 시대의 풍요와 소비는 타인의 고통과 빈곤에 닿아 있다. 내가 누리는 모든 편리들이 누군가의 고통을 쥐어짠 데서 나오는 것이라면, 나의 소비가 세계의 전쟁과 빈곤을 만들고 있다면, 나의 무관심이 고래 뱃속에 플라스틱을 집어넣은 일이라는 것을 전혀 감지하지 못한다면, 내가 추구하는 공부가 무슨 소용일 것인가. 생태계 교란과 이상기후를 비롯한 지구적 절망이 나의 책임임을 깨달을 수 있는가. 여기서 공부 방향을 다시 생각할 수밖에 없다. 무엇을 위한 공부인가. 언제, 어떻게, 왜 공부할 것인가.

공부를 한다는 것은 자아를 포기할 수 있는 능력이기도 하다. 자아를 극복할 수 있어야 타자가 눈에 보이기 때문이다. 타자를 감지하는 방편은 자기를 잊는 데에 있다. 심우도에서는 소를 잊고(忘牛存人) 자기를 잊어야(人牛俱忘), 자연의 모습을 그대로 볼 수 있고(返本還源), 타자의 세계를 찾아갈 수 있음을(入塵垂手) 궁극적인 지혜로 가르친다. 자기를 잊는다는 것이 바로 무위의 세계이다.

헨리 데이빗 소로우의 다음 문장들은 어떨까. "잡초들을 베듯 모든 허울과 가식을 베어내고, 삶을 그 구석으로 몰고 가 가장 기본적인 요소들만 남게 축소시킨다. 그럴 때 삶이 하잘것없는 것으로 드러나면 하잘것없음의 그 모든 것을 체험하여 있는 그대로 세상에 알리며, 반대로 삶의 숭엄함이 드러난다면 그것을 그대로 체험하여 다음번의 이 세상 소풍 때 그에 대한 참다운 보고를 하고 싶었던 것이다." 『월든』에 담긴 그의 고백은 공부의 자세를 그대로 보여주는 게 아닐까. 삶을 구석으로 몰고 가보면 거기 내 모습이 보인다.

진심을 품은, 전심을 다한 공부만이 발견에, 깨달음에, 그리고 타자에 이를 수 있다. 그것이 백년어서원에서 배운 것이었다. 공부는 타자에게도 가는 길이었고, 세계와 나 자신을 이해하는 방식이었고, 모든 것을 질문으로 만들었고, 모든 질문은 무수한 답을 낳았고, 답은 더 큰 질문을 만들며, 인다라망 속으로 나를 끌고 갔다. 타자에게로 가는 길목. 삶 속에서 누군가를 환대한다는 것은 끝없는 공부를 필요하게 했고, 그때마다 작은 깨달음들이 채송화 씨앗처럼 여물었다. 아주 사소한 일상들, 먹고, 떠드는 일까지, 공부의 씨앗으로 삼는 일, 그것이 진심이고 전심이다. 그리고 양심이다.

3부

어리석음의 숨은 능력

: 상상력과 감수성

크게 어리석을 수 있다는 것은

믿음이 생겼다는 의미입니다.

응시와 상상력,

그 믿음은 꿈과 삶을 바꿉니다.

이는 뺄셈과 나눗셈의 가능성이기도 합니다.

영악하지 않는 자유와 용기는

자연을 학습합니다.

차이를 배웁니다.

낮아지며 낮아지며

자연을 따라갑니다.

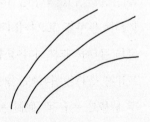

응시 그리고 상상력 I

눈, 그것은 눈이었다. 아니, 눈빛이었다. 빈 나뭇가지에 꽃이삭처럼 조롱조롱 눈들이 걸려 있었다. 수많은 눈빛들이 나를 보고 있고, 그 깊은 눈동자마다 내가 서 있었다. 거미줄에 갇힌 듯 나는 꼼짝없이 서서 그 우물 속의 내 모습들과 마주칠 수밖에 없었다. 단풍잎 한 장이 날아왔다. 그 바람결에 수많은 내가 흔들렸다. 무수한 내 영혼이 모두 출렁였다. 와르르, 어디선가 쏟아지는 웃음소리.

꿈이었다. 그날은 종일 안개가 깊었고, 은회색 들길을 걷다가, 온몸에 물방울이 피어난 빈 나무 한 그루를 보았다. 나뭇가지를 타고 송송히 열린 물방울이 유난히 투명하더니, 그런 꿈을 꾸었다. 어쨌건 내 몸이 몽땅 젖어버린 느낌. 내가 만난 한 세계가 내 속에서 또 다른 세계를 만들고 있음이 분명했다. 그 경이로움을 어떻게 사랑하지 않을 수 있을까. 나무를 바라보는 동안 나무도 나를 오래 바라보았음이 틀림없으리라. 작은 나무가 보여준 그 은유의 세계. 결국 꿈은 소통으로 가는 긴 터널이던가.

왜 태어나, 왜 늙으며, 왜 아프며, 왜 죽을까. 싯다르타의 그 다음 고뇌는 무엇이었을까. 그건 아마 '어떻게 말할까'가 아닐까. 아니, 싯다르타의 모든 고뇌 자체가 자신과의 소통을 향한 의지였으리라. 소통이 될 때 우리는 삶도 죽음도 이해할 수 있으니까. 그다음에야 희망을 낳을 수 있으니까. 바벨탑이 무너진 후, 인간이 추구해온 것은 소통이었다. 누군가를 사랑해야 했기 때문이다. 어눌한 대로 대답을 하자. 답은 없다고, 모든 대답은 자의적인 것이라고 미루어두기에는 우린 참 슬픈 족속이므로.

수많은 질문을 이미지로 열며 내게 다가온 시. 그건 항상 어느 순간, 강렬한 빛으로 내 뒤통수에 닿았다가 돌아보면 청보랏빛 노을로 가뭇없이 서산을 넘는 중이었다. 그 이미지들을 언어로 살려야 하는 시인들의 절박함을 나는 사랑했던가. 문득 곁으로 달려온 존재들의 눈빛들과 부딪친다는 건 하나의 희열이고 절망이고, 절망이면서 희망이었다. 사진도 그랬다.

렌즈를 통해 세계를 들여다보는 사진은 여러 면에서 시와 닮았다. 표현에 앞서 더 본질적으로 사진의 문법은 시적 사유와 맞닿아 있다. 방치된 대상에게 언어로 그 존재 의미를 회복시키는 작업과, 렌즈를 통해 포착한 대상의 존재를 부각시키는 의미 부여 작업은 동일하다. 도구는 다르지만 재현양식은 결국 이미지라는 점도 그렇다. 때문에 시인의 눈과 카메라의 눈은 매우 유사하다. 둘 다 섬세하고 자유롭게 무한한 내포를 담아 삶의 중층성을 그려내는 눈동자들이다. 버려진 나무토막이 언어나 렌즈를 통해, 갑자기 살아 푸른 숨을 내쉬는 은유가 되어 세상을 건너가는 다리로 놓이는, 그 놀라움.

모든 사진은 꿈의 통로이다. 쓸쓸하면서도 내밀한 언어가 들린다. 그래, 우린 어딘가로 이어질 수 있으리라, 아주 조심스러운 아우라에 붙들린다. 한 장 종이에 인화된, 시간의 명암과 질감이 전달하는 삶의 강한 실체. 무심한 일상은 파인더 속에서 비로소 존재의 실루엣을 확연히 드러내며 말을 건넨다. 얼마나 많은 아름다움과 절망과 구원이 은유의 세계로 확장되어 드러나는가.

카메라 파인더 속에서 어떤 대상과 부딪칠 때 나는 면회를 신청한 한 수감자의 애인처럼 서글프면서도 그립고 고마운 마음이 된다. 소통에서 오는 다행스러움 때문인지 삶이 더 간절해진다. 사진을 찍는다는 건 대상이 건네는 눈빛을 따라가다가, 숨겨진 원시의 늪에 닿은 듯 가슴 떨리는 신비. 카메라 파인더의 맑은 눈동자에 비친 세상은 분명 일상이면서, 일상이 아닌, 현실이면서 현실이 아닌, 은유의 세계를 보여준다. 다시 꿈 이야기를 해보자. 꿈이 가진 무의식적 이미지는 상상계의 큰 바탕이며, 수많은 소통의 음성이며, 눈부신 은유의 창고이다.

언어든 영상이든 이미지엔 삶의 직접적인 체험과 내면의 어떤 원형적인 상상력이 작용한다. 일차적 영역을 벗어나 그것의 상징을 해독하려는 노력은 결국 세상의 어두운 부분을 깨닫고,

삶을 사랑하려는 의지이리라. 여기엔 되돌릴 수 없는 시간만큼
이나 긴, 새로운 시간이 다시 놓인다.

> 여기서부터, —멀다
> 칸칸마다 밤이 깊은
> 푸른 기차를 타고
> 대꽃이 피는 마을까지
> 백 년이 걸린다
>
> —서정춘, 「죽편 1」

    대나무 이미지가 아름답다. 굵고 푸른 대나무 마디에서 끌어
낸, 깊은 밤을 달리는 기차. 그 기차는 꿈의 고향인 대꽃 피는 마
을로 간다. 이 아름다운 은유를 읽으며 영혼의 어떤 해방감을 느
낀다. 어두운 현실이 달려가는 곳은 곧 희망 속의 고향. 기차 이미
지는 마치 삽화 같은 현실 속으로 우리를 끌고 들어가면서 백 년
이라는 기다림의 시간을 제시한다. 그러나 그 시간은 푸르다.

    자기 마음을 이미지로 드러내는 동물은 인간뿐이다. 이미지
와 말은 서로 교환작용을 하며 더욱 풍부해진다. 이미지는 부단
한 움직임으로 언어를 낳고, 언어는 끝임없이 이미지를 낳으며
상상력의 바다를 깊게 한다. 자유로운 상상력은 은유를 통해 사
유의 장을 확장시키고, 아름다운 내적 언술을 풀어낸다. 이미지
의 언어적 보완성은 우리를 그만큼 자유롭게 하는 것.

결국 소통이란, 눈에 보이지 않는 것들이 어떤 서정적인 이미지로 나타났을 때 내면에 파장을 던지는 울림이다. 그 이미지는 우리 속에서 또 다른 우리를 찾아 나서게 되는 표지목이 되고, 그 이미지가 낳는 다른 이미지는 우리를 끊임없이 사막을 여행하는 한 마리 낙타를 닮은 탐험가로 만드는 것이리라.

〈스모크〉라는 영화에서 담배 가게 주인은 가게 앞 같은 한 장소를 매일 같은 시간에 십 년 이상을 계속 찍는다. 매일 같아 보이는 일상이지만 그는 그 시간이 얼마나 유일한 순간인지를 알았던 것. 그 시간의 고유성이 우리에게 제기하는 것이 무엇일까. 찍는 사람과 찍힌 대상이 만나는 찰나적이며 유일한 순간, 그것은 과거의 시간이 아니다. 사진은 지난 일이 아니라, 그 기억이 지시하는 현실을 묻는다. 시간의 풍경을 걸어왔고, 걸어가는 중이기에. 사진엔 이미 사라진 시간과 끊임없는 죽음 이미지가 담겨 있지만, 현재에 이르러 그것은 미래를 재발견하는 힘이 있다. 그래서 우리는 오늘도 사진을 찍는다.

어떤 사진도 전혀 황량하지 않다. 모순된 충동들 사이로 어떤 조화를 이루는 순간이 작은 믿음을 만들고 있다. 소통은 내 안으로 난 길이고, 또한 함께 가는 길이다. 결국 우리가 찾고자 했던 것은 '함께 걸을 길'이었고, '함께 걸을 그대'였던가. 이렇게 사진의 은유는 우리에게 존재의 각성을 가져오고, 또 스스로 위로하는 법을 제시한다. 살아왔고, 살아갈 모든 이유는 '함께'라는 길이었던 것. 기억은 과거와 그 과거를 향하는 현재 의식의 결합으로 창조된다. 사진 이미지가 주는 은유는 흔적, 시간, 죽음 같은 것들로 현재 속 과거이다. 사진은 포착한 순간의 우연성과 필연성을 통해 꿈과 픽션을 만들어내는데 그것이 사진의 미학적이면서도 역사적인 힘이 된다. 거기서 작가는 새로운 진실을 캐어내고, 대상에 새로운 정체성을 부여한다.

이처럼 세계는 응시 속에서 숨겨진 목소리를 낸다. 주변 사물과 우리를 이어줌으로 형성되는 수많은 관계와 소통. 그 속에서 우리는 삶의 의미를 전달하고 전달받으며, 삶을 견디는 방법을 알게 된다. 시나 사진의 눈동자는 바로 이런 은유의 세계를 통해 한 그리움에 닿고자 하는 열망을 비춘다. 이러한 강렬한 존재를 체험하고자 하는 의지가, 의식보다 원래 시적이라는 무의식의 세계를 통과해 이미지로 전개되는 것이리라.

다시 상상한다. 씨앗 위에 흙을 덮는다. 솜털 투명한 떡잎, 줄기에서 뻗어나는 가지, 가지에 부푸는 망울들, 경이에 눈을 치뜨는 꽃술, 잎새를 말갛게 통과하는 햇살, 꽃부리에 유희하는 바람, 다시 씨방 안에 맺히는 씨앗들, 그 씨앗을 받는 그대, 그대 앞에 놓인 길. 그리고 잎보라. 눈부시다.

우리가 잃어버린 것들. 진실에 대한 어떤 가치와 순수. 무엇보다 우리는 우주 속에 있는 무한한 은유의 세계를 상실하고 있다. 부단히 반복되는 삶. 이제 어디에서 그 비밀의 세계를 회복할 수 있을까. 그대와의 소통이 삶의 이유이다. 모든 풍경의 이유이다. 시를 쓰는, 사진을 찍는 아름다운 이유이다.

상상력은 기다림이라는 열에너지. 수많은 이미지가 피고 진다. 꿈이란 소통에의 의지. 그 꿈은 상상력으로 우리의 삶을 교직하고 채색한다. 이 무늬들은 새로운 세계와 인식을 열면서 세상 풍경을 만든다. 은유의 눈동자들이 만들어낸 이 무늬 속에 희망은 이미 예비되어 있을 것. 사람과 사람들이 이 길목에 선다. 그리고 기다린다.

사유를 제시하는 어떤 이미지들 속에서 오늘도 우리는 울림을 듣는다. 북소리 같은 울림이 아니라, 깊은 동굴 속 어둠 어디선가 떨어지고 있는 물방울 같은, 맑은 울림이다.

응시 그리고 상상력 Ⅱ

어떤 함축이 무한한 내포를 지니거나, 어떤 여백이 낭만적인 서정으로 넘칠 때 우리는 '시적'이라고 한다. 구로사와 아키라의 〈꿈〉은 8개의 에피소드로 나뉜 꿈의 파편들로 매우 시적인 영화라 할 수 있다. 여든에 만든 구로사와의 마지막 작품인 〈꿈〉은 매우 일본적이며 자연주의를 표방하는 비현실적 이미지로 구성된다. 유년의 동화적인 이미지부터 묵시론적 악몽이 포함되어 있는 이 작품은 경이로운 이미지와 상징들로 가득하다. 현실원칙과는 다른 논리의 지배를 받는 꿈을 통해 재창조된 세계가 두렵고도 아름답게 펼쳐지는 것이다.

어린 시절의 꿈인 '여우비'와 '복숭아밭', 고흐의 그림 속으로 들어가 금빛 보리밭 위로 나르는 까마귀 떼를 보는 '까마귀'는 시각적 이미지의 정수를 보여준다. 또한 극적 구조를 초월하고 절제된 이미지로 구성된, 자연주의 세계관은 슬프고 기이하기까지 하다. 비논리적으로 뒤섞인 은유를 통해, 〈꿈〉은 일상이 삼킨 우리의 본래를 드러냄과 동시에 인식의 한 영역을 흔들어 댄다.

구로사와 아키라는 인간이란 꿈을 꿀 때 천재가 된다고 말한다. 꿈은 과감하고 대담무쌍하게, 천재적인 기술로 희망을 표현해낸다. 한 사람의 꿈은 사실 사람들 모두의 꿈이 된다. 그것이 꿈의 힘이며, 마음 밑바닥에 있는 세계의 무한함일 것이다. 결국 꿈이란 삶의 신비를 드러내는 하나의 암시이며, 인간은 그 상상력으로 자신의 존재를 확인한다. 명시적이든 잠재적이든 상상계를 구성하는 꿈은 일상을 개별성의 세계로, 다시 진정한 보편적 우주를 획득하는 공간으로 확장시킨다. 그리하여 삶의 이미지는 더 깊어진다.

바람의 길 위에서, 떠도는 푸른 깃털들을 만났습니다. 길 떠나기 전 그대들의 옛집이 어디냐고 물어보았더니 모두들 하나같이 대답하더군요. 죽은 청호반새가 우리들 옛집이었다고.

—최승호, 「떠도는 깃털들」

방안의 쥐구멍으로 들어갔더니 어릴 때 놀던 학교 운동장이 나온다든가, 큰 구렁이와 엉겨 놀다가 책꽂이 속으로 걸어 들어가던 어릴 적 꿈은 위 시의 푸른 깃털을 보는 시인의 자연적 깨달음에도 연결될 수 있으리라. 내가 출발한 곳은 어디일까. 죽은 청호반새가 깃털의 실체이듯, 깃털 같은 나의 실체는 청호반새 같은 꿈이 아닐까. 꿈, 그 무한대 상상력의 장은 언제나 현실을 뒤돌아보게 한다. 말하지 못한 것이 꿈으로 나타나듯, 꿈을 통해서 나의 숨은 세계를 마주 보게 되는 것이다. 존재에 대한 성찰은 언제나 먼 지평. 나의 옛집은 어디일까. 위의 깃털들처럼 나의 옛 집도 죽은 청호반새임이 분명할 듯.

상상한다. 인간은 죽음을 의식하는 유일한 동물이기 때문이다. 그래서 인간은 꿈을 꾼다. 꿈이 꽃이라면 상상력은 꽃받침이다. 아니 그 반대일까. 어쨌든 인간은 꿈을 꾸기 때문에 소통한다. 소통은 희망이다. 다시 희망은 길이며, 구원이다. 가짜 희망일지라도 필요한 건 희망이 우리를 역동적인 존재로 만들기 때문이며, 다시 꿈을 꾸게 하기 때문이다. 무엇보다도 희망은 모든 이유가 되어준다.

테오 앙겔로풀로스 감독의 〈안개 속 풍경〉도 서정적인 한 편의 영상시이다. 대사를 가능한 한 응축시킨, 영상미학이 뛰어난 이 영화를 다 보고 나면 가슴 속에 아주 투명한 슬픔 하나가 남는다. 그리스. 아버지를 찾아 독일행 열차를 무임승차로 탄 어린 남매. 바람에 날리는 낙엽처럼 여행하는 두 아이는 수많은 사건과 풍경에 부딪힌다. 눈에 비친 세상은 매우 서정적인 은유로 가득한 장면들로, 느리게 진행된다. 틈틈이 여자아이는 상상 속의 아버지에게 마음의 편지를 보낸다. "우린 왜 그렇게 오래 기다렸을까요.""정말 멀리 계시네요. 우리는 여행을 계속해요."

두 아이가 무임승차에 걸려 경찰서로 붙들려갔을 때 눈이 오기 시작한다. '눈이 오네' 중얼거리며 사람들은 거리에 나가 정물처럼 서서 눈 오는 하늘을 바라본다. 사람들은 또 얼마나 오랫동안 눈을 기다려온 것일까. 마술에 걸린 듯 모두 정지된 화면처럼 서 있는 거리를 두 아이는 자유를 찾아 뛰쳐나온다. 새로운 세계를 예감하게 하는 매우 인상적인 장면이다. 그리하여 다시 상상 속의 그리움을 향한 여행은 이어진다.

주운 필름에서 안개 뒤 멀리에 나무가 있는 풍경을 읽는 유랑극단의 오레스테스. 사실은 아무것도 없는 필름 조각은 너무 모호하여 아무것도 보이지 않는, 인류가 살아가기에는 너무 거대한 이 세계의 민낯이다. 그 은유를 꿰뚫고 인간은 살아가는 중이다. 꿈과 환상을 포기하지 않는 아이들 모습에서 작가는 인간에게 구원의 이미지를 선사하고 싶었던 걸까. 한 군인의 적선으로 남매는 다시 기차를 타고, 마침내 국경에 닿는다. 어둠 속에서 국경의 강을 건너는 아이들. 수비대의 불빛, 울리는 총성. 아침이 오고 아이들은 안개 풍경 속에 있는 나무를 발견한다. 동생이 말한다. "태초에 어둠이 있었어. 그러다 빛이 생기고…."

남매가 달려가는 안개 속 나무 밑. 남매가 죽었으리라 추정됨에도 불구하고 그곳은 결코 우리가 포기할 수 없는 그리움, 역설적 희망의 세계이다. 고통스러운 진실을 아름다움으로 간주하려는 것이 비극의 힘이라면, 이는 곧 인간에게 희망을 남겨놓으려는 의지가 아닐까. 그것은 마치 오래 기다린 어둠의 창가에 마

침내 오렌지 불빛이 환하게 밝혀진 순간처럼 우리를 따뜻하게
하는 것.

　서정적이며 순수한 예술영화로 우리가 잃어버린 원초적 아
름다움을 일깨우는 압바스 키아로스타미의 작품들은 소박하면
서도, 가슴 밑바닥을 뒤흔드는 매력을 가지고 있다. 1997년 칸
영화제 황금종려상을 수상한 〈체리향기〉는 일상의 사소한 풍경
을 통해 삶의 근원을 질문하는 영화이다. 영화 속의 절제된 영상
과 단순한 서사구조는 근원적 울림으로 가득하다. 주인공은 수
면제를 먹고 나무구덩이 속에 누워 있을 자신의 시신 위로 흙을
덮어줄 사람을 구하러 다닌다. 자살을 결심한 40대의 남자가 자
신을 묻어줄 사람을 찾아 거리를 헤매는 과정 속에서 투둑, 붉거
지는 생명의 아름다움. 그의 제의를 받아들인 사람은 세 번째에
만난, 박물관에서 박제를 만드는 노인이다. 제의를 받아들이면
서도 노인은 자신이 본 다양한 삶의 아름다움과 살아있음에 대
한 축복을 가르쳐준다. 노인은 늘 죽음 곁에 있는 사람이라는 것
도 하나의 은유이다. 주인공은 결국 삶을 선택한다. 고독과 방황
과 기다림은 결국 인간에게 구원이라는 희망을 위하여 있다. 존
재의 바닥을 탐구하려는 키아로스타미의 집요한 정신이 내는 커
다란 울림. 일상에 숨겨진 삶의 신비를 드러내는 은유의 풀꽃은
영화의 마지막 장면에 나오는 오마르 카이얌의 4행시에서 더욱
향기로워진다.

인간이여

삶을 즐기려면

죽음이 뒤따르고 있다는 사실을 기억하라

그리고 체리향기를 맡아 보아라

이러한 영상미의 추구는 결국 상상력에 대한 가치 부여에 연결된다. 상상력은 곧 자유와 혁명이며, 탈현실적 상상은 바로 자아의 경계를 뛰어넘게 만든다. 상상력이 인간에게 구원이 될 수 있을 것인가. 이에 대한 답은 예술에서 나온다. 백일몽이라고 정의되었던 예술 자체가 이미지의 왕국이라는 말을 누가 부인하겠는가. 인간의 역사는 상상력의 역사인 것을. 수많은 비행기처럼, 수많은 신데렐라처럼 상상 속 꿈들이 현실로 나타난 게 오늘의 문명인 것을.

끊임없이 확장된 이미지들은 이제 존재의 근원적인 문제에까지 닿는다. 이미지는 매 순간 물음이 된다. 탄생과 성장, 죽음까지 이미지를 통하여 진행된다. 사랑도 희망도 풍경의 몸을 입고서야 우리에게 길로 열리는 것이다.

응시 그리고 상상력 Ⅲ

은유, 하나의 이미지가 다른 이미지를 끌어들여, 현실의 거친 벽을 넘어선다. 언어는 오히려 솟아나는 새싹 같은 푸른 마력으로 드러나, 보이는 세계와 보이지 않는 세계를 이어주는 매듭이 된다. 진실은 더 선명해진다. 이처럼 시적 상상력의 본질을 이루는, 논리 이전의 언어인 은유는 세계를 새롭게 여는 열쇠이다. 언어적 논리를 넘어서서 현실을 상상력의 세계로 변환시켰다가 다시 창조된 현실을 경험하게 하는 것이다.

마이클 래드포드의 〈일 포스티노〉 또한 시적 상상력이 넘치는 영화로 평가된다. 시적인 리듬, 시적인 영상, 시적인 대사 등 시적 표현 양상을 모두 담고 있다. 여기서 중심이 되는 건 은유지만 더 우리를 찡하게 하는 것은 은유를 통해 이루어진 네루다와 마리오의 우정과 소통이다. 시에 문외한이었던 마리오는 네루다를 만나면서 삶의 보이지 않는 곳을 응시하는 은유를 발견한다.

은유가 세계의 또 다른 모습, 또 다른 환幻의 수많은 단면을 투사하는 무한한 언어임을 깨달은 것이다. 마치 파도의 포말 하나하나에 비치는 세계처럼 말이다.

마리오의 이러한 시적 체험의 과정은 곧 시가 무엇인지, 시의 의미가 무엇인지, 궁극적인 질문을 보여준다. '…기타 등등'이 이 세상 다른 것의 은유라면 이 세계는 온통 은유의 정원일 수밖에 없다. 마리오는 자신이 살고 있는 섬, 작은 파도와 큰 파도, 절벽 위의 바람, 아버지의 서글픈 그물, 신부님이 울리는 교회의 종, 사랑하는 베아트리체의 뱃속에 있는 아기의 심장 소리 등등 사소한 일상이 얼마나 큰 은유인지를 알게 된 것이다.

그 은유의 눈으로 세상의 진실을 읽으려 했던 마리오는 진정 아름다운 시인의 삶을 살아낸 것이리라. 그런 의미에서 임시직 우체부였던 마리오는 한 편의 시도 쓰지 않았지만 진정한 시인이다. 그는 은유 속에 있는 삶의 의미를 제대로 읽어내지 않았던가. 마리오가 죽고 난 다음에야 네루다는 소식이 끊긴 자신에게 보내고자 그가 녹음했던 섬의 소리들을 듣는다. 마리오를 생각하며 쓴 한 편의 시는 시의 본질을 잘 보여준다.

내가 그 나이였을 때 시가 날 찾아왔다.//

난 그게 어디서 왔는지 모른다.

그게 겨울이었는지 강가였는지

언제, 어떻게 인지 난 모른다.

그건 누가 말해준 것도 아니고
책으로 읽은 것도 아니고
침묵도 아니다.
내가 헤매고 다니던 길거리에서
밤의 한 자락에서
뜻하지 않는 타인에게서
활활 타오르는 불길 속에서
고독한 귀로에서
그곳에서
나의 마음이 움직였다

-네루다, 「시」에서

네루다는 마리오를 시인으로 인정했다. 아니, 그는 마리오로부터 새로운 은유를 읽어내었으리라. 이처럼 은유는 언어적 이미지로 새로운 현실을 창조해 긴밀한 마음의 움직임을 만든다. 결국 시적 사유란 아름다움에 대한 개혁을 의미한다. 시는 은유를 통해 무의식의 세계에서 빛으로 건져낸 서정의 이미지. 그래서 한 편의 시는 말하는 그림이다.

조그만 샛강이 하나 흘러왔다고 하면 될까
바람들이 슬하의 식구들을 데리고
내 속눈썹을 스친다고 하면 될까

봉숭아 씨를 얻어다 화분에 묻고

싹이 돋아 문득

그 앞에 쪼그리고 앉는 일이여

돋은 떡잎 위에 어른대는

해와 달에도 겸하여

조심히 물을 뿌리는 일이여

-장석남, 「봉숭아를 심고」에서

봉숭아 씨앗을 심고, 그 싹 위에 조심조심 물을 뿌리는 마음, 그건 생명을 향한, 아름다움을 향한 시인의 의지이다. 언어로 그려진 이 그림을 통해서 푸르고 따뜻한 진실의 한 풍경에 닿는다. 어떤 마음의 울림이 이미지를 통해 만드는 파문. 여기서 우리는 그 존재 조건만으로 주어진 현실을 건너, 샛강이라는 은유 속에서 새로운 현실을 경험한다. 언어의 사전적 의미는 은유를 통해 그 의미가 확장되어 시인의 구체적 진리를 형성해낸다. 그것이 서정의 위력을 만든다. 이렇듯 존재의 뒷모습을 새롭게 읽어가는 은유의 불빛이 시의 세계이다.

아이가 물통을 들고 와 죽은 나무에 물을 준다. 황량한 들판, 홀로 선 앙상한 나무에 물을 준다. 별다른 이유 없이 말을 할 줄 모르는 아이. 물은 준 아이가 나무 아래 눕는다. 기다리는 것이다. 타르코프스키 감독의 마지막 영화 〈희생〉의 이 마지막 장면은 유명한 상징으로 알려져 있고, 강한 이미지로 모든 이의 가슴 속에 닿았다. 현실 속 불안과 황무지와 상실의 이미지와, 그에 대한 희망과 기다림과 구원의 이미지가 강하게 맞물려 굵은 수레바퀴 자국을 남겼다고나 할까.

아이는 기억한다. 매일 물을 주어 3년 후에 꽃이 온통 만발했다는 죽은 나무 이야기를, 끝없이 노력하면 세상을 변하게 한다는 알렉산더의 이야기를 믿는다. 유일한 소통자는 말을 못 하던 아들뿐이었던 알렉산더는 정신병원으로 끌려간 뒤다. "태초에 말씀이 있었느니라"는 〈희생〉의 마지막 자막은 무엇을 암시하고 싶었던 걸까. 새로운 꿈? 새로운 희망? 우체부인 오토는 말한다. "우리는 모두 기다리죠. 무엇인가를." 알렉산더도 말한다. "내 삶은 긴 기다림에 불과했지." 평생 기차역에 서서 기다리는 느낌, 그것이 인생의 본질인지도 모른다. 이미지 마술사인 타르코프스키는 다양하게 변주되는 환상적인 영상 속에서 끊임없이 속삭인다. 그 내밀한 언어는 절망 속 희망일 터이다. 〈희생〉은 불안과 단절이라는 구조 속에 있는, 소통의 한 길목을 보여준다.

세상의 모든 답은 바로 '그대'이다. 그대는 '희망' 자체니까. 그리고 희망은 '이미지'로 존재한다. 소통이 씨앗을 뿌리는 일이고 희망이 꽃을 피우는 일이라면 여기엔 기다림이 필요하다.

엄마, 우리 돌아가는 중이에요

눈물의 가능성, 불가능성

이미 삶도 죽음도 형체가 없었다. 팽목항. 세월호가 가라앉고, 절규와 기다림이 우거졌던 자리. 바람이 세찼던 팽목항은 불투명한 녹두색으로 발끝을 세우고 있었고 난파선의 깃발처럼 파도가 하얗게 아우성친다. 노란 리본은 하늘을 향해 온몸으로 떤다. 우주 끝까지 날아가려는 듯 맑고 치열하다.

우리의 욕망과 불신이 극명하게 드러난 장소, 그저 해체되어 버린 진실만 고여 있는 듯했지만 아니었다. 하지만 슬픔도 기다림도 결코 무력하지 않았다. 조금씩 지쳐가면서 조금씩 잊혀가면서 그러나 더 강인하게 강력하게 존재를 발휘하고 있었다. 기도는 더 절실해졌고 기다림은 불에 단 쇠처럼 투명해졌다. 그렇게 팽목항은 역사의 한 꼭짓점이 되었다. 그 꼭짓점은 우리 정신사에서 선명한 그리고 아픈 예각을 드러낸다. 도대체 우린 왜 그리 무력했던가. 도대체 왜 우린 기다리던 아이들을 배신하고 말았는가.

'살아있는' 빚 까닭인지 이전에도 타자의 고통에 마음을 자주 설치곤 했다. 팔레스타인의 고통에 가슴 저려 밥숟가락을 놓기도 하고, 아프리카의 빈곤이 속상해 잠을 뒤척였다. 왜 인간이, 특히 순박한 사람들, 본래적 자연이 시스템에 희생되어야 하는지, 지구 저편의 전쟁과 그들의 분노를 보면서 존재의 막막함이 깊어졌다. 하지만 그 절망은 나를 스스로 속이는 관념이었는지 모른다. 왜냐하면 어쨌거나 나는 굶지 않고 헐벗지 않고 잘 살아 있으니까.

지구라는 별이 이토록 캄캄하고 암울한 감옥이었던 걸까. 아무리 가난해도 그것이 가난인 줄 모르고 자란 난 매사를 수긍하는 편이다. 삶을 수긍한다는 말은 질서를 수긍하고 만족할 줄 알고 마침내 죽음까지도 수용한다는 말이다. 빈궁한 골목에서 일 년 내내 어미가 뜨개질해준 옷을 입고 자란 난 콩 한 쪽도 나누어 먹어야 한다고 믿는 계집애였다. 그렇게 삶을 배운 나에게 세월호는 이해할 수 없는 사고였다.

아직도 팽목항은 세상에서 가장 짠 바다이다. 니코스 카잔차키스는 말했다. 모든 사람의 삶은 바다를 향해 흘러가고, 수많은 사람들의 눈물이 모여 바다를 이루었기 때문에 바다가 짜다고. 눈물 속에서 눈물의 불가능성을 본다. 아니, 눈물의 가능성을 본다. 가능과 불가능이 만들고 있는 파도를 본다. 눈물은 작은 수원지이다. 눈물은 가장 순정한 영혼의 결정체이다. 요즘은 가짜 눈물이 나와 필요에 따라 사용하기도 하지만 눈물은 사람으로 살아갈 길을 찾아가는 이정표이다. 눈물은 연민의, 감응의 지표이다. 눈물이 불가능하다는 말은 소통의 불가능성을 말한다. 눈물의 불가능은 영혼을 일깨우지 못하는 무명無明을 나타낸다. 눈물의 가능성이란 공존의 가능성, 영혼을 일깨우는 힘을 말한다.

지켜지지 않는 약속 속에서 우리가 흔히 기대고 있는 시간의 지혜란 결국 사기 같은 것일지 모른다. 우리의 욕망이 만든 가짜들 말이다. 하지만 모든 불가능성에도 불구하고 기다림은 바래지지 않았다. 어떤 슬픔도 바랠 수 없는 것임을 깨닫는다. 불가능성과 대치하고 있는 눈물의 가능성을 본다. 눈물은 육체를 영혼에 도달하게 길. 눈물은 내 안의 유령이 나를 애절하게 부르는 것에 대한 몸의 응답이다. 그래서 팽목항에서 우리는 울었다.

애절한 질문들, 오래된 대답들

우리들이 익히 아는, 너무 잘 알아 재미도 없는 세 개의 이야기를 해보자. 하나는 전래동화이다. 의가 좋은 형제가 함께 길을 가다가 황금 두 덩어리를 주었는데 서로 나누어 가졌다. 형제가 함께 배를 타고 강을 건너다가 별안간 아우가 금덩어리를 강물에 던졌다. 형이 그 이유를 물으니 아우는 "평소 형을 참 사랑하는데, 지금 금덩어리를 갖고 보니 형이 없다면 금덩어리를 모두 내가 가질 수 있었을 텐데 하는 욕심이 갑자기 생겨. 그래서 차라리 강물에 던져 버리는 것이 나을 것 같아."라고 대답하였다. 형도 "나 또한 그런 생각이 들었다. 네가 옳구나." 하며 형 역시 금덩어리를 강물에 던졌다. 형제는 서로를 미덥게 바라보았다. 금덩어리는 어찌 되었을까. 물고기 밥도 되지 못한 채 강바닥에 가라앉아 아무것도 아닌 돌덩이가 되었을 것이다.

하나는 실화이다. 일본 도쿄 올림픽 때, 스타디움 확장을 위해 지은 지 3년 되는 집을 헐게 되었다. 그러다 지붕 밑에서 꼬리 쪽에 못이 박혀 움직이지 못하는 도마뱀 한 마리가 살아있는 것을 발견했다. 집주인은 3년 동안 어떤 공사도 한 적이 없다고 했다. 못 박힌 벽에서 죽지 않고 있다는 게 신기했던 사람들은 철거 공사를 중단하고 사흘 동안 도마뱀을 지켜보았다. 그랬더니 하루에도 몇 번씩 다른 도마뱀 한 마리가 먹이를 물어다 주는 것이었다. 부모와 새끼인지, 연인 사이인지 동료인지 두 도마뱀의 관계를 우린 알 수 없다. 하지만 한쪽이 고통으로 몸부림칠 때마다 한쪽이 절망하지 말고 살아야 한다고 격려했을 것이다. 그리고 부지런히 먹이를 구해다 입에 넣어주었을 것이다. 이 미물들은 오직 눈짓만으로 서로를 쳐다보고 마음을 나누었으리라. 너를 버릴 수 없다는 그 표정, 나만 살 수 없다는 그 몸짓, 그걸 믿으면서 생의 욕구를 서로 받아들였을 것이다. 그렇게 살아온 3년은 얼마나 길었을까.

다른 하나는 이솝우화에 나오는 학과 여우의 이야기. 여우
가 학을 집에 초대했다. 학에게 넓적한 접시에 수프를 대접해서
부리가 긴 학이 먹을 수 없었다. 여우는 그 모습을 조롱했다. 여
우에게 당한 것이 화가 난 학도 여우를 자기 집에 초대했다. 긴
호리병에 음식을 대접해서 이번엔 여우가 제대로 먹을 수 없었
고 역시 조롱당했다. 당한 것을 그대로 갚아주면서 서로 난감하
고 불화한 이 짧은 이야기는 시사하는 바가 많다. 학과 여우는 다
르게 생겼고 다른 입을 가졌기 때문에 먹는 방법이 달라야 한다.
그러면 먹는 방법을 찾아주어야지 조롱할 일이 아니다. 그냥 재
미있는 우화가 아니라 공존이 불가능해진 우리 모습 딱 그대로
다. 이러한 교훈을 뻔히 알면서도 왜 일상에서는 적용하지 못하
는 걸까.

위 세 이야기 속에서 공존의 방정식이 그대로 나온다. 제일
먼저 물질의 가치를 벗는 것이 공존의 큰 지혜이다. 물질보다 사
람을 선택한 과감한 용기는 사실 우리에게 본래적인 양심이었다.
언제부터 사람보다 물질이 우선이었을까. 우린 오늘 금덩어리를
버릴 수 있을까. 우리는 금덩어리를 선택했고 형 또는 아우를 죽
여버렸다. 그래서 세월호가 가라앉았고, 우리를 기다리던 아이들
을 배신했다.

그다음은 공존은 조건을 뛰어넘는 동행이다. 생명의 동행은
존재의 기적을 낳는다. 한 도마뱀의 희생은 결국 둘 다에게 자유

를 선물했다. '함께 산다'는 것은 서로 실망하는 것이 아니라, 서로 감동시키는 힘을 말한다. 마지막으로 이솝우화는 자기중심적 사고를 어떻게 극복할 것인가에 대한 도전을 준다. 우리는 모두 자기중심적이다. 삶의 조건이 다르면 좋아하고 싫어하는 것이 다르다. 그렇지만 그것을 인정할 수 있어야 하고, 섬세하게 배려해야 하는 것이 공존이다. 그런 진리를 배울 수 없는 교육 현실이 이기적 행동을 만들어낸다. 무엇으로 상생의 깃발을 세울 것인가.

여기서 오래 회의하고 고민해온 것들이 선명해진다. 우린 정말 공존할 수 있을까. 공존은 공감할 수 있는 능력 그 자체이다. 타자의 고통에 감응하는 능력. 이는 이미 우리 태생에 있던 이타적 능력이다. 그러나 물질사회에 이 천부적인 능력을 상실한 것이다. 세월호 이야기를 지겨워하고 덮어버리고 싶은 사람은 이 감응력을 잃어버린 사람들이다. 이 감응의 능력은 상상력에서 발현한다. 타자의 고통을 내 고통으로 도무지 수용할 수 없는 사람은 결국 상상력이 빈곤한 셈이다. 상상력이란 내가 나 자신의 본래적 생명에, 우주의 이치에 조응할 수 있느냐의 문제인 것이다.

세계일화世界一花의 상상력

세계는 한 송이 꽃이다. 모든 삶 모든 생명이 한 송이 꽃으로 연결되어 있다는 이 말은 경허의 제자인 滿空 선사의 가르침이다.

생명의 모든 이치가 '세계일화世界一花', 이 네 자에 축약되어 있다. 우주는 하나의 큰 생명 덩어리요, 세계는 하나의 큰 생명의 꽃이라는 것이다.

세계는 한 송이 꽃./ 너와 내가 둘이 아니요,/ 산천초목이 둘이 아니요./ 이 나라 저 나라가 둘이 아니요,/ 이 세상 모든 것이 한 송이 꽃.

어리석은 자들은/ 온 세상이 한 송이 꽃인 줄을 모르고 있어./ 그래서 나와 너를 구분하고,/ 내 것과 네 것을 분별하고,/ 적과 동지를 구별하고,/ 다투고 빼앗고, 죽이고 있다.

허나 지혜로운 눈으로 세상을 보아라./ 흙이 있어야 풀이 있고,/ 풀이 있어야 짐승이 있고,/ 네가 있어야 내가 있고,/ 내가 있어야 네가 있는 법. (…)

나라와 나라도 한 송이 꽃이거늘,/ 이 세상 모든 것이 한 송이 꽃이라는/ 이 생각을 바로 지니면 세상은 편한 것이요,/ 세상은 한 송이 꽃이 아니라고 그릇되게 생각하면/ 세상은 늘 시비하고 다투고 피 흘리고/ 빼앗고 죽이는 아수라장이 될 것이니라.

그래서 世界一花의 참뜻을 펴려면/ 지렁이 한 마리도 부처로 보고, 참새 한 마리도 부처로 보고, (…)

만공의 「세계일화」에 공존에 대한 답이 간명하게 나타나 있다. 세계는 한 송이 꽃, 그 이상도 그 이하도 아니다. 남편과 아내도 한 송이 꽃이요, 부모와 자식도 한 송이 꽃이요, 이웃과 이웃도 한 송이 꽃이다. 세월호 아이들과 나도 한 송이 꽃을 이루는 잎맥인 것이다. 이러한 존재론적인 상상력은 장자의 「제물론」에도 그대로 이어진다. 「제물론」은 만물을 고르게 하는, 시시비비를 초월하여 모든 사물을 평등하게 바라보라는 논리이다. 곧 만물이 하나임을 깨닫고 궁극적인 하나의 세계로 돌아가는 데에 우리의 생명이 있다는 것이다.

사물은 저것 아닌 것이 없고, 또 이것 아닌 것도 없다. 이쪽에서 보면 모두가 저것, 저쪽에서 보면 모두가 이것이다. 그러므로 저것은 이것에서 생겨나고, 이것 또한 저것에서 비롯된다. 이처럼 세상은 모두 상대적이므로 깨달은 자는 삶을 늘 자연의 조명에 비추어 본다. 자연에선 이것이 저것이고 저것 또한 이것이다. 도에 다다른 자는 다 같이 하나임을 깨달아 자기의 판단을 내세우지 않고 사물을 평상시의 자연스러운 상태에 맡겨둔다. 평상시의 상태란 아무 쓸모가 없는 듯하면서도 오히려 크게 쓸모가 있으며 이런 쓸모는 무슨 일에나 스스로의 본분을 다한다.

바위가 푸석푸석해져서 작은 돌로 변하고 다시 흙으로 변하고, 또 흙은 지각 작용에 따라 또 다른 물질로 바뀐다. 이처럼 사물도 사람도 기의 결집체로 끊임없이 바뀌면서 그때마다 다른 성질을 갖는다. 그렇게 끊임없이 변화하면서 한 송이 우주의 꽃으로 피어나는 것이 생명이고 존재이다. 제도적인 사고의 관행에서 벗어나야 한다. 누리는 특권의 분류를 벗어나 각기 다를 수밖에 없는 다른 사람과 새롭게 어울려야 한다는 말이다. "만물은 원래 그렇게 될 만한 이유를 갖고 있고, 만물은 원래 긍정할 만한 바탕을 지니고 있다. 따라서 어떠한 만물도 그렇지 않은 것이 없고, 어떠한 만물도 긍정되지 않을 것이 없다." 이는 어떤 범주를 정해 다수가 소수에게 가하는 분류는 아무런 근거가 없다는 말이다. 장자는 정상과 다른 수많은 '이상'을 등장시키고 오히려 그들이 '정상'보다 더 자유로운 존재라는 점을 강조했다.

사람퉁소, 땅퉁소, 하늘퉁소는 바로 장자의 그런 이야기이다. 사람퉁소는 사람이 규범대로 인위적으로 만들어진 악기를 연주하는 것이다. 땅퉁소는 자연에 난 구멍을 지나면서 바람이 내는 소리다. 사람퉁소는 형식화된 음악인 반면 땅퉁소는 바람에 절대적으로 의존하는 음악이다. 반면 하늘퉁소는 다르다. "부는 소리가 만 가지로 서로 다르지만 제각각 제소리를 내게 된다. 잘하든 못하든 모두 제 스스로 움직여서 나아가는데, 울부짖게 하는 것이 그 누구인가?" 개별 존재는 외부 요인에 의해서가 아니라 내적 움직임에 따라 자발적으로 움직여야 한다는 말이다. 하늘퉁소는 구속받지 않고 상황마다 각자 방식으로 노래 부르는 것을 말한다. 어른과 아이가 즉흥적으로 제멋대로 불러도 흥겨운, 자유로운 음악이다.

공존은 그러한 화음이다. 천지는 나와 더불어 살고, 만물은 나와 더불어 하나가 된다. 그야말로 한 송이 꽃으로 흔들리는 일인 것이다. 우리가 한 송이 꽃임을 몰라서 세월호는 침몰할 수밖에 없었다. 우리가 한 송이 꽃임을 몰라서 애타게 기다리던 아이들을 건질 수 없었다. 그래서 나도 아플 수밖에 없다. 불신과 불안으로 공존의 불가능성을 우리 스스로 선택한 건 아닐까. 이러한 불가능성은 우리에게 티끌만 한 기적도 선물하지 않았다. 침몰하고 침울하고 더 침전되는 미래, 어둡다.

바람 소리를 들어보라

바람. 아이들은 돌아오고 있다. 언제 도착할까. 올겨울 눈송이로 돌아올까. 아니면 내년 봄 목련 망울로 돌아올까. 아이들은 또 얼마나 오래전부터 돌아오려고 서둘렀을까. 불현듯 떠나 이제 우리 모두에게 옹이가 된 아이들이 새움으로 돌아올 것이다. 그들은 돌아와 길이 될 것이다. 세월호가 길이 될 것이다. 그 아이들, 그 사람들은 길이 될 것이다. 미래의 심연을 그 돌아오는 아이들에게 물어야 한다. 우리는 그 길을 배워야 하고, 그 길을 온몸으로 걸어야 한다.

걷기란 얼마나 깊은 뜻을 함축하고 있는가. 철학자나 예술가들은 일찍이 걷기가 지닌 인문학적 의미에 주목하였다. 장자는 「제물론」에서 이렇게 말한다. '길이란 다니면서 생긴 것이다(道, 行之而成.).'. 이는 '道란 행하면서 이루어진다'는 말이기도 하다. 즉 길을 다니는 것과 궁극적 진리인 도를 닦는 일을 결국 같은 일이다. 루쉰의 소설 『고향』에서 주인공은 반식민지 상태에서 변해버린 고향의 세태에 절망하면서도 다시 되뇐다. "희망이란 본시 있고 없고를 말할 수 없는 것. 그것은 길과 같다. 사실 땅 위에 처음부터 길은 없지만 다니는 사람이 많아지면 길이 되는 것이다."

새로운 길은 모험이다. 선택해서 걸어야 모험은 모든 가능성을 '다시' 열어가는 것이다. 신화를 보면 모든 영웅의 행로는 집을 떠나 걷는 일로부터 시작된다. 수메르의 길가메시도, 그리스의 헤라클레스도 모두 길에 선다. 길은 곧 용기이며 모험이며 선택이다. 모험으로 점철된 영웅의 길은 결국 갖가지 애환으로 점철되지만 그렇게 해서 인간을 완성한다. 공존이라는 길은 우리 삶에 고단한 모험이 될 것이다. 모험은 일상적이지도 쉽지도 않다는 말이다.

산이 있다. 산길이 났다. 사람이 걸은 길이다. 세월호의 아이들이 보여주는 길은 공존의 길이다. '공존'이란 무엇인지, 공존은 가능한지, 그 방식에 대한 애절한 질문만 남았다. 우리 선택만이 남았다. 돌아오는 아이들에게 무엇이라 응답할 것인가. 우리가 용감하게 선택해야 하는 길은 바로 '함께 사는' 법이다. 이 길은 원효대사의 '원융회통圓融會通'에 닿지 않을까. "원은 거대한 순환, 융은 화합, 회는 모임, 통은 의사소통"을 뜻한다. 한 마디로 서로 모여서 소통을 통해 조화를 이룬다는 말이다. 장님들 코끼리 다리 만지기처럼 깨달음은 하나인데 사람이 서로 다른 부분을 보기 때문에 시끄럽다. 그러나 다른 사람의 말을 잘 들어보면, 서로의 생각을 합쳐보면 코끼리의 진정한 형상을 이해할 수 있다.

통섭의 사전적 의미는 사물에 널리 통함이다. 이 말은 소통疏通이란 뜻을 가지고 있다. 통섭이라는 단어는 성리학과 불교에서 이미 사용되어온 용어로 '큰 줄기를 잡다'라는 뜻을 지닌다. 그냥 '섭'은 모아들인다는 의미에만 치중하게 돼 통섭統攝이라는 의미만을 갖게 되지만, 원효는 '섭'에 '통通'이라는 한자어를 추가해 상이한 것들을 서로 '연결'시킨다는 의미를 보강해 통섭統攝으로 오해되는 것을 막았다고 한다. '통'은 곧 소통이라면서 소통이 전제돼야만 '섭'이 비로소 가능하다.[1]

결국 우리가 가야 할 길이 원효의 화쟁일지 모른다. '화해和會와 회통會通의 논리로 모순과 대립을 하나의 체계 속에서 다루어야 한다. 깨달음의 경지인 진여眞如와 무명無明이 동시에 있을 수 있으나 이 역시 둘이 아닌 하나이다.'에 그 원리가 잘 나타나 있다. '모두 다 틀렸다' 그리고 '모두 다 맞았다' 이것이 원효가 화쟁을 이끌어내는 방법이다. 내 생각이 잘못된 것일 수 있다는 것을 먼저 인정하고 모두가 맞는 방향으로 맞추는 것, 이것이 바로 원효가 말한 수평적 흐름의 회통이다. 인간에게 표준은 존재하지 않는다고 한다. 이는 인간은 과학적으로 접근할 수 없는 존재라는 의미이다. 모두 다 틀렸기에 타당한 것을 부분적으로 수용하고 모두 다 맞았기

1   박재현, 「해석학적 문제를 중심으로 본 원효의 회통과 화쟁」 『불교학연구』 제24호, 불교학연구회, 2009.

에 포용하면서 차이와 경계를 넘어서야 하지 않을까. 우리는 그것을 제대로 못 해서 세월호를 빠뜨렸고, 빈부격차와 소통불능으로 고통스럽다. 금강경에서 가르치듯 우리는 서로 의지해서 있는 존재들이다. 공존이란 결국 홍익인간의 정신, 널리 함께 누려야 하는 세계인 것이다. 이는 세계를 한 송이 꽃으로 이해할 때 가능하다.

바람, 바람 소리를 들어보라. 바람 속에 침전된 것을 응시하라. 바람 속에 침투되는 것들에게 귀를 기울여라. 그리고 바람 속에 돌아오는 아이들을 맞이하라. 그 바람 속에 아이들이 보여주는 길을 선택하라. 그 길을 걸어라. 그 길에 노루귀꽃이 피었다. 숲을 이룬 나무들 사이로 하늘퉁소 소리가 들린다.

나의 쑥바구니는 어디에 있을까

쑥 캐러 가자는 전화가 왔다. 낙동강 기슭 햇살이 그리 좋다는 것이다. 쑥이라니. 그 발음 속에서 명랑한 봄이 반짝 열렸다. 유년 시절 내 소유였던 쑥칼과 쑥바구니가 문득 떠올랐다. 일곱 살 손녀 전용으로 외할아버지가 건네준 자그마한 둥구미와 손수 칼날을 잘라 만든 쑥칼. 동무가 내 이름을 부를라치면 들마루 귀퉁이에 놓인 쑥바구니를 들고 폴짝폴짝 뛰쳐나가곤 했다. 먹을 게 부족한 시절이었지만 모든 게 넉넉했다. 자연이 선생이었고 식구였고 어깨동무였다.

예나 지금이나 봄은 한결같은 차림으로 다가온다. 매화 그늘 사이로 천리향 향기가 번지나 했더니 목련이 팡팡 한참 터진다. 담방담방, 파닥파닥, 만물이 돌아오는 소리가 분주하다. 꽃 지는 소리, 새움 돋는 소리, 햇살이 그네 타는 소리, 바람이 뛰어가는 소리. 여기저기 웅성거림이 돋아난다. 그 리듬이 너무 아름다위 어떤 비천도, 어떤 고독도, 어떤 죄인도 설레지 않을 수 없다.

하지만 쑥바구니를 들어본 지 수십 년. 그 설렘이 민망하다. 꽃눈들이 사방에서 터지는데 마음은 주눅이 든다. 현실을 둘러싼 곤경이 서러워진다. 숨쉬기도 미안했던 세월호 참사 때문일까. 폭력으로 얼룩져있는 뉴스들 때문일까. 쉽게 회복되지 않는 경제 현실 때문일까. 도무지 신뢰할 수 없는 정치 때문일까. 그 막막함은 벚꽃이 지는 팽목항 깊은 바다를 닮았다. 물질은 풍요로운데 더 곤궁해지는 일상. 모든 관계에 어떤 공명을 잃어버린 지 너무 오래되었다. 정말 내 삶이, 우리 문명이 곤경에 처했음을 깨닫는 봄이다.

불편이 불편한 것인 줄 모르던 시절이 있었다. 가난이 가난인 줄 모르던 시절이 있었다. 그땐 배우지 않아도 알 수 있는 것들이 많았다. 쑥을 캐면서 나는 저절로 거대한 자연을 이해했다. 매일 토닥토닥 다투던 동무들. 아침이면 전날 다툼도 잊고 큰 목청으로 불러내어 어울렸다. 주변의 풍경은 늘 자애로웠다. 그 어느 것도 우리를 주눅 들게 하지 않았다. 그렇게 손톱 밑에 쑥물 들며 꿈꾸던 봄 하늘은 어디 갔을까.

소비 문명의 극단, 불편한 것들이 점점 많아지고 있다. 차를 탄 사람을 보면 걷는 것이 불편하고, 대형 쇼핑몰 앞에서 과일 좌판이 불편하고, 비싼 액세서리 앞에서 싸구려가 불편하다. 경쟁과 비교는 삶을 계속 불편하게 만든다. 별것 아닌 것에 쉽게 주눅 들거나 쉽게 뻔뻔해진다. 편리함과 안락에 길들면서 사소한 불

편도 고통과 분노가 되고 있다. 미세한 불만들이 극단의 폭력이
되어도 제어할 수가 없다.

　어쩌다 이렇게 많은 불편을 알게 된 걸까. 불편한 것들이 전
부 소외와 절망이 된다. 조금 더 편리해지려는 욕망이 서로를 고
독하게 한다. 불편을 느낀다는 것은 편리함에 길들었다는 말이
다. 그 편리는 끊임없는 자기 합리화를 통해 말과 행위의 간극을
만들어내었다. 이 간극에서 우정과 연대를 잃어버리면서, 함께
잃어버린 것이 詩다. 詩를 잘 안 읽는(혹은 못 읽는) 시대가 된 까
닭은 기실 사물의 목소리를 감지하는 능력을 잃어버린 탓이다.
이는 편리함만 추구한 탓이다. 보이는 물질에만 급급하니 사유
는 저절로 타락했다.

　유년의 쑥바구니는 한 편의 詩였음을 이제야 깨닫는다. 그
때 우리는 사물의 목소리를 들었다. 때 묻은 구슬의 말도 알아들
었고, 오래된 필통의 말도, 깨진 사금파리의 말도 알아들었다. 당
연히 타인의 웃음도 눈물도 금세 공감했다. 쑥바구니를 들고 다
니면서, 방아깨비를 데리고 놀면서 자연의 음성을 충분히 듣던
날들. 그게 자유였다. 불편한 것들이 아무리 많아도 불편한 줄 몰
랐던 삶이 자유였던 것이다.

　세계는 아름다운 신들로 가득하다. 하지만 이제 신을 만날
능력을 잃어버렸다고 해야 할까. 우리는 굴참나무 목소리를 들
을 수가 없다. 매일 사용하는 밥그릇 목소리도 들을 수 없다. 세
계가 대상화되었다. 보이지 않는 가치를 감지하는 것, 들리지 않

는 목소리를 듣는 것이 도구화된 삶을 벗어나 우주적 존재로서의 자연인이 되는 방식이다. 그러나 우린 그 자연으로부터 얼마나 멀리 온 것일까.

신은 근원이다. 원래의 나, 원래의 우리, 원래의 자연, 원래의 우주를 어떻게 만날 수 있을까. 인공지능의 시대, 그 기대와 두려움, 그 교차로에서 무엇보다 중요한 것은 타자의 목소리에 귀를 기울이는 것이다. 그 목소리 속에 내가 존재하기 때문이다. 자신만의 근원적 존재감을 회복하기 위해 우리는 다시 쑥바구니가 필요하고 詩가 절실하다. 삶을 회복하는 것이 봄이라면, 생명의 근원을 찾아 나서는 일, 사물의 음성을 듣는 詩的인 감수성이 우선인 것이다.

깨달음을 얻는 데는 곤이지지困而知之가 중요하다. 곤경에 처해 고생 또 고생 힘들여 깨닫는 곤이지지는 생명을 감수하는 힘이며 실천하는 삶이며 투쟁하는 용기를 말한다. '인간은 극복되어야 할 그 무엇이다'라는 니체의 말은 바로 곤이지지의 세계가 아닐까. 불편함을 통하여 세계를 이해하고 가난을 통해 사람을 이해하고 고통을 통해 자신을 이해하는 것, 그것이 바로 자연이고 자유이다. 즐거운 불편을 선택하는 것, 자발적 가난을 실천하는 것이 바로 쑥바구니의 세계이고 詩의 자리이며 진정한 들녘인 것을.

내 쑥바구니는 어디에다 두었을까. 아직 가슴 속 창고 어딘가에는 놓여 있을 것이다. 뽀얀 먼지를 덮어쓴 채. 낙동강 강변으로 나가보아야겠다. 손톱 밑에 쑥물이 들어 돌아온다면 이 모든 곤경을 조금 헤어날 수 있을까. 우리를 불편하게 하는 모든 불편을 흔쾌히 누릴 수 있을까. 그제야 진정한 봄 속으로 들어갈 수 있을 듯하다.

거대한 들판을 품은 사람들

자주 가는 옷 수선집이 있다. 한 철에 한 번은 들러 묵은 옷을 맡기곤 한다. 못 쓰겠다 싶었던 옷들이 사람 손끝에서 다시 태어나는 느낌은 늘 감동이다. 그 옷의 잊힌 시간들이 반짝이며 돌아오는 경이를 발견한다. 괜히 나까지 기특해지는 기분. 그래서 낡은 옷가지들을 챙기는 게 오랜 습관이다. 시절이 어느 땐데 또 고쳐 입냐고 타박하면서도 할머니는 알뜰히 손질해준다.

작업실은 두 평도 안 되어 보인다. 늙은 미닫이도 삐걱거린다. 오래된 재봉틀과 온갖 실꾸리들, 옷가지 뭉치와 옷걸이들이 어지럽고, 다리미와 물건 보따리, 잡동사니가 한데 섞여 언제나 복잡하다. 오랜만에 들른 어느 하루, 미닫이 유리문 쪽으로 작은 화분이 이십여 개가 줄줄이 꽃피우고 있었다. 손바닥만 한 화분들이 색색이 눈부시다.

'아이고, 이 복잡한 데 웬 화분이 이리 많아요.' '이쁘잖아.

요즘 아파 병원 다니는데, 돌아올 때마다 하나씩 샀지. 꽃만 봐도 그냥 행복한 걸. 꽃들이 날 열심히 보고 있잖아. 우린 저 꽃처럼 살믄 되는데.' 평생을 재봉질로 늙은 할머니의 환한 대답이다. 단순한 몇 마디에 갑자기 가슴이 열렸다. 무심하고 온화한 어조에서 거대한 들판에 선 느낌을 받는다.

그 좁은 방에 할머니는 거대한 들판을 가지고 있었다. 할머니의 꽃들은 존재 그 자체였다. 그냥 위로 삼고자 갖다 놓은 소유가 아니었다. 본다는 것은 축복이고, 씨앗 시절을 품은 꽃잎을 본다는 건 더 축복이고, 사람을 바라보는 꽃의 눈동자를 감지하는 건 더 큰 환희이다. 고단한 하루, 그렇게 꽃의 시선을 받는 게 그저 행복일 수 있다면 그 자체로 생은 완성이 아닐까.

옷 수선으로 세 자식을 길러내고 이제 손주들도 몇 된다는, 허리디스크로 고생하면서도 재봉질을 놓을 수 없다는 그녀만의 작은 공간. 그 방은 푸른 들판이었다. 이십 년 전 가격으로 아직 수선해주는 그녀의 들판은 광대했다. 그 들판은 인도 대륙보다 넓을 수도 있다. 라다크 고원이나 오래된 사원보다 깊을 수도, 몽고 중원의 초원보다 더 푸를 수도 있다. 그녀가 가진 마음의 들판을 보면서 내 안을 들여다보게 된다. 들판이 아니라 욕망의 골목들로 비좁고 어둡다.

재봉틀과 다리미가 갑갑할 거라는 나의 생각은 티끌이 된다. 자식들은 저만치 떠나있고 홀로 병원에서 돌아올 때마다 하나씩 사 모은 꽃들의 시선으로 할머닌 외롭지 않은 모양이다. 사람이 꽃을 보는 게 아니라 꽃이 사람을 보는, 그 응시를 깨달은 할머니가 괜히 고마웠다. 어느 철학자나 어느 종교인보다 사랑을 잘 이해하는 모습이기에.

자기 안에 들판을 가진 사람은 우주의 이치를 잘 알고 있다. 어떤 고단함 속에서도 생명의 순리를 따라갈 수 있는 것이다. 무수한 희망의 경계를 길러내는 힘이 그 마음의 들판에 있는 것이다. 꽃들은 결국 마음의 들판에 피어나는 우주이다. 내 속에 우주를 담은 사람은 내가 우주에 담기는 법도 안다. 광대한 우주가 한 방울 물에 담기기도 하고, 우리 자체가 작은 우주인 것처럼 말이다. 우주에 담기는 법을 안다는 건 가난한 자가 복이 있다는 예수의 말이나, 무소유를 가르친 붓다의 언어를 이미 안다는 말이 아닐까.

마음의 들판이 거대할 때 선물처럼 피어나는 것들은 얼마나 많을 것인가. 그러고 보면 우리에겐 이쁜 것들이 오죽 많은가. 그 시선들이, 그 기운들이 기실 우리를 존재하게 하는 힘인 것이다. 수선집 할머니의 소박한 행복은 우루과이의 무히카 대통령의 정직한 실천과 다르지 않다. 또한 아이티의 대통령이었던 장 아리스티드의 존엄한 가난과도 같은 것이다. 가난해도 거대한 들판을 품은 사람들은 생명의 능력을 깨닫게 한다. 삶이 서로의 응시로 연기되어 있는 기적의 풍경은 사실 주변에 늘 펼쳐져 있다.

소유에 집착하고 있는 일상은 얼마나 부끄러운가. 돈을 쓰는 방식을 보면 그 사람을 알 수 있다. 번 돈으로 자기 삶을 사는 사람이 있고, 이웃과 함께 사는 사람이 있고, 우주적인 삶을 사는 사람이 있다. 충분히 먹고살 만한데도 빈곤의 늪에 빠져든 현실. 힘들 때마다 수선집 모서리에 줄줄이 놓였던 작은 화분들을 떠올린다. 우리 속에 들판을 가진다는 건 보이지 않는 존재의 힘을 감지하는 능력을 말한다. 이 극단의 시대에 중심을 잡게 하는 작은 풍경. 세상은 충분히 아름다울 수 있음을 다시 배운다.

강, 가장 오래된 연애편지

신성한 원본을 따라 읽다

강가에 서면 마음은 저절로 맨발이 된다. 푸른 물빛을 한참 따라
가면 가장 본래적인 제 영혼의 물비늘이 들여다보이는 것이다.
순수한 진실을 기억해낸다는 점에서 강은 오래된 연애편지이다.
그 빛바랜 갈피는 매일 읽어도 가슴 설레고, 새로운 눈물로 맺힌
다. 하여 강은 모든 은유의 원천이다. 삶도 죽음도 사랑도 혁명도
시간도 강물에 투사된다. 신성한 원본이라고 할까. 하지만 늘 새
로워지는 사랑으로 강은 아득한 태고를 완성하며 우리 무의식을
흐르고 있다.

도도하고 유장한 물살로 강은 인간의 서정과 역사를 관통한
다. 인류 이전에 이미 강은 쉬지 않고 생명의 파문을 그려왔다.
그 진동은 늘 어딘가에 닿고 넘치며 동시에 그곳의 목숨을 추어

올려 다시 출발한다. 유연하게 산맥을 안고 돌며 거대한 물결을 만든다. 물길, 손때 묻은 태엽시계처럼 삶의 흰 여백을 가로지르며 존재감을 일깨우는 그 살아있음, 살아 흔들림. 굽이마다 여울지는 어떤 共鳴이 물날개 반짝이며 이 지상의 풍경을 세우고야 만다.

창세기에는 에덴동산에서 발원한 네 개의 강이 동서남북으로 흐른다. 첫째 강 비손은 '쏟아져 나옴' '넘쳐흐름', 둘째 강 기혼은 '터져 나옴', 셋째 강 힛데겔은 '급류' '빠름', 넷째 강 유브라데는 '돌진'을 뜻한다. 모두 역동적이고 충만한 생명감을 보여주는 이름들이다. 이처럼 강은 고이는 막막함이 아니라 방향성을 가진 줄기찬 흐름이다. 넘쳐흐르고 터져 나오고 빠르게 돌진하는 세찬 맥박인 것이다.

이 맥박은 합일과 순환, 정화를 이루며 생명을 잉태하고 기른다. 창세에서부터 흐른 강이 산복도로 스티로폼 화분 채송화에게 도착한다. 고대 신전을 돌아온 강은 네 살배기가 받쳐 든 우산에 봄비로 떨어진다. 그런 마주침을 통해 우주는 계속 창조 중이 아닐까. 흐른다는 것은 곧 돌아옴이다. 끝없이 흐르고 흐르면 가장 본래적인 제자리에 닿는다. 바로 지금 여기이다. 산양이 물고기가 되고, 물고기가 구름이 되고, 구름이 찔레꽃이 된다. 이 순환은 태양계가 탄생한 이래 끊임없이 지속되어 온 우주의 비밀이다. 이 비밀은 그림동화책만큼 상쾌하지만, 그 靜中動의 변주가 언뜻 그리 가볍지만은 않으리라.

그 노래 같은 물결은 삶과 죽음의 경계를 넘나든다. 탄생과 소멸을 함께 품은 성품 자체로 강물은 淨化이다. 정화는 물의 여여한 흐름. 장독대에 떠 놓던 정화수나 힌두인들이 몸 담그는 갠지스강물도 그렇고, 그리스 신화 속 저승의 강들이나 중생의 목마름을 없애준다는 관음보살의 감로수도 마찬가지이다. 정화의 식 속에 '죽음과 재생'이라는 삶의 원형이 오롯하다. 차안과 피안의 경계를 넘는 그 회귀적 흐름을 통해 인간은 존재의 질서를 배웠다. 하여 강은 순리를 표상하는 아름다운 상징이었다.

어떤 강물이든 처음엔 맑은 마음

가벼운 걸음으로 산골짝을 나선다.

사람 사는 세상을 향해 가는 물줄기는

그러나 세상 속을 지나면서

흐린 손으로 옆에 서는 물과도 만나야 한다.

이미 더럽혀진 물이나

썩을 대로 썩은 물과도 만나야 한다.

이 세상 그런 여러 물과 만나며

그만 거기 멈추어 버리는 물은 얼마나 많은가.

제 몸도 버리고 마음도 삭은 채

길을 잃은 물들은 얼마나 많은가.

그러나 다시 제 모습으로 돌아오는 물을 보라.

흐린 것들까지 흐리지 않게 만들어 데리고 가는

물을 보라 결국 다시 맑아지며

먼 길을 가지 않는가.

-도종환, 「멀리 가는 물」에서

깊은 산골짝에서 싹눈처럼 솟은 물방울이 천천히 물살을 입고 긴 여정에 나선다. 풀숲을 적시다가 작은 목숨 하나하나 보듬다가 햇살과 바람까지 포괄하며 고즈넉한 물빛을 이룬다. 온유하게 흐르던 강은 문득 굽이치고 몸을 뒤틀어 그예 거대한 품을 이루고 아득한 세상을 향한다. 흐린 것을 데리고 가며 맑아지는 그 유유한 줄기가 상선약수上善若水라는 노자의 지혜를 낳은 것이리라. 농경사회를 벗어나면서 문명은 강을 풍경으로 만들었으나, 강은 인간의 가슴 속으로 흐르며 정신의 물둥치를 이룬다. 풍경이 가장 풍경다울 수 있는 건 우리가 그 풍경을 어떻게 건너느냐에 있지 않을까. 하여 강은 무수한 함의와 상징으로 인류 예술의 모태가 된 것이리라.

강은 가장 원형적인 섭리이고, 우리를 기르는 어머니였다. 흔한 비유로 우리가 빨던 젖줄이었다. 신화적으로 강은 수신이 거처하는 성역이었고, 신성한 모태였다. 동시에 생명의 역사를 세우는 근원이었다. 시험 답안지에 쓰던 문명의 발상지 네 개의 큰 강도 그렇거니와, 주몽을 낳은 유화부인은 강의 신 하백의 딸이었으며, 쫓기던 주몽도 물고기와 자라의 도움으로 강을 건너 고구려를 세웠다. 바리데기는 부모를 살리려고 천신만고 끝에 강을 건너 생명수를 얻는다. 히브리인들은 홍해를 건너고 요단강을 건너서 제 역사를 세운다. 강을 건너는 사람들. 그것이 역사이다. 인류의 역사는 강을 건너는 일이었다. 무수한 강을 건너면서 인류는 풀씨처럼 퍼졌으며 제각각 아름다운 별자리로 자랐다. 강을 건넌다는 건 새로운 통찰력을 갖는 일이었고, 꿈꾸는 함성이었으며, 지평선을 여는 모험이었다. 곧 일상적 자아를 극복하고 타자에게 닿은 형식이며 또한 세계를 이해하는 일이었던 것이다.

> 울음은 강을 만들었다
> 너에게 가려고
>
> —안도현, 「강」에서

흐른다는 것은 우연한 타자와 끊임없이 필연을 만들며 생명의 사슬을 잇는 일이다. 흐름 속에서 타자성은 생명성으로 전향된다. 흐름은 타자에게 귀를 기울이는 일이며, 다른 사람을 다르게 존재하게 하기 때문이다. 그 다름을 배우는 방식, 나눔을 실천하는 흐름은 곧 조화이며, 강은 늘 조화였다. 이 열린 흐름이 강을 언제나 기적으로 만들며, 모든 만남을 감동의 수원지로 이끈다. 이 수원지는 결국 타자의 심층에 닿아 있다. "모든 생물은 친밀하게 연결되어 있고, 이 친밀함으로부터 동일시의 능력이 나오며, 그 자연스런 결과로서 비폭력이 실천된다." 심층 생태학자 아르네 네스의 말처럼 사람과 식물, 사람과 동물, 사람과 사람,

미생물까지 오래된 한 흐름에 관련해 있으며, 서로를 지향하는 강물인 것이다.

생명체가 존재하는 방식에는 경쟁과 공생이 있다. 경쟁에서 이기는 것이 살아남는 방법이라고 쉽게 생각하지만 사실 그 반대다. 대상을 끌어안는 것이 진정한 진화이다. 모든 험준한 사랑이 오히려 잠재력으로 충만하듯, 우리가 가진 '함께'의 능력 또한 그러하다. 공생의 바탕은 인간 내부의 창조성에 대한 믿음 자체이며 동시에 본래의 깊이를 회복하려는 기도이다. 공생이란 결국 관계성, 곧 공동체의 회복을 말한다. 바로 화엄 세계인 것이다. 들판을 가로지르며 구불구불 온갖 생명을 키워온 강. 그 순환의 질서는 거대한 산맥을 푸르게 가꾸었다. 강을 길어 먹는 모든 삶과 꿈에 '함께'는 근원적인 축복으로 작용한다. 하여 강은 삼라만상 자궁의 양수이고, 어린 족제비의 피이고 물푸레의 수액이었던 것이다.

"개울과 강을 흐르는 이 반짝이는 물은 그저 물이 아니라 조상들의 피다. 이 땅이 거룩한 것이라는 사실을 기억해 달라. 거룩할 뿐만 아니라 호수의 맑은 물속에 비친 신령스러운 모습 하나하나가 우리네 삶의 일들과 기억들을 이야기해주고 있음을 아이들에게 가르쳐야 한다. 물결의 속삭임은 우리 아버지의 아버지가 내는 목소리이다. 강은 형제이고 우리의 갈증을 풀어준다. 카누를 날라주고 자식들을 길러준다. 만약 우리가 땅을 팔게 되면 저 강들이 우리와 그대들의 형제임을 잊지 말고 아이들에게 가르쳐야 한다. 그리고 이제부터는 형제에게 하듯 강에게도 친절을 베풀어야 한다."

19세기 후반 홍족 인디언 추장이 미국 대통령에게 보낸 편지글 중 일부이다. 인간이 자연과 어떻게 공존할 것인가. 지구를 운행하는 겸허한 자세, 지극한 연대감을 강물을 통해 전하고 있다. 이 지속적인 상호성이 역동적인 우주를 만드는 게 아닐까. 호모 심비우스, 공생할 줄 아는 인간이 21세기의 새로운 인간상이다. 공존할 줄 아는 인간만이 살아남는다. 공생이란 강물을 함께 길어 먹는 것이다. 아름다운 4대강은 왜 콘크리트에 갇혔는가.

물고기가 사는 곳에 사람이 살아

자연은 조화이다. 하늘과 대지와 숲이 완성하고 있는 건 고요한 평화이고 그 속에 영혼들이 자라고 있다. 하지만 강은 계속 개발되면서 강호사시가가 저절로 읊조려지는 고즈넉한 풍광이 너덜너덜해지고 있다. 존재의 질서가 뭉그러지며 조화가 깨지고 있다, 인간의 무모한 망상이 무한 풍요를 집어삼킨다.

강과 습지에 서식하는 동식물들은 그동안 공장노동자들처럼 높은 생산성을 올리면서 일했다. 오염물질을 흡수하고 폐기물을 분해하고 신선한 물을 생산했다. 주기적으로 발생하는 홍수도 마찬가지다. 수로를 형성하여 퇴적물을 분배하고 수서생물들에게 중요한 서식지를 제공하는 홍수는 생물종의 다양성에 독보적인 공신이다. 자연의 맥박을 이해한다는 건 얼마나 절실한가. 과연 어떤 기술로 인간이 그 미세한 기능들을 모방할 수 있을까.

꾸구리나 수달, 흰수마자, 얼룩새코미꾸리, 흰목물새 떼, 단양쑥부쟁이 등 야생동물이나 희귀종 식물들이 급격히 멸종 위기에 처했다. 수서생물들이 필사적으로 도망하다 아우성으로 스러지는 중이다. 도대체 그 아우성을 듣지 못하는 있는 귀들이 있다는 게 믿기지 않는다. 자연의 영역과 속도를 거역하는 행동, 생명을 방치하는 그 무례함 속에는 천박한 잣대를 가진 뻔뻔한 자본주의가 있다. 돈의 좀비가 되어 기계적으로 반동할 뿐인 의식들이 정말 전쟁보다도 공포스럽다. 강은 애초 우리가 따라 흐를 길이 아니었던가.

흐르는 것이 물뿐이랴//

우리가 저와 같아서

강변에 나가 삽을 씻으며

거기 슬픔도 퍼다 버린다.//

일이 끝나 저물어

스스로 깊어가는 강을 바라보며

쪼구려 앉아 담배를 피우고

나는 돌아갈 뿐이다.// (…)

-정희성, 「저문 강에 삽을 씻고」에서

고단한 영혼이 삽자루를 씻을 수 있는 강, 가난한 마음이 쪼그려 앉을 수 있는 강. 강은 그렇게 눈물로 괴며 천 리를 흘렀다. 강은 말 그대로 天理가 아닌가. 강이 우리에게 진리를 가르치고 격려한다. 강에 슬픔을 실어 보내고 강에서 위로를 길어 올리는 사람들. 강은 언제나 너그러웠다. 시름 많은 현실에 밀린 외로운 영혼들이 찾는 낮은 자리, 그곳이 바로 삶과 꿈이 마주치는 길목이었던 것이다. 강은 낮은 곳을 따라간다. 어디든지 낮은 자리, 낮은 마음에 길을 만들며 흘러간다. 그 올곧은 몸짓이 올곧은 민중에게 절실한 지혜와 위로가 되어주었다. 강이 실어 오는 것은 정직한 꿈이고, 강이 담아가는 것은 겸허한 영혼인 것이다.

그 나라 강의 상태가 바로 민주화 수준이라고 말하지 않는가. 자연의 가장 강력한 메커니즘은 생명의 다양성이다. 흐름은 바로 종 다양성의 신비와 그 관계를 열어준다. 갇힌 흐름은 갇힌 타자, 단절과 멸종을 낳는다. 불행은 그렇게 고이는 일에서 비롯한다. 박제화된 풍경은 경제라는 관념과 맞물려 다양성을 위협하고 모든 연대를 위협한다. 찬란했던 자연의 경이는 문명의 갑옷을 입으면서 그 빛을 상실했다. 유장한 강물에 억지 갑옷을 입히려는 행위는 재앙일 수밖에 없다. 끊어지는 생명의 사슬. 천지에 한기가 돈다. 순환적인 상상력으로 생명윤리를 다시 사유하는 게 정말 불가능할까.

강이 이 시대의 담론이 된 건 이미 전 세계적이다. 강은 바다에 이르기 전 죽어버리고 있다. 인류는 관개와 홍수 조절, 수력발

전, 생활용수 등을 위해 댐과 저수지를 만들고 강바닥을 준설했다. 제 신비를 잃은 강은 스산하다. 자본 논리에 따른 인간중심의 개발이 진즉 한계를 드러내면서 강은 죽음의 수역으로 변하고 말았던 것이다. 댐을 세우면 잃는 게 더 많다는 게 그동안의 연구 결과이다. 이에 세계는 다양한 하천 복원을 시작하고 있다.

프레드 피어스가 쓴『강의 죽음』은 64개국의 큰 강을 답사한, 전 세계의 죽어가는 강에 관한 책이다. 그에 따르면 이집트의 나일강, 중국의 황허강, 파키스탄의 인더스강 등 인류 역사를 이끌고 온 강들이 사라져간다. 19세기, 인간의 기술로 인한 댐의 건설과 수백 킬로미터의 수로 건설이 그 시작이었다. 댐과 수로에 의한 인간의 강물 통치는 150년 만에 처참한 몰락을 걷는 중이다. 강을 다스린다는 것이 자연을 거역하는 행위라는 오랜 깨달음에 겨우 도착하고 있다고 할까. 또한 피어스는 실용적인 강보다 낚시하고 여행하는 안식처로서의 강이 더 가치 있는 곳으로 평가된다고 보고한다.

최근 중요한 수식어 중 하나가 '지속가능한'이라는 단어이다. 생물 다양성과 건강한 흐름, 지속가능한 발전이란 바로 이런 패러다임에서 출발한다. 그 생물 다양성이 곧 인간의 건강성이며 생명성이기 때문이다. 강물을 강물답게 존재하게 하지 못하는 것이 우리에게 어떤 역사를 가져다줄 것인가. 갯벌 같은 천혜의 보고들이 사라지고 철새도 더 이상 보지 못할 때, 인류는 어디에 있을까. 물고기가 알을 낳는 여울을 파괴하는 행위는 과연 어떤 비용을 지불해야 할까. 물고기가 사는 곳에 인간이 산다. 강의 쇠퇴는 인간의 쇠퇴이다.

풍경 뒤의 풍경, 눈물

우리 몸에서 영혼이 가장 잘 담긴 데는 어디일까. 그건 바로 눈물이다. 고뇌와 비탄이 성숙하는 곳도, 환희와 기쁨이 소복소복 자라는 곳도 눈물이다. 곧 눈물은 생명의 숨겨진 질서를 이루고 있는 장소이다. 진정한 영성은 오직 내면의 영적 우주로부터 나오듯 눈물을 통해 존재는 숨은 비의를 발현한다.

> 강물이 모두 바다로 흐르는 그 까닭은
> 언덕에 서서
> 내가
> 온종일 울었다는 그 까닭만은 아니다.// (…)
>
> ─천상병, 「강물」에서

강은 우리의 눈물이다. 강물에 그리움을 곧잘 싣는 까닭도, 강에서 우리가 제 마음을 길어 올리는 까닭도 강이 눈물의 외부를 이루고 있음이다. 눈물은 언제나 영혼을 자유롭게 한다. 강물 또한 고정된 틀에 담기기를 거부하는 춤이고, 어떤 소속을 거부하는 투명한 지느러미를 가지고 있다. 하여 모든 자유에는 투명한 지느러미의 춤 같은 흐름이 작용한다. 이 흐름은 바로 울음의 풍경이 아닐까. 그 속울음은 바로 숨은 질서이며, 제 안의 모든 분리와 분열을 치유하는 힘이 된다.

강을 안고 흐르는 숨은 질서는 '불연기연不然其然'의 생기 그 자체이다. 그렇다와 아니다를 딱 잘라서 나누는 게 아니라 그저 굽이치고 넘쳐흐른다. 그래서 고독하고 그래서 자유하고 그래서 자연이다. '기연'은 드러난 질서며 '불연'은 숨은 질서다. 드러난 질서는 물질이고 숨은 질서는 영성이다. 두 질서는 강물의 굽이처럼 하나의 부드러운 선을 긋는다. 물질과 영성을 통합하는 이것이 동학이 주는 메시지이며, '양자 형이상학'에서 데이비드 봄이 제시하는 이론이다.

숨은 질서를 읽어낼 때 삶은 신생의 현장이 된다. 생명은 얼마나 미묘한 상호의존으로 구성되어 있는가. 이런 상호의존성이 인간을 비롯한 모든 존재를 역동적으로 만든다. 우리 안의 숨소리는 모든 생명의 내부와 긴밀히 연결되어 있는 것이다. 강은 그 하나하나의 매듭을 품고 있다. 곧 물결 하나하나가 우리가 선물받은 꽃잎이며 보석인 것이다. 테리 템페스트라는 자연 작가는 '야생은 인간이라는 것이 무슨 의미인지를, 우리가 무엇으로부터 떨어져 있는가가 아니라, 무엇과 연결되어 있는가를 상기시킨다'며 공동체 의식과 동정적 지성이 식물, 동물, 바위, 강을 포함하는 모든 생명태로 확장되어야 함을 강조한다.

모든 세계가 '생기'를 소유한 영적 존재라는 사실, 바로 강이라는 자연을 통해 인간이 이해해야 하는 숨은 질서다. 이 영성을 망각하는 순간 지상은 하나의 살벌한 정글로 타락하고 만다. 생기를 소유한 영혼임을 스스로 부인하는 순간, 이 땅은 서로 물어뜯는 터전일 뿐이며 동시에 인간은 물화되고 만다. 오늘의 생기는 서로의 눈물이고 먼저 건네는 악수이고 오래 기다려주는 일이다. 모든 생태계에는 저마다 고유한 영혼이 있다. 그 잠재성은 얼마나 절실하고 무한한가. 그에 비하면 문명의 성과는 참으로 소소하다.

　　세상의 모든 강은 나의 눈물로 흘러온 것이다. 동시에 내 눈물로 모시고 가야 할 영혼들이다. 어디든지 흘러갈 것 같은 힘. 자연이 가진 동태성은 사람의 삶과 꿈에 그대로 감응한다. 우리는 강을 건너왔다. 그렇게 강의 일상은 그대로 역사가 되었다. 강은 역사의 증인이다. 역사란 인간이 흘린 눈물의 다른 이름인 것이다. 산과 강이 유난히 섬세한 우리 금수강산은 일찍이 우리의 역사와 정신을 잘 담아왔다. 두만강과 압록강도 그렇게 우리의 상고사와 근세사를 일일이 실어 날랐다. 생활 속에서, 역사 속에서, 문학 속에서 민족의 역사와 민중의 정서를 담고 묵묵히 흘러 존재론적 상징을 이룬 거대한 우리의 강들. 하지만 금강도 낙동강도 한강도 이제 콘크리트에 갇혔다. 이제 진정 온몸으로 울어야 할 때가 아닌가.

두만강 너 우리의 강아.

북간도로 간다는 강원도치와 마주 앉은

나는 울 줄을 몰라 외롭다.

-이용악, 「두만강, 너 우리의 강아」에서

옛 시인의 외로움이 오늘날 더 절실하다. 특권 계층의 이권
에 사로잡혀 있는 현실은 얼마나 깊은 눈물을 품고 있을까. 모든
허위를 걷어내면 우리 눈물이 보일까. 물을 다스리기 전 먼저 제
눈물의 뿌리를 더듬어볼 일이다. 도대체 우리는 울 줄을 모른다.
하지만 거시정치 속 개인일지라도 나뭇잎처럼 그저 떠내려갈 수
는 없다. 결단코 한 사람의 눈물이 무의미할 수는 없다. 바슐라르
는 '순수한 한 방울의 물은 대양을 정화시키기에 충분하며 불순
한 한 방울의 물은 우주를 오염시키기에 충분한 것'이라고 역설
했다. 우리 누구나가 그 위력적인 한 방울의 물이 아닐까.

『유마경』에는 '일심청정一心淸淨 국토청정國土淸淨'이란 말이
나온다. 한 마음이 깨끗하면 온 세계가 깨끗해진다는 의미이다.
순수한 한 방울 물이 바다를 정화한다. 우리 한 사람 한 사람이
곧 순정한 물방울이 아닌가. 영성 깊은 모태 안에서 우리 또한 영
혼의 물방울로 반짝이고 있는 것을. 하여 우리는 울 수 있고 울어
야 한다. 절망할 수 있고 절망해야 한다. 내 눈물이 곧 강이므로.

인류의 피가 흐르기 전부터 대지를 굽이치던 강. 그 위대한
신화를 잃어버리면 인간은 어떻게 존재의 바다에 이를 수 있을

까. 물질에 함몰된 정신을 회복하면 강은 다시 삶의 발등을 흐를 수 있을까. 영혼의 아름다운 나침반이 될 수 있을까. 강은 우리 안의 분열을 치유하며 흐른다. 자연과 나, 신과 나, 사람과 나 사이의 분리와 분열을 적시는 신성한 그 원본의 경이. 그 속에서 우리는 강을 알게 된다. 아니 이미 알고 있었다. 흔들리는 쑥부쟁이, 헤엄치는 꾸구리를 알고 있었다. 저 아름다운 흐름을 나도 흐르는 맨발로서 다시 만날 수 있을까. 물고기들과 악수할 투명한 지느러미를 가질 수 있을까.

나에게도 분명 아름다운 꼬리가 있었다

버스에 오른 지 18시간 30분 만에야 관타나모에 도착했다. 도시가 바뀔 때마다 잠깐씩 내려 다리를 펼 수 있는 기회가 있어서인지 생각보다는 그런대로 견딜만한 여행이었다. 문제는 꼬리뼈였다. 가방을 멘 때문인지 통증이 무겁게 느껴진다. 아바나에 도착한 지 사흘째, 시차에 겨우 적응하나 싶을 때 계단에서 넘어져 꼬리뼈를 오지게 다쳤다.

　너무 아파 혹 금이라도 가지 않았나 의심하면, 설마 그 정도일까. 여기서 어떻게 병원을 가라고, 하면서 안 가도 될 법한 합리적인 변명이 떠오른다. 괜찮을 거야, 타박상일 거야. 며칠 아프다 말겠지 싶다가도, 혹 금이 갔으면 어떡하지, 하는 불안감이 스멀스멀 기어오른다. 그러다가 긴 버스 여행에 돌입한 것이다. 아닌 게 아니라, 움직일 때마다 행동이 부자연스럽다. 마음대로 의자에 기대지도 못한다. 일어서고 앉을 때 엉금거릴 수밖에 없다.

그렇구나. 내게 꼬리뼈가 있었지. 그 까마득한 예전에 꼬리가 있었지. 오랫동안 잊고 있었던 사실이었다. 꼬리뼈가 있음을 매 순간 각인시키는 우릿한 통증은 아주 오래된 것을 새롭게 발견하게 만들었다. 나의 꼬리였다. 진화된 내 몸은 아주 선명한 원시의 흔적을 그대로 갖고 있다. 우리가 부정하고 싶은 꼬리, 어떤 종의 흔적이 남아 있는 것이다. 아픈 때문인지 꼬리뼈에 대해 생각이 많아졌다.

꼬리뼈의 통증은 계속 무언가를 내게 환기시키고 있었다. 조금 몸이 안 좋으면 우선 암이 아닌가 하는 의심부터 들거나, 혹 순간적으로 불의의 사고를 떠올리거나, 또는 요즘처럼 코로나바이러스 때문에 모두들 신경이 예민해지는 두려움에 놓인다. 하지만 꼬리뼈는 좀 더 근원을 기억하라고 흔드는 깃발처럼 내게 무언가를 강요하고 있었다.

그래서 나는 이렇게 비약적인 결론을 내렸다. 인문학은 꼬리뼈를 회복하는 운동이다. 인류는 현재 꼬리뼈를 다친 채 매사를 불편해하고 자세가 흔들리고 있는 것이다. 꼬리뼈를 회복한다는 것은 존재의 원래를 기억하고 자세를 다시 바로잡는 것이다. 꼬리뼈를 다쳤다는 것은 대책 없이 교만했다는 말이고, 결국 좀 더 겸손해져야 문명은 자세를 바로잡을 수 있다는 말이다. 인문정신이란 다시 인간이 낮아지고 겸허해져서 다른 존재들을 인정하는 것이다. 그래서 다시 자연다운 인간으로 돌아가는 것이다. 지금 인간은 전혀 자연답지 못한 존재이다. 인간들에게도 한

때 아름다운 꼬리가 있었다는 말은 우리가 보다 더 원형적인 물질이라는 의미이다. 실제로 내 안의 DNA는 더 오래된 박테리아들도 기억하고 있다. 그 깊이가 얼마나 깊을 것인가.

극단적인 폭력 사회나 에너지 소비 문제, 불평등한 잣대만큼이나 대책이 없는 플라스틱 쓰레기 문제 등에 갇힌 문명이다. 인류는 무엇을 해도 이젠 안절부절못한다. 다친 꼬리뼈를 견디기 위해 무수한 AI들을 내세우지만, 설 자리를 잃어버리고 있는 북극곰에게 무슨 말을 어떻게 건넬 것인가. 이제 태어나는 아기들에게 어떤 미래를 남길 수 있는가.

평상시에도 여행을 좋아했다. 여행은 자신의 정체성을 가장 정확하게 보여주기 때문이다. 여행을 해보면 자신이 누구인지 명료해진다. 이번 여행에서도 나는 아주 보잘것없는 이방인이며 나그네에 불과한 존재임을 확인한다. 불편하고 낯선 데서 마주치는 정체성은 편하고 익숙한 데에 있던 나와는 판이하다. 그래서 일부러 불편하고 낯선 데에 나를 던지는 일은 존재의 물음에 대한 대답이 된다. 티베트의 전설적 선승 밀라레빠가 왜 '여행을 떠나는 것만으로도 깨달음의 반을 성취한다'고 말했는지 살짝 그 비의가 엿보인다.

꼬리뼈의 통증은 아마도 이번 여행 전체로 이어질 것 같다. 난 계속 의심하다가 달래다가 불안해하다가 다시 도전적으로 이삼일마다 숙소를 바꾸며 지낼 것이다. 그래서 좀 덜 먹고, 욕심을 덜며, 지구상의 모든 존재들에게, 모든 상황들에게 손을 내밀며 백년어서원을 비롯한 우리의 소유와 문화를 고민해볼 것이다.

그러다 보면 꼬리뼈는 차츰 나아지지 않을까. 내가 일상 속에서 잃어버리고, 잊어버리고 있던 긴 역사와 공존의 시간을 회복할 수 있지 않을까. 무한한 자연, 무한한 어리석음, 가장 오래된 근원이 가장 위대한 미래가 될 수도 있다. 그것이 공부를 해야 하는 이유가 아닐까.

그랬다. 나에게도 분명 아름다운 꼬리가 있었다.

자연, 흉내 내어야 하는 자유

우리는 우주적 사유로부터 자유로울 수 없다. 육체뿐만 아니라, 영혼조차 우주에 속한 존재이기 때문이다. 이는 자연으로부터도 자유로울 수 없다는 뜻이기도 하다. 사회 조건으로부터도, 역사로부터도 자유로울 수 없다. 모든 역사적, 사회적 상황 속에 내가 태어났기 때문이다. 그렇다면 자유에서 우리는 무엇을 떠올려야 하는가.

자유는 마음속에 내재하는 우주나 역사, 사회 등이 나와 하나로 조화를 이룬 것이다. 내가 자유로우려면 당연히 사회도 역사도 자연도 자유로워야 한다. 나라는 개인은 모든 현상의 집합체이며, 무수한 조건을 걸쳐 입은 실존이기 때문이다. 내 안에 있는 어느 한쪽, 내 바깥에 있는 어느 한쪽이라도 억압되어 있다면, 내가 가진 자유는 망가진 의자와 같은 기형에 불과하다. 삶과 꿈이 앉을 수가 없는 것이다. 때문에 외부 강압이 없는 소극적 자유만을 가지고는 자유롭다고 할 수 없다. 또한 제 욕구를 채우는 행동으로 자유를 얻었다고 보기 어렵다.

적극적인 자유는 우리의 자연성 안에 있다. 꿈꿀 줄 아는, 즉 비전이 살고 있는 내면에서 자유는 활동한다. 보이지 않는 것을 보는 힘을 비전이라고 할 때 광대한 우주를 감지하고 교통하는 능력이 자유이다. 하지만 문명이 만들어낸 인식과 제도는 자연과 자유를 늘 외부의 기호에서 추구하게 만들었다. 그 결과 자유의 무수한 변종들이 난무하고, 자유는 이기적이고 불확실한 개념이 되었다.

하지만 자유의 본성은 언제나 순결하다. 루소가 그리스 신화 속의 글라우스코를 통해 말한 것처럼 자연의 순수상태를 기억해야 한다. 바다의 신 글라우스코는 풍랑으로 인해 박살 나고 훼손되고, 따개비와 해초 등이 덧붙어 자라면서 흉한 바윗덩이처럼 보인다. 하지만 아무리 육신이 훼손되어도, 혼이 담긴 원래 모습을 유추해낼 수 있어야 한다. 우리는 자유의 순수를 얼마나 유추해낼 수 있는가.

수미산이라고 일컫는 카일라스 순례를 다녀온 적이 있다. 지구의 배꼽이라 불리는 이 산은 불교, 힌두교, 자이나교의 성지로 우주적 영성이 가득한 지역이다. 라싸에서 1,300km 떨어진 서부 티베트에 위치한 높이 6,714km의 성산聖山, 카일라스는 인더스강, 갠지스강 등 아시아를 적시는 4대 강의 발원지이기도 하다. 그 발치에 닿는 일부터가 머나먼 여정이었다. 북경에서 칭짱

열차를 타고 45시간. 그리고 라싸에서 자동차로 1,300km의 광대함을 가로질러야 했다. 고원지대와 초원지대를 지나고, 조금씩 고도에 익숙해지면서, 그 대지에 묻힌 산촌에 머무는 일은 우주 속 인간의 위치를 헤아리기에 충분했다.

라싸에서 서쪽으로 서쪽으로 달려 한국에서 출발한 지 열이틀 만에 해발 4,800m의 다르첸에 도착했다. 하늘 아래 첫 마을이라는 작은 동네. 여기서 55km 카일라스의 코라가 시작된다. 해발 5,600m의 설산을 따라 돌면서 티베트 작은 마을의 장례의식 천장天葬(鳥葬)을 보았다. 걷는 내내 『티베트 사자의 서』에서 말하는 중음천을 생각했다.

행운, 아님 인연이라 해야 할까. 매체로만 보아왔던 천장을 어느 산 중턱에서 마주쳤다. 천장사가 시신을 손질하는 동안 수백 마리의 큰 독수리들이 주변을 빙 둘러싸고 있었다. 천장사가 흰 가루를 묻힌 시신 조각을 독수리를 향해 흩뿌리자, 그제야 달려들어 먹기 시작하고, 독수리들은 이내 그 큰 날개를 치며 하늘을 날아올랐다. 신비로운 풍경이었다. 활짝 펼친 날개에 한 사람의 영혼을 태우고 나르는 광활한 느낌. 그 높푸름이 참 아득하고 투명했다. 그 날개에 탄 소박하고 겸허한 영혼은 정말 우주 끝 그 어디라도 갈 것 같았다. 그보다 더 맑은 자유가 있을까.

자유의 이미지는 다양하다. 피, 깃발, 함성 같은 투쟁적 이미지일 수도 있고, 숲의 고요나 저녁 안개의 정적 같을 수도 있다. 허나 천장을 보고 온 내게 자유는 독수리의 날개를 타고, 아득히

날고 있는 영성 이미지로 강렬하다. 이 자유가 우리 영혼을 진화시키는 힘이 아닐까. 육신이 새 먹이로 돌아가는 순간은 숭고했다. 죽음은 자연의 맛있는 양식으로 돌아가는 일이다. 그야말로 큰 어리석음이다. 평생 뜯어먹은 풀들이나 잡아먹은 야크들에게 미안한 육신, 다시 양식이 되어 자연으로 돌아가는 길만큼 아름다운 풍경도 없을 것이다. 사진 촬영 금지라는 당부도 있었지만, 나는 장례가 엄숙하게 다가와 마음이 기도로 가득해졌다. 순간 자유로웠다. 몰래 셔터를 누르느라 정신없던 일행들은 그 자유를 느꼈을까.

카일라스를 돌아 나오니 눈 덮인 설산이 이어졌다. 하루를 그렇게 달리니 양 떼 많은 초원이 이어졌다. 다시 하루를 달리니 산과 구릉을 넘으며 고원이 끝없이 펼쳐진다. 거대한 대지를 하염없이 달린다는 것도 축복이며 공부이다. 오래된 나도, 다시 태어날 나도 그 실체가 없음을 다시 깨달아야 했다.

하지만 무상이란 얼마나 아름다운가. 자연을 살아가는 그들의 자유를 이해했다. 죽음은 가장 분명한 자연이었고 자유였다. 그렇게 인간은 우주적 존재임을 남은 세대들에게 증명한다. 그래서 남은 자들은 모든 것을 더 사랑할 수 있음이니.

반려종 인간 그리고 툴루세

생태 황폐화로 지구가 소용돌이치고 있다. 훼손된 지구에서 인류는 계속 미래를 건설할 수 있을까. 현재 우리가 살아가는 지질시대는 마지막 빙하기가 끝난 뒤부터 시작된 홀로세Holocene (충적세)이다. 2000년 대기화학자 파울 크뤼천은 현세를 인류세 Anthropocene라고 명명했다. 현시대를 성찰하게 만드는 이 용어는, 직면한 전 지구적 위기가 인류 스스로 만든 문제라는 사실을 강조한 개념이다.

다른 한편 환경사학자 제이슨 무어는 '자본세Capitalocene'라는 용어를 제안했다. 기후변화 및 생태학적인 엄청난 변화를 초래한 것은 이윤을 위해서라면 무엇이든 해버리는 강력한 힘인 '자본'이라는 것이다. 그 외에도 '반인간세', '엔트로피세', '열세', '죽음세', '탐식세' 등 대안적인 이름들이 고찰되기도 했다. 이런 논의는 그만큼 인류가 지구적 삶에 횡포였음을 증명한다.

생물학자이자 문화비평가, 페미니스트 이론가인 도나 해러웨이는 여기서 한 걸음 더 나아갔다. 지구 및 모든 존재들과의 관계를 재구성하는 도발적 용어로 '툴루세Chthulucene'를 제시했다. 인류세는 생태중심주의를 제시하지만 인간중심주의가 깔려있고, 그 정도로 인류가 중심적인 존재는 아니라는 것이다. 툴루세는 chthulu와 cene을 붙여 만든 신조어이다. 이 단어는 그리스어 크토니오스(χθόνιος, khthonios, 지하세계)에서 온 것인데 땅속에 사는 신화적인 존재들을 가리킨다. 그 땅속의 것들은 가령 가이아, 나가(힌두교 신화의 뱀), 탄가로아(마오리 부족의 바다신), 테라, 파차마마(잉카 대지의 여신), 메두사 또는 도깨비나 지렁이, 심해어일 수도 있는, 보다 근원적인 미지의 세계를 일컫는다.

툴루세는 지구 생존 가이드로, 인간과 비인간이 어떻게 연관되어 있는지 적절하게 설명해준다. 1985년 유명한 「사이보그 선언」을 통해 새로운 시대를 열었던 해러웨이는 자신이 포스트휴머니스트가 아니라 퇴비주의자compost-ist라 한다. human이 아니라 humus(퇴비, 두엄)가 더 중요하다며, 인문학humanities보다 더 중요한 것이 퇴비학humusities라고 언급하기도 했다. 퇴비나 두엄은 여러 미생물과 작은 벌레들이 조화를 이룬 미시생태계이다. 퇴비는 군림하지 않고 주인 행세를 하지 않고 조용히 생명의 원동력으로 작용한다. 버려지고 배설된 것 속에서 생명을 발효시키는 것이 바로 두엄이다. 그 놀라운 힘이야말로 이 시대의 지질학을 잘 표현해 준다는 게 해러웨이의 주장이다.

툴루세의 특징을 보여주는 또 다른 핵심 개념은 '함께 만들기'이다. 세포막과 생명 유지 요소들이 세포 안에서 스스로 만들어진다는 자체생성이란 개념의 한계에 해러웨이는 주목했다. 실제적으로 세포 하나가 홀로 살아남는 것은 불가능하다고 말한다. 끊임없이 주변과 에너지를 교류해야 한다는 것이다. 세상 모든 존재는 끊임없이 타자와 교섭하고 상호작용하면서 함께 만들어진다. 때문에 툴루세는 자체생성보다 오히려 '함께 만들기'란 개념을 옹호한다. 이는 린 마굴리스가 『공생자 행성』에서 언급한 '세포내공생'이란 개념에도 닿아있다. 결국은 공생이 핵심이다. '스스로 만들어내기'가 아니라 '함께 만들어가기'가 미래의 모습이라는 것이다.

인간도 마찬가지이다. 거대한 지구를 지탱하고 있는 땅속 미지의 것들 덕분에 살아간다. 흙과 물과 공기 속에 함께 어우러져야만 비로소 생명을 유지할 수 있는 것이다. 그것이 '툴루세'이다. 인공지능이니 블록체인이니 하면서 새로운 기술이 모든 것을 해결할 것 같지만, 정작 지진과 태풍 등 자연 재난에는 속수무책이다. 지구 시스템 전체를 작동시키는 막대한 문명도 거대한 지구 가이아 앞에서 사실 한 조각일 뿐이라는 말이다. 우리는 함께 어우러져야 비로소 살아갈 수 있는 존재들이다. 조금 더 주위를 살펴본다면 우리가 온갖 벌레들과 낯선 것들과 함께 있는 툴루세를 새삼 발견할 수 있다. 땅속이나 심해에서 살아가는 낯선 존재든 지렁이든 퇴비 속의 미생물이든, 우리가 추구할 가치는 '함께 살아가기'일 것이다.

생명 연대는 이 시대에 우리에게 던져진 과감한 질문이다. 이제 '반려'를 적극적으로 사유해야 할 시점에 이른 것이다. 더불어 산다는 것은 이해할 수 없는 타자를 이해하는 데에서부터 출발한다. 해러웨이는 상대편 없이는 존재할 수 없는 종들, 자연문화적 역사를 공유해온 종들을 '반려종'이라 부른다.『어린 왕자』에 나오는 여우와 어린 왕자처럼 반려종은 대개 길들이기를 통해 관계를 맺는다. 하지만 여기서 누가 누구를 만들고, 누가 주체이며 대상인지는 불분명하다. 이젠 '반려 인간' 즉 '반려종 인간'이 분명한 시점이다. 그런 의미에서 해러웨이가 「반려종 선언」(2003)에서 다루고 있는 종과 종의 경계에서 작동하는 공진화 coevolution는 새로운 삶과 정치를 보여준다. '포스트휴먼' 또는 '트랜스휴먼'란 말을 뛰어넘어 더불어 존재하는 혼종으로서의 사이보그가 지금 우리 모습임을 강조한 것처럼, 이 선언에서도 반려종을 비롯하여 다른 종들과 함께 살아가는 인간을 깊이 있게 성찰한다. 인간과 동물과 사이보그에 관한 전복적 사유는 우리에게 새로운 영감임에 분명하다.

큰 틀로 보면 과학 역사는 인간이 중심이라는 믿음에서 점점 더 벗어나 보편적인 것으로 진행되었다. 인간과 지구가 세상 중심이 아니라는 탈인간중심주의가 과학적으로 증명된다는 말이다. '코페르니쿠스적 전회'는 고대 자연철학 이래 2천 년 가까이 믿어온 지구중심설에 근본적인 혁명을 가져왔다. 이후에 우주에 관한 많은 연구가 있었다. 우주 모습을 기준으로 보면 모든 중심이 인간과 지구에 있다가 점점 태양으로, 태양계로, 우리 은하로, 다시 수많은 은하로 퍼진 지금으로 전개되었음을 볼 수 있다. 박물학 또는 자연사의 전통에서도 마찬가지이다.

조화를 이루는 큰 어리석음이 절실한 지혜일 수밖에 없다. 물질주의의 소외와 불화와 부조리 사이로 코로나 블루가 번지면서 감염시대가 본격화되고 있다. 빙하가 녹고, 빙하에 갇혔던 순록의 뼈에서 바이러스들이 나온다. 지구 온도가 100년 만에 1도 올라갔다는데 전 세계의 기후는 산불과 홍수로 이어진다. 공존과 연대, 평화라는 개념들은 차이를 인정한다는 말에 다름 아니다. 사물에게서조차도 생명을 감지할 때 우리에게 미래가 있다. 인간도 반려종임을 배울 때, 툴루세를 이해할 때 우리는 우주적 존재를 이해할 수 있기에.

서사적 능력을 위하여

몇 년 전 울란바토르의 한 공연에서 몽골 서북부 음악인 흐미 (Hoomii, 목 노래)를 처음 들었다. 거대한 산맥을 연상시키는 장중한 울림의 저음은 충격적이었다. 알타이산맥에 기대 발달한 흐미는 목을 사용한 독특한 성악이다. 그 예술성과 가치성 때문에 인류무형문화유산으로 지정된 흐미는 거칠면서도 장엄한 서사시가가 주를 이룬다. 민족성의 표현, 민족의 기원과 고난과 극복의 역사에 대한 것들이 많기 때문이다. 흐미는 만물이 창조된 시초부터 시작되었으며, 인간이 산과 강, 동물 소리와 그 메아리를 흉내 낸 첫 멜로디라고 한다.

　서사를 기억한다는 것은 전체와 근원을 생각한다는 말이다. 서사적 상상력은 역사와 민족, 우주를 돌아본다는 통찰력에서 비롯한다. 삶의 서사란 장대한 通의 세계이다. 그래서 서사는 모든 예술의 뿌리였다. 가장 거대한 서사는 흙이고 하늘이다. 내

발밑에 닿은 일 센티의 흙은 얼마나 광막한 서사이며 한 점 구름 또한 얼마나 장엄한 서사인가.

구전으로 내려오는 서사적 상상력, 그것은 인간과 운명, 생명의 관계를 듣고 전하는 아름다운 능력이었다. 서사의 기원이 된 『길가메시』, 『그리스 신화』 모두 구전으로 내려오던 목소리의 힘이었다. 그것은 어떤 울림에 귀를 기울이는 능력이기도 했다. 그 호기심이 새로운 창조로 거듭나면서 문명을 끌어낸 서사가 되었다.

그 서사적 전통이 사라지고 있다. 사람들은 이야기라는 근원적 능력을 망각 중이다. 서사가 무너지고 있다는 건 우리가 사건을 잃어버렸다는 말과 같다. 극단적인 이기주의와 무관심 때문이다. 감응하지 못하는 삶의 구조 때문이다. 서사란 존재와 존재의 마주침에서 일어나는 사건의 흐름이다. 누군가 외치는 목소리가 사건이 되어야 하는데 사건이 되지 못하고 묻히는 시대를 살고 있다. 동시에 청각도 잃어버렸다. 누군가의 이야기를 듣는 능력도 잃어버린 것이다. 너도나도 자기 말에만 바쁘다.

황현산 교수는 한 사회의 서사 능력은 관용의 능력과 비례한다고 했다. 그 말에 깊이 공감한다. 동시에 그 사회의 서사 능력은 공존의 능력과 비례한다고 믿게 된다. 공존에 필요한 것은 교감이며, 교감에는 감수성이 필요하다. 여기엔 생명 세계를 通으로 감지하는 교육이 우선이다. 개인으로 쪼개진 오늘날 현실은 공동선이라는 서사적 상상력을 길러낼 수 없다. 우주와 타자와 내가 어떻게 서로를 관통하고 있는가를 감지하는 상상력이 어떤 가르침보다 절실하다.

인간은 자신이 감응하는 만큼 삶의 서사를 만든다. 무궁무진한 서사들이 가능성과 다양성으로 우리 일상 속에 숨어 있다. 이 잠복해 있는 서사들을 발견해내는 것이 바로 통찰력이다. 인간과 서사는 어떻게 영향을 주고받는가. 어떤 방식으로 일상에서 서사들을 발견할 것인가. 근원을 향한 기억으로 회귀하려는 이 통찰력을 아이들에게 선물할 수는 없을까.

서사에는 용기가 필요하다. 스토리텔링이 유행이지만 서사란 단순한 이야기의 능력이 아니다. 서사는 사물화되고 도구화된 세계, 자연 및 사물까지도 살아있는 생명체로 부활시키는 힘이 있다. 이야기의 동력은 우주를 향한, 자연을 향한, 인간을 향한 새로운 질문이어야 한다. 동시에 웅대한 대답이어야 한다. 물론 서사와 서정은 다 우주적 리듬을 가지고 있기에 역동적으로 감응한다. 자신의 존재 탐색을 위한 서정성 또한 인정해야 한다. 하지만 서사를 잃어버리고 서정에만 빠진 사회는 개인적이다. 기교에 그치고 만다. 서사적 가치는 결국 삶을 어떻게 소비할 것인가, 또한 어떤 윤리와 실천으로 살아갈 것인가의 문제이다. 내 죽음 이후의 휴머니즘까지 고뇌하는 용기가 서사적 상상력의 뿌리인 것이다.

알타이산맥은 한국인들의 정신적 고향이다. 신석기와 청동기의 유적지 분포나 아리랑, 우리 고유 설화들도 그것을 설명하고 있다. 언어학적으로 알타이어족인 우리는 알타이의 광대한 서사인 것이다. 알타이의 웅혼한 기상을 담은 흐미와 같은 서사 시가와 그 목청들이 우리 속에도 흐르고 있지 않을까. 함석헌 선생이 『씨올의 소리』에 담은 아래 음성은 우리가 가져야 할 서사적 시각을 보여준다.

> 짜증 내지 맙시다. 원망 맙시다. 그보다는 큽시다. 미운 바위와 실랑이를 하다간 푸른 바다엘 못 갑니다. (…) 증자는 '선비는 짐은 무겁고 길은 멀다고, 그렇기 때문에 마음이 넓고 거세야 한다'고 했습니다. 우리 짐은 전체요 우리 길은 영원한 역사입니다.

공부의 방향을 잘 보여주는 문장이다. '그보다는 큽시다'라는 말을 늘 생각한다. 바로 큰 어리석음을 말한다. 바다로 가야 할 물길이 산 중턱에서 바위가 밉다고 실랑이를 하는 것은 공부가 될 수 없다는 말이다. 뜻을 더 큰 데에 두고 마음을 넓게 하고 흘러야 한다는 것. 그 흐름이 공부의 실천과정이며 큰 어리석음의 완성이다.

얼굴을 찾아

"네가 무엇을 하였느냐. 네 아우의 핏소리가 땅에서부터 호소하느니라." 인류 최초의 살인자 가인을 향한 신의 목소리이다. 봄빛이 점점 환해지는데, 바람 자락마다 연두색 물기가 도는데 그 쟁쟁한 음성이 귀에 섬뜩하다. 보이지 않는 바이러스와 기후재난이 당혹스럽다. 무엇을 잘못한 것일까. 내가 누리는 문명이 얼마나 많은 살해를 딛고 있단 말인가.

　바람결에 닿는 어떤 응시들. 자연의 얼굴을 외면한 문명의 얼굴일까. 사람의 얼굴을 외면하고 있는 자본의 얼굴일까. 땅 밑으로 스미고 있는 그 핏물이 마치 우리 핏줄을 흐르는 듯해 어떤 햇살도 따뜻하지가 않다. 제 몸에 어떤 나쁜 영향을 미칠까에만 전전긍긍하는 우리가 더 두렵다. 그러면서 정작 자본주의의 침탈에 대해서는 무심한 소비적 실존이다. 기술적 해결책만 찾는 모습들이 마치 수렁에 빠진 벌레처럼 캄캄하다.

봄이면 누구나 신생, 또는 부활을 생각한다. 얼음이 풀리고 햇빛에 온기가 돌면 불현듯 우주의 오래된 질서를 기억해내는 걸까. 그러면서 신생의 비밀, 부활의 어떤 촉수를 엿보고 싶어 한다. 어떤 환희가 괜히 우리를 설레게 하고, 그리운 누군가가 모퉁이에서 기다리고 있을 것 같다. 그러나 그 모든 생명감이 오히려 이제 민망한 감염시대. 뭔가 결단해야 할 것 같은 백척간두를 느낀다. 무언가 새로워져야 한다는 '신생'에 대한 부담은 맵고 맵다.

얼굴을 알아본다는 건 기억의 뿌리와 예감의 우듬지를 갖는 일이다. 그 지각은 끊임없이 흐르는 푸른 물관 같다. 모든 신생은 얼굴을 알아보는 일에서 시작한다. 추억을 상실하고서야 새로울 수 있을까. 신생과 부활의 의미는 조금 다르다. 신생은 전과 매우 다르게 새로워지는 것이다. 반면 부활은 다시 살아나는 것, 쇠퇴한 것이 다시 성해지는 것이다. 부활의 순환성에 비해 신생은 창조가 느껴진다. 신생에 좀 더 전복적인 사고가 출렁인다.

자유를 활용하고 있는 환멸과 확신, 절규와 찬미, 불충분한 언어와 불평등한 가치 속에서 문학은 어떤 얼굴을 하고 있는가. 얼굴이란 무엇일까. 타고난 천성을 대변한다고 하지만 얼굴이 진리일 수 있을까. 얼굴은 리얼리즘일까 모더니즘일까. 의식적인 독서들이 만드는 얼굴들은 무표정하다. 편협과 거짓으로 가면이 된 얼굴을 우리는 지식이라고 부르는 걸까. 얼굴은 언어를 담는 그릇이며, 영혼과 시간의 형식이다. 모나리자의 미소에서부터 피카소의 우는 얼굴까지, 영화 속 비비안 리의 눈빛이나

E·T의 눈빛 등 깊은 응시에서부터 작은 반짝임까지 얼굴은 얼마나 많은 영혼을 구성해왔던가. 다양한 장르에서 얼굴은 삶과 죽음을 표기하는 아름다운 제재며 주제였다.

누군가는 신화 속 히드라를 자본주의라는 헤라클레스와 맞선 다중의 역사로 써 내려갔다. 히드라, 하면 아홉 개 얼굴마다 담긴 생생한 투쟁들이 떠오른다. 욕망이든 혁명이든 그건 치열한 자신만의 얼굴이었다. 하지만 과연 이 시대의 다중은 얼굴을 가지고 있기라도 한가. 다중이 가진 저항성은 이제 소비적 구조 앞에 꺾여버린 것일까. 아니면 플라스틱 꽃처럼 향기 없는 형태로만 남은 것일까. 그 다중을 좇아가는 영혼은 제 표정을 가지고 있는가. 넘쳐나는 풍요와 채울 길 없는 궁핍 속에서 우리 얼굴은 철저히 모자이크화 되고 있다.

부처의 얼굴과 사탄의 얼굴 모두 이제 하나의 표상일 뿐. 우리는 얼굴 없는 시대에 산다. '얼'이 깃든 '굴'이 얼굴이라고 믿던 때가 있었다. 얼굴은 스스로 그리는 초상화이면서도 사회적 심리를 꿰뚫고 흘러가는 지하수라고 한다. 심연이었던 얼굴은 이미지 시대가 되면서 점차 실용성을 위해 왜곡되고 해체되는 중이다. 실제로 우리는 자신의 얼굴을 한 번도 보지 못하고 죽는다. 거울에서 만나는 건 물질에 반영된 이미지일 뿐이다. 하지만 에로스의 얼굴을 보려고 온갖 것을 무릅쓴 프시케처럼 우리는 진실한 얼굴이 간절하다.

현대인은 제 얼굴을 감추고 버리고 고친다. 인간의 자존과 거기에 담긴 사회의 어떤 기록을 파괴하는 것이다. 제 얼굴을 지우는 것, 제 얼굴을 잊어버리는 것이 근본악이 아닐까. 많은 철학자들은 근본악을 규정하려고 했다. 칸트는 인간성을 타락시키는 경향을 근본악으로 보았다. 레비나스는 타자를 배제하는 것이 근본악이라고 보고, 타자를 환대하는 힘만이 근본악을 넘어선다고 강조했다. 한나 아렌트는 인간이 필요 없는 유토피아를 건설하겠다는 목표 아래 자신을 끊임없이 실험대상으로 삼으며, 불가능한 것을 가능하게 만들고자 하는 과학기술의 힘을 문명의 근본악으로 규정한다.

현대인은 하나같이 미인의 미소를 가지고 있지만 내면 표정은 기괴하다. 불안과 공포, 분노로 표정마다 우스꽝스럽고 슬프다. 프란시스 베이컨의 그림 속 얼굴들이 외려 진실이다. 최초의 살인, 그 가해자를 살려둔 걸 보면 신은 우리에게 근본악을 실존의 숙제로 준 것인지 모른다. 처절하면서도 허탈한 현대의 표정 속에 극명하게 드러나는 타락하고 과장되고 좌절된 정신과 영혼들. 그래서 우리가 가진 건 프랑켄슈타인이라는 괴물의 얼굴이던가. 족쇄에서 벗어날 수 없는 자아와 분노 말이다. 하지만 프랑켄슈타인의 눈빛이 얼마나 슬펐던가를 기억해보자. 소통은 결국 말이 아닌 얼굴인 것이다. 얼굴들이여, 반발하라, 의문하라, 절규하라, 용서해야 하는 것과 용서할 수 없는 것들이 우리를 슬프게 마주 본다.

신을 부정하는 게 부활일까. 신을 긍정하는 게 부활일까. 신생과 부활은 결국 용기를 전제로 한다. 이런 용기는 자발적 포기와 맞닿아 있다. 쾌락주의자였던 에피쿠로스는 풍족해지고 싶거든 재산을 늘리지 말고 욕망을 줄이라고 했다. 욕망을 줄이는 일, 그 뺄셈은 죽음을 닮은 용기이다. 세계는 판에 박힌 호의적인 얼굴로 우리를 바라본다. 끊임없이 성형한 기계적인 얼굴이 결코 행복이 아닌 줄 우리는 이미 눈치채지 않았는가. 봄을, 가을을, 모든 계절을 핑계해서 우리 본래 얼굴을 찾아야 한다. 정신성과 인격성까지 현전하는 얼굴을 기억하자. 모조리 성형했다 하더라도 우리 안에 있던 예민한 귀와 섬세한 눈빛을 기억해내자. 땅에서부터의 호소에 귀를 기울이자.

결국 내 얼굴을 보는 것은 타자들이다. 나를 향한 타자의 응시 속에 나는 존재한다. 내 얼굴을 찾기 위해선 타자를 발견해야 하는 것이다. '지금 알 수 없으며 앞으로도 알 수 없는, 내가 완전히 파악할 수 없는 무한성으로 서 있는 타자들'이 사랑해야 할 세계임을 사르트르는 강조했다. 주변을 계산하는 건 신생도 부활도 아니다. 고만고만한 자만과 욕망들 속에서 유독 슬픔이 강한 자식새끼 하나쯤 키워내야 하지 않을까. 실체가 없어진 얼굴을 찾아가는 것이 시詩이다. 낮은 자리에 있는, 약간은 바보스러우면서 질문하는 얼굴은 늘 생명을 투시하는 언어였다. 단테는 베아트리체를 사랑하면서 사랑의 시집『신생』을 낸다. 이는 훗날 장편서사시『신곡』의 바탕이 되었다. 결국 신생은 사랑의 다른 이름이다. 결국 모든 기억과 예지가 교차되는 지점에서 신생은 푸른 잎눈을 내는 것. 배밀이하던 갓난아기가 문득 뒤집기하듯 일상이 온 힘으로 자신을 뒤집으며 출렁일 때, 새 사랑이 시작되는 것이다.

새 신발 한 켤레, 감수성과 용기

'마음 깊은 곳에 머무는 달' '인사하는 달' '나뭇가지가 눈송이에 뚝뚝 부러지는 달' '바람 속 영혼들처럼 눈이 흩날리는 달' '엄지손가락 달' '짐승들 살 빠지는 달'. 모두 인디언의 달력에서 1월을 지칭하는 말이다. 이처럼 인디언들은 자연에 동화된, 주위 변화를 미세하게 감지하면서 일상을 영위했다. 그들의 시선에는 만물들과 소통하는 영적 세계와 생명 인식이 고스란히 담겨 있다. 바로 자연적 감수성의 힘이다.

이러한 감성은 근원을 상상해내는 능력에 직결된다. 1월엔 누구나 꿈을 꾼다. 새로운 계획을 짜고, 뭔가에 도전한다. 새 365일이 도착하고, 우리 가슴은 소망으로 들뜬다. 그 희망 앞에서 우리는 먼저 인디언의 지혜를 엿볼 필요가 있다. 흩날리는 눈발 속에서도 바람 속 영혼을 볼 줄 아는 인디언들, 그들만의 감동의 수원지는 어디일까. 1월을 부르는 표현 중에도 '마음 깊은 곳에 머무는 달'에 마음이 닿는다. 마음 깊이 머문다는 것은 근원을 찾아간다는 말이다. 가장 본래적인 나는 누구이며, 지금 여기는 어디인가. 무엇을 해야 하며 어떻게 해야 하는가. 이러한 질문은 새 365일의 실꾸리를 푸는 데에 매우 중요하다.

1월 한 달, 마음 깊은 데에 머물러야 할 것 같다. 그 깊은 방에 감수성과 용기라는 두 단어가 놀고 있다. 이 두 단어는 이 시대에 우리가 잃어버린 가치들이다. 내 안을 보지 못하고 바깥에 갇혀 있다고 할까. 현재 대한민국은 현실원칙이라는 데에 꽁꽁 묶여 근시안의 삶을 살고 있다. 아무리 뛰어난 이상이나 신념도 현실원칙을 이겨내지 못한다. 이상은 인간을 인간답게 하는 가치로, 먹고사는 일로 생존하는 짐승과는 다른 혼의 뿌리이다. 우리는 현실이라는 개념 자체를 제대로 이해하지 못하고 있다. 눈에 보이는 것만을 현실이라고 착각하지만 기실 현실은 훨씬 거대하다. 시간과 공간을 넘어 숨은 질서를 이루고 모든 것이 우리가 직시해야 할 현실인 것이다.

마음 깊은 데에 조심스레 들어가 보라. 거기엔 우주적 리듬이 조용히 살고 있다. 현실이란 광대하고 생명적이며, 먹고살기 위해서 동동거리는 것 이상의 존재감으로 그득한 세계이다. 월급을 위해 일하는 세계가 아닌 것이다. 지식을 도구화하고 관계를 기능적으로 활용해서 밥을 먹은 것이 현실이 아니다. 유용함에 잣대를 맞추는 일은 영혼을 쓰레기로 만드는 삶이다. 현실은 과거-현재-미래라는 일직선으로 그어진 세계가 아니라, 끊임없이 순환하면서 무수한 연기緣起로 이어진 그물이다. 현실이란 광대한 우주와 미세한 실핏줄과 보이지 않는 박테리아로 되어있는 세계인 것이다. 우주와 박테리아는 서로 작용하는, 서로를 듣는 상호적인 존재이다.

이 교감에는 극진함이 작동한다. 극진함은 미세한 정성이 지극해진 상태이다. 마음 깊은 곳에 머문다는 건 마음을 지극하게 응시한다는 말이기도 하다. 이러한 지극함은 감수성과 용기라는 신발을 신고 있다. 하이데거는 죽음을 향한 선구적 결의를 통해 인간은 삶을 소중한 것으로 자각, 본래적인 가능성으로 기투한다고 말한다. 자신의 고유한 가능성에 책임을 지는 이 사유는 용기와 감수성에 바탕을 둔다.

감수성은 용기를 생성시키고 기르는 태반이라고 할 수 있다. 감수성은 타자를 느끼는 능력이므로 공존하는 능력이기도 하다. 타자의 고통을 감지한다는 건 큰 호수 한가운데에 일어난 일을 호수 끝자락에 닿은 파문으로도 이해하는 일이다. 아주 리듬적인 삶이라고 할까. 하여 감성이 뛰어난 사람은 잘 보이지 않는 것도 보고, 잘 들리지 않는 것도 듣고 감응한다. 반면 감수성이 떨어진 사람은 멀쩡한 것도 잘 볼 수 없고, 멀쩡한 소리도 잘 듣지 못해 삶과 사람에 대한 감응력이 형편없다.

하지만 감수성이 아무리 뛰어나도 용기가 없으면 감수성은 짠맛을 잃은 소금에 불과하다. 용기는 모든 사유의 책받침이다. 용기가 없다면 그 모든 감수성은 비굴함이 되기 쉽다. 우리 사회는 지금 가난에 대한 두려움으로 극빈과 비굴한 삶에 갇혀 있다.

칠십 억 인구가 함께 써야 하는 지구 에너지를 불과 사천만 인구가 엄청 써대는 경제적 위치에도 불구하고 모두들 물질에 주눅이 들어 있다. 용기란 무대포로 함부로 덤비는 것이 아니다. 무조건 불가능한 것에 도전하는 것도 아니다. 이 용기는 아주 세미한 능력이다. 보이지 않는 것을 볼 수 있는 시선, 바로 비전에서 용기는 비롯한다. 우주적인 리듬을 이해하고 그것을 비전으로 끌어내는 것이 용기이다. 상상력도 이상도 신념도 용기라는 바탕 위에서 실천이 되고 변화를 창출해낸다.

타자의 고통을 감지하는 일이 감수성이고, 다른 존재의 고통에 참여하는 일이 용기이다. 근원을 기억하는 일, 본래적인 우리를 상상하는 일에는 감수성과 용기가 필요하다. 지금 우리 삶은 원형적 생명 또는 자연적 영성과 너무 멀다. 용기에서 아름다움이 나오고, 창의력이 나온다. 용기에서 선량함도 이루어진다. 용기가 없으면 어떤 상상력도 선량함도 향기 없는 종이꽃과 같다. 용기가 있을 때 정직하고 공정한 사회를 꿈꿀 수 있다.

모든 정의, 모든 분노에 앞서 우선 마음 깊은 데에 충분히 들어가야 할 것 같다. 여러 불협화음은 마음 깊은 곳에 머물지 못하는 나 자신에 있음이니. 마음 깊은 데에 넉넉히 머물러 보자. 세미한 음성에 귀 기울여 보자. 거기서 나를 두드리는 가장 순수한 리듬에 감응하자. 그리고 감수성과 용기라는 새 신발 한 켤레를 신자. 그래야 우리는 새로운 꿈, 새 문을 열 수 있지 않을까. 감천感天이라는 아름다운 이치가 열리지 않을까.

문학은 쫄병이다

내 휴대폰엔 '卒'자 장기알이 달려 있다. 쫄병 정신을 잊지 말자는 의도이다. 교만하다가도 순간적으로 마음을 내려놓는 데에 도움이 된다. 남에게 지는 일에도 손해를 보는 일에도 도움이 된다. 조금 억울해도 조금 바보 같아도 견디기가 쉽다.

문학은 쫄병이다. 대장은 참 많다. 뮤즈가 문학의 대장이다. 자유도 자연도 문학의 대장이요, 정의도 평화도 그러하다. 모든 타자가 대장이다. 감동시키고 치유해야 할 모든 소외된 슬픔들도 대장이다. 문학에서는 결코 내가 대장이 될 수 없다. 자유와 정의 없이 문학은 뼈를 세울 수 없다. 평화 없는 땅에서 문학은 품격을 지킬 수 없다. 나를 응시해주는 타자 없이는 나라는 존재부터가 없다. 미학의 뿌리인 뮤즈, 그 아름다움에 헌신해야 한다. 삶의 뿌리인 역사와 시대에게 귀를 기울여야 한다. 생명의 바탕인 자연과 자유의 명령을 들어야 한다. 정의와 평화에도 무릎 꿇어야 한다. 문학은 생명 덩어리 그 자체이기 때문이다.

쫄병이란 말은 몸으로 뛰는 것을 의미한다. 문학은 책상 위의 고뇌로만 태어날 수 없다. 내 지붕 아래 불만으로만 할 수 없다. 아픈 사람이 있는 곳, 불의와 불화가 있는 곳으로 뛰어가야 한다. 소비로 얼룩진 자본주의 문화와도 싸워야 한다. 그저 반대를 표하는 게 아니라 전쟁을 해야 한다. 문학이, 문학 하는 사람이 돈을 벌 수 없는 이유이다. 벌 수 있어도 겸허와 청빈으로 절제해야 하고, 벌어도 모두 다른 사람을 위해 사용해야 한다(여기서 다른 사람에 나와 내 가족, 내 친구는 제외된다). 문학은 쫄병이므로.

그래서 문학은 아무나 할 수 있는 게 아니다. 작품을 쓴다고 다 문학이 되는 게 아니다. 자신과 싸우고 모든 억압 기제들과 싸워서 황무지에 씨앗을 뿌리는 것이 문학이고, 싹이 틀 것 같지 않아도 숲을 꿈꾸는 사람이 작가이다. 사유는 꿈에서 비롯되고, 행동을 통해서 구축된다. 몸이 안 고단할 수 없고, 병이 안 날 수가 없다. 손에 발에 옹이가 안 박힐 수 없다. 문학은 결벽증 심한 쫄병이므로.

내가 태어났을 때 이미 '한국인'으로 명명된 것처럼, 생명은 내가 명명하는 게 아니라, 명명된다. 분명 나는 고유한 존재이지만 거대한 우주의 사슬이고, 공동체의 물방울이다. 우리를 명명하는 아름다운 대장들이 있다. 그들이 건강해야 한다. 오늘날 대장들은 매우 고단하다. 병들어 있고 잊히고 있다. 특히 모든 봄엔 가슴 아픈 대장들이 많다. 삼일절을 지나고 제주 4·3사건과 4·16

세월호 사건, 4·19 혁명이 차례로 지나갔다. 아직도 5·18은 피멍이 시퍼렇다. 6월 항쟁도 앞두고 있다. 저리 고독한 대장들을 어떻게 돌보고 지킬 것인가.

문학은 하나의 입장이거나 태도이다. 문학은 그저 내 안의 위안이나 어떤 질문에서 끝나지 않는다. 공동체 안에 평화가 무너지는데 쫄병은 한가하게 존재 타령을 하고 있을 것인가. 몸을 움직여야 한다. 몸을 움직이지 않고 어찌 공간과 시간을 이해할 것인가. 쫄병의 근육 없이 어찌 인간을 이해할 것인가. 사유의 발견은 몸을 움직일 때 가능하다. 움직이지 않고 만든 사유는 씹던 껌과 비슷하다. 언젠가 뱉어버린다.

봄날을 따라 꽃들도 차례로 피고 차례로 졌다. 산수유와 매화, 동백과 목련이, 벚꽃과 철쭉이 피고 졌다. 새로운 안부가 눈부시게 피고 지는데 평화와의 거리는 좀처럼 가까워지지 않는다. 오히려 꽃들은 마치 그 평화라는 게 얼마나 먼 것인지를 전하는 것 같다. 평화는 자유나 정의, 경제나 복지보다 한층 높은 개념이 아닐까. 우선 평평해져야 그 위에 집을 지을 수 있으니 말이다. 쫄병이라는 직위는 정말 문학에 관한 입장과 태도를 선명하게 만들어준다. 문학이 어떻게 싸우고 어떻게 공존해야 하는지를 몸으로 말해야 한다. 경제가 조금 어려워지니 평화고 정의고 갑자기 필요 없는 것처럼 얼굴이 굳는 사람들. 평화를 돈보다 뒤로 미루는 민족에게 어떤 미래가 있을까. 평화를 사랑하는 데에 어떤 조건과 선택이 필요할까. 평화는 공감이라는 옷을 입고 공존이라는 신발을 신고 있다. 그리고 이 공존이라는 비전이 오늘날 우리 쫄병에게 주어진 소명일 것이다. 책상 위에서 짜낸 음지식물 같은 상상력이 아니라, 시장에서 온몸으로 싸우는 상상력을 평화는 명령한다. 겸허와 청빈이 무기일 수밖에 없다. 더 낮아져야 하는 것이다. 그것이 우리의 선택을 정답으로 만드는 방법이다. 새로운 미래를 만드는 데는 더 순수한, 더 절실한, 더 부지런한 쫄병이 필요하다. 쫄병의 소명의식이라니, 아름다운 문학대장들이 하나하나 웃으며 돌아올 만하지 않은가.

뮤즈를 비롯한 자유와 정의의 대장들이, 그 모든 아름다움과 연민들이 우리에게 당부하고 있는 것은 무엇일까. 근현대의 아픔을 감싸는 평화의 기도가 모래알처럼 흩어지진 않을까 두렵다. 평화가 존재가 아니라 도구가 되어버린 까닭이다. 물질문화는 우리의 평화조차 소비재로 만들어버린다. 평화는 그저 이상에 불과한 걸까. 그러나 이상주의자가 절실하다. 평화는 꿈꾸는데서 시작하기 때문이다. 그 꿈꾸는 이상이 있을 때 모든 불모성을 딛고 그것은 현실로 모습을 드러낸다. 극단적인 자본 논리로 가치를 재단하기 시작한 것, 마이더스의 황금손이 불행의 시초였다. 먹고 마시는 것, 사랑하는 모든 것들을 황금으로 만들어버린다면 그는 무엇으로 허기를 채울 것인가. 자본주의가 지시하는 덧셈과 곱셈의 방식은 우리가 추구하는 그 어떤 가치도 소비적으로 만들어버린다.

평화라는 대장은 내게 무엇을 명령하고 있는 걸까. 평화는 마치 흰 대접에 담긴 물 한 그릇 같다. '평평한', '평범한', '평등한' 등의 형용사나 '수평선', '평지', '평소', '공평', '평안' 등의 명사는 머릿속에 떠올리는 것만으로 뭔가 숨 고르는 느낌이다. 분명 익숙하고 편하다. 하지만 막상은 손가락 사이로 빠져나가는 모래처럼 손안에 쥐어지지 않는다. 노력할수록 아득해진다.

공부하지 않는 평화의 방정식. 그래서 우리 역사는 계속 피를 흘려야 했다. 모두가 대장만 하려는 현실이고, 쫄병 정신은 점점 사라져 현실은 뒤죽박죽이다. 정치도 경제도 모두 바다같이 낮은 자리로 흘러야 한다. 먼저 상석을 차지하는 인간만큼 어리석은 자는 없다. 언젠가는 누군가가 그를 끌어내릴 것이다. 스스로 낮은 자리에 자처하면 언젠가는 누군가가 그를 불러 높여준다. 높고자 하는 자는 섬기는 자가 되어야 한다는 게 성경의 지혜이다. 진정한 품격을 얻기 위해서는 낮은 자세가 절대 필요하다. 자유, 정의, 평화, 공동체, 잊힌 역사 그리고 뮤즈. 그 아름다운 대장들을 어떻게 섬길 것인가. 그 많은 고독과 소외와 억울한 귀신들까지 모두 쫄병들이 섬겨야 할 존재들이다.

문제는 쫄병이 되는 방식이다. 아무나 쫄병 되기는 어렵다는 말이다. 소외된 자를 마주 보면서, 약자의 손을 잡으면서 쫄병이 될 수 있다. 스스로 낮아지고, 스스로 청빈해지면서야 쫄병 되기가 가능하다. 개울은 높은 데서 소리 내며 흐르지만, 바다는 낮은 데서 소리 없이 전 세계를 꿈꾼다. 생명의 터전이 되는 광대한 흐름. 쫄병은 바다와 같이 낮고 광대한 우주에 흘러든 존재들인 것이다. 진정한 꿈은 낮은 데서 흐르는 자만이 꿀 수 있다. 쫄병의 조건은 많지만 세 가지로 줄이면 이렇다. 용감해야 한다. 연민이 깊어야 한다. 창조적이어야 한다. 그때 펜을 들 수 있고, 그 펜은 진정한 순수를 지키는 무기가 될 것이기에.

예수의 산상수훈의 첫 마디는 문학에게 당부하는 말이기도 하다. "가난한 자가 복이 있나니, 저희가 하늘나라를 볼 것이라." 바꾸면 이렇다. "쫄병은 복이 있나니, 저희가 문학의 하늘을 볼 것이라." 절망을 통하여 우리의 하늘나라를 넉넉히 감지해낼 수 있기를 희망한다.

"세상 모든 것에 감탄하는 지혜로운 사람들의 공간"
도서출판 호밀밭

어리석은 여행자
ⓒ 2021, 김수우

지은이	김수우
초판 1쇄	2021년 04월 10일
2쇄	2022년 09월 14일
편집	임명선 책임편집, 박정오, 하은지, 허태준
디자인	박인미
미디어	전유현
경영전략	김지은, 김태희, 최민영
마케팅	최문섭
종이	세종페이퍼
제작	영신사
펴낸이	장현정
펴낸곳	호밀밭
등록	2008년 11월 12일(제338-2008-6호)
주소	부산 수영구 연수로 357번길 17-8
전화, 팩스	051-751-8001, 0505-510-4675
전자우편	homilbooks@naver.com

Published in Korea by Homilbooks Publishing Co, Busan.
Registration No. 338-2008-6.
First press export edition April, 2021.
Author Kim Soo Woo
ISBN 979-11-90971-46-1 03810

가격은 겉표지에 표시되어 있습니다.
이 책에 실린 글은 저자와 출판사의 허락없이 사용할 수 없습니다.
도서출판 호밀밭은 지속가능한 환경과 생태를 위해 재생가능한 종이를 사용해 책을 만듭니다.

부산광역시 BUSAN METROPOLITAN CITY   부산문화재단 BUSAN CULTURAL FOUNDATION

본 사업은 2021년 부산광역시, 부산문화재단 <부산문화예술지원사업>으로 지원을 받았습니다.